HEDWIG
COURTHS-MAHLER

Käthes Ehe

HEDWIG COURTHS MAHLER

Käthes Ehe

WELTBILD VERLAG

Genehmigte Lizenzausgabe für
Weltbild Verlag GmbH, Augsburg 1996

Einbandgestaltung: Peter Engel, München
Titelfoto: Superbild, München
Gesamtherstellung: Presse-Druck Augsburg
Printed in Germany
ISBN 3-86047-939-3

1

Käthe ordnete den Kaffeetisch. Sie stellte die Tassen zurecht, legte die knusprigen Weißbrötchen in ein Nickelkörbchen und setzte Zuckerdose und Sahnekännchen genau auf die Mitte des Tisches.

Line, die alte Magd, die schon seit zwanzig Jahren im Haus war, brachte die Kaffeekanne und die Zeitungen.

Stumm nahm ihr Käthe beides ab, legte die Zeitung neben Onkel Karls Tasse und stellte die Kanne auf die Spiritusmaschine. Das bläuliche Flämmchen züngelte gierig empor. Nun noch ein Blick über das Ganze. Es war alles bereit. Käthe sah gewohnheitsmäßig nach der Zeit. Es fehlten noch zwei Minuten an acht Uhr.

Sie strich mechanisch glättend über das Haar und trat ans Fenster.

Dasselbe Bild wie alle Tage.

Und jeden Tag stand sie genau um dieselbe Zeit hier und starrte in Träumen hinaus – jeden Tag, seit Jahren.

Und immer dieselben Eindrücke.

Drüben der kleine Kaufladen mit den schmalen Schaufenstern. Darin waren nebeneinander, scharf durch Holzstäbchen getrennt, Kaffee, Reis, Mandeln und Rosinen ausgestellt. Darüber Zitronen, Teebüchsen und Maggifläschchen und zum Abschluß dahinter eine künstliche Mauer aus Makkaroni- und Hafermehlpaketen.

Wenn jemand in den Laden trat, schlug ein häßlich tönendes Glöckchen an, das bis zu Käthe herüberklang.

Alles war zum Weinen eintönig und langweilig.

Käthe gähnte einige Male herzhaft und rieb sich die Augen. Dann seufzte sie tief auf.

Das große, schlanke Mädchen mit dem feingeschnittenen Gesicht und der edel gegliederten Gestalt sah wie ein Fremdling aus in dem altväterlich geschmacklosen Zimmer. Obwohl sie nur ein schlichtes, blaugestreiftes Kattunkleid trug, war sie eine entschieden vornehme Erscheinung. Das lag an der Haltung und am Ausdruck des Gesichts. Die großen blauen Augen, von langen, schwarzen Wimpern umrahmt, blickten melancholisch und gaben dem Gesicht ein etwas düsteres Gepräge. Ihr dunkles, fast schwarzes Haar lag über der Stirn glattgescheitelt und legte sich locker um die Schläfen. Die zarte, frische Gesichtsfarbe wurde noch gehoben durch die leuchtendroten Lippen des feingeschnittenen Mundes.

Jetzt schlug es acht.

In demselben Augenblick öffnete sich die Zimmertür hinter Käthe. Eine alte Dame trat ein. Sie trug ein dunkelgraues Alpakakleid und eine schwarzseidene Schürze. Ihr Gesicht hatte strenge, scharfe Linien, die Augen blickten kalt und unbewegt, und die schmalen Lippen lagen fest und verkniffen aufeinander.

Käthe wandte sich um und ging ihr entgegen.

»Guten Morgen, Tante Amalie.«

»Guten Morgen, Käthe.«

Es klang von beiden Seiten steif, ohne Herzlichkeit.

Frau Amalie stellte ihr Schlüsselkörbchen auf den Tisch und ließ ihre Augen prüfend darüber hingleiten.

»Onkel Karls Zeitung liegt wieder einmal an der linken Seite der Tasse. Du weißt, daß er gewohnt ist, rechts danach zu greifen. Wann wirst du endlich begreifen, was Ordnung ist?«

»Verzeih, Tante, ich vergaß, darauf zu achten.«

Sie legte die Zeitung an die richtige Stelle.

»So etwas darf man nicht vergessen, das ist unachtsam – unordentlich. Was soll nur aus dir werden, wenn du so unzuverlässig bist?«

Käthe schwieg, aber um ihren Mund zuckte es wie Widerspruch.

Nun öffnete sich die Tür ein zweites Mal. Onkel Karl erschien.

Man sagt, Ehepaare würden zuweilen einander ähnlich. Hier war es ganz sicher der Fall. Der Ausdruck der kalten Augen, der verkniffene, Kleinlichkeit verratende Zug um den Mund, das starre, unbewegte Gesicht – es war bei beiden das gleiche.

»Guten Morgen, Onkel Karl.«

»Guten Morgen, Käthe.«

Käthe schenkte die Tassen voll, versorgte Onkel und Tante mit Sahne und Zucker und strich Brötchen für beide. Dann bediente sie sich selbst.

Der Onkel entfaltete seine Zeitung, die Tante nahm den Strickstrumpf, und Käthe starrte verträumt in ihre Tasse.

Auch das war wie alle Tage.

Und genau eine halbe Stunde später erhob sich Karl Rodeck, Inhaber einer Lederhandlung, und legte seine Zeitung zusammen. Käthe brachte Hut und Stock und öffnete ihm die Tür. Herr Karl Rodeck machte seinen Morgenspaziergang durch die Gassen und Gäßchen der Stadt. Er würde, wie alle Tage, punkt neun Uhr zurück sein und sein Kontor im Hinterhaus betreten.

Das Vorderhaus mit seiner glattgrau getünchten Fassade war nur Wohnhaus. Es hatte zwei Stockwerke und vier Fenster Front. Das Hinterhaus mit der durchgehenden Toreinfahrt war etwas größer. Im Erdgeschoß befanden sich die Kontore, die beiden Stockwerke enthielten Lagerräume für die Lederballen. Der Duft, den das Leder ausströmte, durchdrang auch das Wohnhaus.

Mit derselben Regelmäßigkeit gingen die beiden Damen an ihre häuslichen Geschäfte.

Frau Amalie Rodeck war ein Muster an Pedanterie. In ihrem Haushalt ging alles am Schnürchen. Sie hatte ein förmliches Kalendarium verfaßt. Da waren für jeden Tag, für jede Stunde des Jahres die häuslichen Verrichtungen festgesetzt, nur daß sich das alles jedes Jahr um einen Tag verschob wegen der Sonntage. Da war genau bestimmt, wann großes, kleines oder mittleres Scheuerfest stattfinden sollte, wann gewaschen, gebügelt und ausgebessert werden mußte. Auch der Küchenzettel war genau festgesetzt für ein ganzes Jahr. Frau Amalie war nie, wie andere Frauen, in Verlegenheit, was sie kochen sollte. Ihr Kalender ersparte ihr das Nachdenken.

Überhaupt, das Denken hätte man sich ganz abgewöhnen können in diesem tadellos sich abwickelnden Haushalt; es wurden in dieser Hinsicht gar keine Anforderungen gestellt.

Käthe hätte ihre täglichen Arbeiten im Schlaf verrichten können. Wie ein aufgezogener Automat fühlte sie sich. Aber ganz hatte sie sich das Denken doch nicht abgewöhnt. Manchmal ging es recht bunt zu hinter der weißen Mädchenstirn. Und dann jagte ihr junges, eingedämmtes Blut ungeduldig und hastig durch die Adern. Sie fieberte nach Freiheit, nach dem schönen, sonnigen, lachenden Leben draußen in der großen Welt, nach ernstlicher Arbeit, nach Betätigung. Das geisttötende Einerlei, das blöde Hindämmern, zu dem sie durch ihren philisterhaften Onkel und Vormund verdammt wurde, schien ihr unerträglich. Ihre Seele rieb sich wund in sehnsüchtigen Freiheitsbestrebungen. Aber es half alles Sehnen und Denken nichts.

Und wenn sie dem Drängen und Treiben in ihrer Brust Ausdruck gab und zu Onkel und Tante einmal davon sprach, dann sah man sie an, als sei sie nicht bei Vernunft. »Das kommt von deinem vielen Lesen«, sagte Tante Amalie vorwurfsvoll, »du wirst noch ganz überspannt.«

Und Onkel Karl zuckte die Achseln. »Hirngespinste! Hilf Tante Amalie tüchtig im Haushalt, da hast du Arbeit genug!«

Damit fertigte er sie ab.

Einmal war sie dringlicher geworden:

»Ich möchte gern etwas Tüchtiges lernen, Onkel Karl. Laß mich nur einmal ein Jahr fort von hier in eine große Stadt!«

Da hatte er sie kalt, fast verächtlich von oben bis unten gemessen.»Du bist von Sinnen! Eine anständige Frau gehört ins Haus. Solange ich dein Vormund bin, stehst du unter meiner Zucht, und ich dulde nicht, daß du draußen herumvagabundierst. Wenn du mündig bist, kannst du tun und lassen, was du willst. Basta!«

Und wenn Onkel Karl ›basta‹ gesagt hatte, dann blieb es dabei.

Nun zählte Käthe die Tage und die Stunden, bis sie mündig sein würde. Und sie malte sich aus, was dann wohl kam. Schauspielerin wollte sie am liebsten werden. Das erschien ihr groß und schön. Sie las heimlich viele Theaterstücke, und war sie allein, trug sie auch ganze Szenen mit ihrem schönen, klangvollen Organ vor. Wie ein Rausch der Begeisterung kam es dann über sie und riß sie fort. Schon in der Schule hatte sie bei festlichen Anlässen immer vortragen müssen, und ihre Lehrer lobten sie sehr. Einer hatte ihr einmal gesagt, vielleicht mehr im Scherz, sie habe entschieden Talent für die Bühne. Das hatte sich in ihrem Kinderkopf festgesetzt. Seit der Zeit probierte sie wieder und wieder heimlich besonders schwungvolle Stellen aus den Klassikern, und sie träumte von Ruhm und Lorbeeren.

Wohl die meisten jungen Mädchen haben einmal eine Zeit, wo sie sich brennend für die Bühne interessieren und sich zu Großem berufen wähnen. Über Käthes Seelenleben wachte jedoch kein liebevolles Mutterauge, kein verständiger Vater machte ihr klar, daß ein dornenvoller Weg nur wenig Auserwählte zur erträumten Höhe führt. Und bei Käthe war es auch mehr die Sehnsucht, aus der lichtlosen, dämmernden Enge herauszukommen, die ihrem Wunsch immer neue Nahrung gab. Jedenfalls wollte sie sich etwas vornehmen, das ihr Leben ausfüllte. Sie wollte hinaus, dahin, wo man lachte und weinte, wo man nach Herzenslust froh und traurig sein durfte. Und vielleicht fand sie dann jemand, den sie lieben konnte mit der ganzen Innigkeit ihres darbenden Herzens, in dem sich ein unendlicher Liebesreichtum aufgespeichert hatte.

Abends, wenn sie um zehn Uhr schon das Licht löschen mußte in ihrem Schlafzimmer, sah sie meist noch lange mit weit geöffneten Augen in die dunkle Unendlichkeit. Sehnsüchtige, verworrene Gedanken kreuzten ihr Gehirn, und romantische Träume spannen sie ein.

Wenn aber der helle Tag wieder ins Fenster schien, dann zerstoben die Phantasiegebilde. Nur die Sehnsucht blieb zurück – und die Hoffnung.

Käthe Rodeck war als achtjähriges Kind in das Haus ihres Onkels gekommen. Ihre Eltern waren einer Typhusepidemie zum Opfer gefallen und kurz hintereinander gestorben. Käthes Vater war ein Vetter von Karl Rodeck gewesen, und dieser war nun der nächste Verwandte des verwaisten Kindes. Wohl oder übel hatte er es zu sich nehmen müssen, sehr gegen seinen Wunsch. Frau Amalie war noch weniger erbaut von diesem Familienzuwachs als er. War sie doch sehr in Sorge, daß ihr musterhafter Haushalt durch ein kleines Kind aus dem Geleise käme. Sie sah schon im Geiste die Spuren barbarischer Kinderfüße auf ihrem blankgebohnerten Fußboden.

Das arme Kind wurde kalt und frostig empfangen, und als es sich zärtlich und liebeheischend an die Tante schmiegen wollte, wurde es ärgerlich zurückgewiesen, weil es die Schürze der strengen Frau zerknitterte.

Man hatte sie dann eine Weile allein im Zimmer stehen lassen. Bitterlich in sich hineinweinend hatte sie sich in dem häßlichen, steifen Wohnzimmer umgesehen. Da war plötzlich die Tür nochmals geöffnet worden, und ein lang aufgeschossener Jüngling trat ein.

Große, tiefliegende graue Augen hatten erst erstaunt, dann mitleidig auf das weinende Kind geblickt. Er war zu ihr getreten und hatte freundlich ihr Haar gestreichelt. »Bist du die kleine Käthe?«

Sie hatte aufgehört zu weinen und energisch mit dem Kopf genickt.

»Ja, wer bist denn du?«

»Ich bin Helmut, der Sohn von Tante Amalie und Onkel Karl, also dein Vetter.«

»Aber du bist nicht so böse wie sie.«

Ein Schatten war über das lächelnde Jünglingsgesicht geflogen.

»Sie sind nicht böse, Käthe, nur ernst und streng, wie Eltern sein müssen.«

Sie hatte ungläubig den Kopf geschüttelt.

»Meine Eltern waren lieb, ach, so lieb und gut!«

Und sie weinte von neuem.

Da hatte er sie getröstet, ihr Geschichtchen erzählt und mit ihr gespielt.

Sein helles, frisches Lachen hatte warm und herzlich durch den nüchternen Raum geklungen. Da war Tante Amalie wieder eingetreten und hatte mit strengen Worten Helmut an seine Arbeit geschickt. Käthe mußte hinausgehen zu Line, die schon damals Hausmädchen bei Rodecks war.

Das war ihr aber immer noch lieber, als bei der kalt blickenden Frau da drin bleiben zu müssen.

Frau Amalie hatte ihre Not mit dem warmblütigen, lebhaften Kind. Es kostete wirklich viel Mühe, bis es in das Kalendarium eingeschachtelt war. Und Käthe konnte so gar nicht fassen, wie sich ein artiges, gehorsames Kind zu verhalten habe. Es gab manchen Kampf mit der ungebärdigen, kleinen Seele, bis sie zahm und still war.

Das Kind wäre vielleicht in dieser eisigen Atmosphäre zugrunde gegangen, wenn Helmut und Line, die Magd, nicht gewesen wären. Die beiden waren gut zu dem kleinen Mädchen, aber nur verstohlen, wenn es Rodecks nicht merkten.

Aber schon im Jahr darauf verließ Helmut das Elternhaus, um nicht zurückzukehren. Seit der Zeit hatte Käthe kein frohes, herzliches Lachen mehr in dem stillen Haus gehört. Helmut war ein wilder und ungestümer Junge gewesen, der von seinem Vater wegen seiner ›Unarten‹ oft gezüchtigt worden war. Daß diese Unarten der Ausfluß einer lebensstarken, feurigen Natur waren, verstanden seine Eltern nicht. Sie wollten Helmut zum blindlings gehorchenden Sklaven erziehen und knechteten ihn mit ihrer elterlichen Autorität.

Aber Helmut war keine Knechtsnatur; er bäumte sich unter der duckenden Hand.

Sein Vater wollte ihn zum Nachfolger im Geschäft heranbilden. So wie er die Lederhandlung von seinem Vater übernommen hatte, so sollte sie Helmut einst von ihm vererbt bekommen. Ob er Lust und und Neigung dazu hatte, ob es seinen Fähigkeiten entsprach – wer fragte danach?

Und bei Helmut stand fest, daß er nicht Lederhändler werden wollte. Sein feuriger Sinn strebte nach höheren Zielen. Aber niemandem durfte er damit kommen. Er fand kein Verständnis bei seinen Eltern. Als er damals abreiste, um ein Lehrjahr in Berlin abzudienen, dachte niemand daran, daß er nicht wieder heimkehren werde.

Nur er wußte es ganz genau. Nach Ablauf des Jahres schrieb er nach Hause, daß er nicht Kaufmann werden, sondern studieren wolle. Er bat die Eltern herzlich, es ihm zu gestatten.

Darauf kam sein Vater eiligst nach Berlin, um seinen Sohn mit väterlicher Strenge zur Pflicht zurückzuführen. Dabei kam es zu einem erregten Auftritt, und Karl Rodeck wollte sich an seinem Sohn vergreifen.

Leichenblaß, mit blitzenden Augen hatte Helmut des Vaters Hände gefaßt und wie in einem Schraubstock festgehalten. Mit leidenschaftlichem Zorn hatte er dem Vater ins Gesicht gesagt, wie er sich an ihm versündigt, wie er alles Gute und Edle durch seine sklavische Erziehung erstickt habe. Zwei Gegner, so standen sich Vater und Sohn gegenüber, aber überzeugen konnte einer den andern nicht.

Als Karl Rodeck heimkehrte, hatte er sich von seinem Sohn losgesagt – es gab keine Gemeinschaft mehr zwischen ihnen. Helmut erhielt aber auch keinen Pfennig mehr von zu Hause. »Es sei denn, du kehrtest reuevoll zurück und fügtest dich meinem Willen«, hatte Karl Rodeck zu seinem Sohn gesagt. Und dieser hatte ihm trotzig geantwortet: »So werde ich mich allein durchschlagen, zur Not kann ich hungern. Ich komme nicht eher zurück, bis ich etwas Tüchtiges geworden bin und mein Ziel erreicht habe.«

Seit der Zeit durfte Helmuts Name nicht mehr vor seinen Eltern genannt werden. Die kleine Käthe vermißte ihn sehr – aber schließlich vergaß auch sie ihn. Kinder vergessen leicht.

Nur in ihre Träume klang manchmal ein frisches, warmes Lachen; dann fuhr sie empor und sah wirr um sich.

Und oft zuckte es ihr in den Füßen, als müsse sie wie Helmut Rodeck auf und davon gehen.

Je älter sie wurde, desto öfter dachte sie dann wieder an Helmut. Sie ahnte nun, was ihn hinausgetrieben hatte. Und Line sagte manchmal abends, wenn Käthe in der Küche das Abendessen bereitete:

»Ich möchte doch zu gern wissen, wie es unserm jungen Herrn geht.« Aber das sagte sie ganz leise, damit es ja nicht durch die Tür zu den beiden alten Leuten drang.

Ob die an ihren Sohn dachten?

Frau Amalie hatte im Anfang nach dem Zerwürfnis schreckhafte Träume, und vielleicht sprach doch auch eine leise Stimme für den Sohn. Sie hoffte gleich ihrem Mann, daß Hunger und Not Helmut reumütig zurückführen würden. Aber es verging Jahr um Jahr, ohne daß er gekommen wäre.

Heimlich zog Karl Rodeck zuweilen Erkundigungen über ihn ein. Er war in Berlin geblieben, hatte dort Philologie studiert und war dann als Hauslehrer einer deutschen Familie nach Amerika gegangen.

Wie elend und mühselig sich Helmut durchgeschlagen hatte, um sein Ziel zu erreichen, wußten sie freilich nicht. Wohl hatte er sich während seines Lehrjahres jeden Pfennig abgedarbt und gespart in der Voraussicht, daß sein Vater die Hand von ihm abziehen würde, sobald er des Sohnes Widerstand merkte. Aber die ersparte Summe war sehr klein. Helmut gab Schülern Unterricht, lieferte Abschriften und verfaßte Artikel für Zeitschriften, um sich die Mittel zum Studium zu verschaffen. Ein karges Leben hatte er geführt und war manchen Abend hungrig zu Bett gegangen. Aber nach Hause wandte er sich nie um Hilfe. Allein wollte er durchkommen und den Eltern beweisen, daß nicht Abenteuerlust ihn hinausgetrieben hatte, sondern die Sehnsucht, Tüchtiges zu leisten, seine Kräfte entfalten zu dürfen.

Seit er nach Amerika gegangen war, hatte man nichts mehr von ihm gehört.

Am schlimmsten für die alten Leute war das Gerede, welches im Städtchen entstand, als Helmut Rodeck nicht heimkehrte. Das kränkte sie fast mehr als der Verlust des ungeratenen Sohnes. Karl Rodeck hatte dann den Sohn seines Bruders, der in jener Zeit starb, zu sich genommen. Albert Rodeck sollte nun Helmuts Nachfolger werden, damit die alte Firma erhalten bliebe.

Dieser Neffe war so recht ein Mensch nach Karl Rodecks Herzen. Unterwürfig, still, kalt berechnend und geschäftstüchtig; ein pedantischer, peinlich ordentlicher Mensch, der statt des Herzens eine Rechenmaschine in der Brust hatte.

Albert dachte sehr verächtlich über seinen ›davongelaufenen‹ Vetter und hoffte, daß er nie wieder auftauchen möge. Seinem Oheim machte er sich unentbehrlich.

Vor Jahresfrist hatte er auf dessen Wunsch die Tochter des Bürgermeisters geheiratet. Mit seiner jungen Frau wohnte er seit dieser Zeit im Haus seiner Schwiegereltern und trug die Nase als bürgermeisterlicher Schwiegersohn noch einen Zoll höher.

Sonnabends war Skatabend bei Rodecks, natürlich unter der Devise: Kein Vergnügen ohne Damen. Dazu stellten sich Bürgermeisters ein, Albert mit seiner Frau und ein verwitweter Arzt, Doktor Krüger, Alberts Freund. Die Herren spielten Skat, und die Damen strickten und häkelten bei Tee und Keks.

Das war die ganze Geselligkeit in Rodecks Haus, der einzige Umgang für Käthe, einige Tanzstundenfreundinnen abgerechnet. Aber mit denen wußte sie nichts anzufangen; sie redeten für sie in einer fremden Sprache und gingen unter in Kleinlichkeitskram.

Sie war ein einsamer Mensch. Das einzige, was ihr Vergnügen machte, waren ihre Sprachstunden bei einem alten Franzosen, der sich im Städtchen niedergelassen hatte. Ihm verdankte Käthe ein vorzügliches, geläufiges Französisch. Gegen diese Stunden hatte Karl Rodeck nichts einzuwenden, wenn Frau Amalie auch schalt und nicht begriff, wozu sie nötig wären, zumal doch Käthe ebensoviel gelernt hätte, als der Franzose selbst wüßte. Karl Rodeck erklärte jedoch kühl, daß Käthe in Übung bleiben müsse, sollte nicht das Geld umsonst ausgegeben worden sein. Und dabei blieb es.

2

Es war wieder einmal Skatabend. Um den großen runden Tisch im Wohnzimmer saßen die vier Herren, drüben in der Sofaecke die Damen.

Onkel Karl trug sein grünbesticktes Hauskäppchen. Sein Gesicht sah genau so unbeweglich wie sonst in die Karten. Albert Rodeck, ein kleiner, untersetzter Mensch mit spärlichen blondem Haar, das sorgfältig über den runden Schädel verteilt war, schien Onkel Karls Miene zu kopieren. Sein nichtssagendes Gesicht legte sich in würdevolle Falten. Nur in den unstet blikkenden Augen zuckte bisweilen ein funkelnder Seitenblick.

Sein Schwiegervater, der Herr Bürgermeister, das wohlgenährte Oberhaupt der Stadt, hätte zu einem Silen Modell stehen können. Seine weinseligen Äuglein schimmerten feucht aus dem dicken, roten Gesicht mit den wulstigen Lippen heraus. Sein mächtiges Haupt zierte eine rosig glänzende Glatze, die von einem struppigen grauen Haarkranz umgeben war. Er begann jede Rede mit der Frage: »Was ich doch sagen wollte…« Darauf folgte eine Pause, ein Schnaufer – und dann wußte er, was er sagen wollte.

Blieb noch Doktor Krüger.

Das war ein Mann von etwa sechsunddreißig Jahren. Er war mittelgroß, untersetzt, hatte rötliches Haar, scharfe, stechende Augen mit weißen Wimpern und Brauen und trug eine goldene Brille.

Es ging sehr still zu an dem Tisch. Desto lebhafter schwatzten die Damen in ihrer Ecke. Wenigstens die Frau Bürgermeister, eine echte Kleinstadttype, und ihre Tochter Johanna, Alberts Frau. Die beiden wußten alle Neuigkeiten aus dem Städtchen und waren sogar darüber unterrichtet, was jeder Bürger mittags in seinem Topf hatte.

Käthe war froh, daß sie ab und zu für Erfrischungen zu sorgen hatte. Das Geschwätz der Damen fiel ihr auf die Nerven; und die rosige, blonde Johanna, die schon jetzt ein ansehnliches Doppelkinn besaß und sehr beschränkt aussah, fand sie gräßlich.

Am unangenehmsten jedoch war ihr Doktor Krüger, der sie mit seinen stechenden Augen verfolgte. Er spielte ihr gegenüber den Galanten und ließ sehr deutlich durchblicken, daß sie ihm gefiel.

Tatsächlich trug er sich schon längere Zeit mit dem Gedanken, seiner frühverstorbenen Frau eine Nachfolgerin zu geben. Und dazu war ihm Käthe recht. Das schöne, schlanke Mädchen paßte nach seiner Ansicht prächtig in das Doktorhaus.

Käthe ahnte, was ihr drohte, und war sehr zurückweisend gegen ihn. Das verstand er jedoch nicht. Wie hätte sich ein Mädchen bedenken können, Frau Doktor Krüger zu werden? Eine solche Möglichkeit gab es nicht für ihn. Er hätte auch schon seinen Antrag gemacht, wenn er nicht im Zweifel gewesen wäre, ob er Käthe oder die etwas ältliche und verblühte, aber sehr reiche Tochter eines Seifensieders wählen sollte. Schließlich entschied er sich doch für Käthe. Er hatte heute abend Albert Rodeck zu verstehen gegeben, daß er in den nächsten Tagen um seine Base anhalten werde.

Albert hatte das bei der Begrüßung seinem Onkel zugeflüstert, und der alte Herr hatte nur mit dem Kopf genickt, als wollte er sagen: »Gut, die Sache hat meinen Beifall. Basta.« Aber es war gut, daß er dieses ›Basta‹ nur gedacht und nicht ausgesprochen hatte, sonst hätte er verwundert erkennen müssen, daß es im Haus noch einen anderen Willen gab als den seinen.

Als sich die Gäste entfernt hatten und Käthe sich mit ihrem Gutnachtgruß zurückziehen wollte, sagte der Onkel:

»Bleib noch einen Augenblick, ich habe dir etwas zu sagen! Ich erfuhr vorhin von Albert, daß Doktor Krüger in den nächsten Tagen um dich anhalten will. Ich hoffe, du bist dir bewußt, welche Auszeichnung und welches Glück das für dich ist.«

Käthe war blaß geworden, aber ihre Augen blickten fest und klar.

»Ich muß dich bitten, Doktor Krüger von diesem Schritte abzuhalten, da ich niemals seine Frau werde.«

»Wa--as?«

»Ich kann Doktor Krüger nicht heiraten.«

Der alte Herr streckte seinen Hals, als müsse er nach Luft schnappen.

»Du bist wohl wahnsinnig! Warum denn nicht?«

»Weil ich ihn nicht liebe. Ich werde nur einen Mann heiraten, dem mein Herz gehört.«

»Unsinn, Unsinn! Was weißt du von Liebe! Die kommt nach der Hochzeit!«

»Bei mir müßte sie vorher da sein.«

»Aber Käthe«, rief Frau Amalie dazwischen, »das sind törichte Romanideen, das ist wieder eine Folge deiner vielen Leserei! Sieh mich an und Onkel: Wir sind von unsern Eltern zusammengegeben worden und haben uns liebgewonnen.«

Um Käthes Mund zuckte es. Sie wollte sagen: »So wie ihr möchte ich aber nicht verheiratet sein.« Jedoch sie unterdrückte noch rechtzeitig diese Worte.

»Doktor Krüger ist mir unsympathisch; es wäre mir unmöglich, mit ihm zu leben.«

»Ich glaube, du bist dir nicht klar, welch gute Partie du ausschlagen willst. Doktor Krüger kann überall anklopfen und wird mit offenen Armen aufgenommen werden.«

»So mag er es tun, um so besser für ihn.«

»Was soll das alles nun wieder heißen, Käthe? Wer weiß, ob dir jemals wieder so etwas geboten wird. Du mußt dir das entschieden überlegen«, sagte Frau Amalie überredend.

»Bitte, quält mich nicht weiter! Ich werde nach allem Überlegen zu keinem andern Entschluß kommen.«

Karl Rodeck trommelte mit den Fingern auf der Tischdecke herum. Das war bei ihm der Ausdruck höchster Erregung.

»Ich hoffe trotzdem, daß du Vernunft annimmst. Ich wünsche nicht, daß diesem hochachtbaren Mann, der in einem freundschaftlichen Verhältnis zu uns steht, in meinem Haus eine Kränkung widerfährt. Da muß ich doch sehr bitten. Sei froh, daß du einen solchen Mann bekommst! Solltest Gott dafür danken. Willst wohl auf einen Prinzen warten, he?«

»Nein, Onkel, das will ich nicht, aber ich will mich nicht verheiraten mit einem Mann, den ich nicht lieben kann. Ich habe Doktor Krüger keine Veranlassung gegeben, sich auf meine Hand Hoffnung zu machen. Es ist seine Schuld, wenn er um ein Mädchen wirbt, daß ihm deutlich zeigt, daß es ihn nicht mag. So kann er es auch nicht als Kränkung auffassen, wenn du ihm zu verstehen gibst, daß er keinen Antrag machen soll.«

Eine Weile war es still. Dann räusperte sich der alte Herr sehr vernehmlich und blieb vor Käthe stehen. »Du hast uns wenig gedankt, was wir für dich getan haben. Bist immer ein eigenwilliges, widerspenstiges Geschöpf gewesen. Auch das willst du uns nicht zu Gefallen tun. Nun gut, Undank ist der Welt Lohn! Ich hätte es gar nicht anders erwarten sollen.«

»Aber euch kann es doch gleichgültig sein, für euch hängt doch nichts davon ab!« sagte Käthe heftig. Sie mußte bei jeder passenden und unpassenden Gelegenheit diesen Vorwurf der Undankbarkeit über sich ergehen lassen.

»Schon gut, schon gut, geh zu Bett! Das Weitere wird sich finden.«

»Ich werde aber bei meiner Weigerung beharren! Ich mag mit Doktor Krüger nichts zu tun haben, er ist mir widerwärtig!« rief Käthe gereizt, in leidenschaftlicher Abwehr.

Onkel Karl sah sie kalt und streng von oben bis unten an.

»Mäßige dich; es ist häßlich, wenn Frauen so heftig und leidenschaftlich werden. Geh zu Bett!«

Da ging sie mit kurzem Gruß hinaus. Ihr Herz war voll Trotz und Bitterkeit.

Und die alten Leute schüttelten die Köpfe und schalten auf die undankbare Jugend, die sich nicht ihr Glück, bequem zurechtgemacht und zum Gebrauch fertig, in die Hände legen lassen wollte.

Am nächsten Tag versuchte Frau Amalie noch einmal auf Käthe einzuwirken. Das junge Mädchen blieb jedoch fest.

So machte sich die alte Dame auf, um mit Johanna und der Frau Bürgermeisterin den Fall zu besprechen.

Sie fand lebhafte Teilnahme. Man bedauerte sie, daß sie ein so undankbares Geschöpf großgezogen habe und entrüstete sich über Käthes ›romantische Grillen‹. Mit einigen Tassen Kaffee wurde der Ärger hinabgespült.

Karl Rodeck mußte die Waffen vor seinem Mündel strecken. Daß er unterlegen war, verletzte ihn in seiner Eigenliebe mehr als die Sache selbst.

Als er am übernächsten Morgen mit verdrießlicher Miene ins Kontor trat, sah ihm Albert schon erwartungsvoll entgegen.

»Johanna sagte mir, daß Käthe meinen Freund Krüger nicht heiraten will. Ist das möglich, lieber Onkel?«

»Ja. Du wirst gut tun, dem Doktor das so schonend wie möglich beizubringen, damit er gar nicht erst mit seinem Antrag herauskommt. Verdammt fatale Situation!«

»Allerdings sehr fatal. Überhaupt, Käthe ist reichlich stolz und hoffärtig.«

»Ach was, eine alberne, überspannte Närrin ist sie! Das liegt ihr von ihrer Mutter her im Blut. Die war eine sehr verdrehte Person; sie hat sogar Gedichte gemacht, die nachher in Zeitungen gedruckt wurden. Und mein Vetter war auch ein überstudierter Narr. Gegen diese Veranlagung hat all unsere strenge Erziehung nichts genutzt.«

»Armer Onkel.«

»Ach was, laß mich zufrieden! Du weißt, so weichmütiges Bedauern ist mir ein Greuel. Laß uns an die Arbeit gehen. Ist die Sendung für Hüniger & Comp. abgegangen?«

»Ja, Onkel, pünktlich.«

»Gut. Zeig mir die Eingänge!«

Er vertiefte sich in seine Postsachen. Albert schrieb emsig weiter.

Aber zwischen den Buchstaben tanzte ihm heute immer ein süßes Mädchenantlitz.

Warum mochte Käthe nicht Krügers Frau werden? Liebte sie etwa einen andern? Hatte sie sich vielleicht gar Hoffnung auf ihn gemacht? Das war schon möglich.

Und diese Möglichkeit bereitete ihm einige Unruhe. Er hatte früher einmal erwogen, ob er Käthe heiraten sollte. Aber des Bürgermeisters Tochter hatte mehr als doppelt soviel Mitgift. Das gab den Ausschlag.

Albert hatte eine sehr geringe Meinung von den Frauen, und seine Gattin brachte ihm keine andere bei. Desto mehr war er von seinen eigenen Vorzügen überzeugt. Es dauerte gar nicht lange, so war er sich im klaren, daß Käthe eine unglückliche Liebe zu ihm im Herzen tragen mußte. Deshalb schlug sie Krüger aus. Seine Eitelkeit gefiel sich in dieser Idee. Sie setzte sich fest. Er nahm sich vor, ein bißchen zu sondieren. Vielleicht würde er sie zu trösten versuchen – Käthe war immerhin ein sehr schönes Mädchen. Mit diesem löblichen Vorsatz beschloß er am Abend sein Tagewerk.

Und Käthe ahnte so gar nichts von seinem edlen Vorhaben.

Sie fühlte sehr wohl, daß sie in Ungnade gefallen war mit ihrer entschiedenen Weigerung. Waren Onkel und Tante bisher kühl und gemessen, so konnte ihr jetziges Verhalten nur mit eisig bezeichnet werden. Nur machte es auf Käthe keinen besonderen Eindruck. Aber das Verlangen nach Freiheit bekam neue Nahrung.

Je kühler und liebloser ihre Verwandten waren, je nüchterner und reizloser sich die Wirklichkeit gestaltete, um so glühender waren die Farben, mit welchen ihre Phantasie sich die Zukunft ausmalte, die Zukunft, in der sie nicht mehr hier in dem greulichen alten Haus mit dem scharfen Ledergeruch und den kalten, engherzigen Menschen zu leben brauchte. Ach, wie sie sich hinaussehnte aus dieser fürchterlichen Umgebung, wie herrlich sie sich dagegen das Leben in der Freiheit, in der Kunst vorstellte!

»Fräulein Käthe, da stehen die Mandeln fertig gerieben. Sie könnten nun den Kuchenteig einrühren«, sagte Line eines Morgens, als Käthe das Kaffeegeschirr in die Küche brachte.

»Kuchenteig?« Käthe sah sie verwundert an.

»Nun ja, morgen ist doch Ihr Geburtstag. Das haben Sie wohl ganz vergessen?«

Käthe schüttelte den Kopf. Wie hätte sie wohl diesen Tag, der sie frei machen würde, vergessen können! War es doch ihr einundzwanzigster Geburtstag.

»Nein, Line, ich vergaß nicht. Ich hatte nur an den üblichen Kuchen nicht gedacht.«

»Na, wie gut, daß wir das alles hier auf der Tabelle haben. Frau Rodeck hatte es auch vergessen; ich mußte sie daran erinnern, damit sie die Mandeln herausgab. Sagen Sie, Fräulein Käthchen, ist die Frau Tante wohl böse auf Sie?«

»Es kann wohl sein.«

»Hab es mir gedacht. Sonst hätte sie sicher die Mandeln nicht vergessen.«

Käthe streifte stillschweigend die Ärmel von ihrem Waschkleidchen bis zum Ellbogen hinauf und begann ihr Werk. Sie rührte mechanisch ihren Kuchen. Die Gedanken flogen jedoch hinaus in den lachenden, sonnigen Junimorgen. Sie war gar nicht so ruhig, wie sie schien. Stand sie doch dicht vor Erfüllung ihres heißesten Wunsches.

Am anderen Morgen, als Käthe ins Wohnzimmer trat, um den Kaffeetisch zu ordnen, sah sie, wie jedes Jahr, ihren Geburtstagstisch zwischen den beiden Fenstern aufgebaut. Wie gewöhnlich lagen lauter praktische und nüchterne Geschenke darauf: ein Kleiderstoff, Schürzen, Taschentücher und einige Paare der von der Tante gestrickten Strümpfe, die Käthe so ungern trug. In der Mitte thronte der Kuchen und ein kleiner Karton mit Pralinen.

Käthe sah nur sehr flüchtig darüber hin. Sie besorgte ihre Obliegenheiten und stellte sich dann wartend ans Fenster, bis Onkel und Tante eintrafen.

Dann nahm sie von beiden den sehr frostigen Glückwunsch entgegen und dankte mit ruhigen Worten dafür.

In ihrem Innern aber stürmte es.

Was würde ihr dieser Tag noch bringen?

Ganz wie sonst verlief die nächste halbe Stunde, und wie sonst holte sie Onkel Karl Stock und Hut herbei.

Aber dann, ehe er hinausging, sagte er kurz:

»Ich habe mit dir zu reden. Komm um zehn Uhr in mein Kontor hinüber!«

»Ich werde kommen, Onkel.«

Sie sagte es ganz ruhig. Aber das Blut drang ihr unruhig zum Herzen. Sie wußte ja, was ihr diese Unterredung bringen würde.

Die Zeit verging ihr sehr langsam.

Endlich war es soweit, daß sie hinübergehen konnte.

Punkt zehn Uhr betrat sie das Kontor, in welchem ihr Onkel mit Albert zusammen arbeitete.

Käthe grüßte die beiden Herrn.

Karl Rodeck sah von seinem Pult auf, wischte die Feder sorgfältig ab, legte sie hin und klappte das Tintenfaß zu.

»Du könntest das Abliefern der Felle beaufsichtigen, Albert. Ich habe mit Käthe zu reden.«

Bereitwillig sprang dieser auf und entfernte sich – jedoch nicht, ohne vorher einen sehr freundlichen Blick auf Käthe zu werfen. Diese konnte sich den sprechenden Blick nicht deuten, da sie nicht ahnte, an welcher fixen Idee Albert litt. Es fiel ihr nur auf, daß er sie anders ansah als sonst. Doch blieb ihr keine Zeit, darüber nachzudenken.

Ihr Onkel schob ihr einen Stuhl hin.

»Nimm Platz!«

Sie tat, wie er geheißen. Nun holte er einen Stoß Papiere und ein schmales Buch aus seinem Pult heraus und legte es vor sich hin.

Umständlich holte er seine Brille aus dem Futteral und setzte sie auf. Dann räusperte er sich und sah Käthe an.

»Du bist heute einundzwanzig Jahre alt geworden. Damit bist du mündig und gesetzlich meiner Vormundschaft entwachsen. Das weißt du wohl?«

»Ja, Onkel.«

»Ich habe dir nun Rechenschaft abzulegen über dein Vermögen, das dir von deinen Eltern hinterlassen wurde. Du findest hier in diesen Papieren alles genau aufgezeichnet. Von dem Erziehungsgeld, das mir aus deinen Vermögenszinsen zustand, habe ich nur direkte Auslagen bestritten. Für deinen Unterhalt an Speise und Trank und für die Wohnung habe ich nichts berechnet. So habe ich jährlich von dem Erziehungsgeld eine kleine Summe gespart und sie deinem Vermögen zugefügt. Ich hoffe, du wirst mir das zu danken wissen.«

»Ich danke dir«, sagte Käthe gepreßt. Um die Welt hätte sie dieser kühlen, pedantischen Auslegung kein warmes Dankeswort entgegnen können.

»Es ist gut, es wird dir nicht an Gelegenheit fehlen, deine Dankbarkeit zu bezeigen. Doch davon später. Nach meinen fertiggestellten Berechnungen bleibt dir ein Vermögen von rund dreihunderttausend Mark. Das ist genug, um dir bei bescheidenen Ansprüchen ein sorgenloses Leben zu sichern.«

Käthe war aufgefahren und sah mit freudigem Erstaunen in sein Gesicht.

»So reich bin ich? So viel Geld gehört mir?«

»Ja, du kannst von heute an frei darüber verfügen.«

Käthe reckte sich unwillkürlich hoch auf. Ein unsagbar frohes Gefühl durchzog ihre Seele. Ihrer Unerfahrenheit in Geldangelegenheiten war es zuzuschreiben, daß sie sich reich dünkte wie ein Krösus. Dreihunderttausend Mark! Das war eine Unmenge Geld. Und daß sie es besaß, das machte sie erst ganz frei. Nun konnte sie sich ihr Leben nach Gefallen einrichten, ohne Rücksicht auf die pekuniäre Frage, die ihr doch bei ihren Befreiungsplänen heimlich eine Sorge gemacht hatte. Glaubte sie doch, daß sie kaum soviel besäße, wie der Onkel für sie verausgabt hatte.

Nun mußte sie wohl etwas sagen, das fühlte sie.

»Ich danke dir für all deine Mühe, Onkel Karl!«

»Darauf wollte ich jetzt kommen. Ich appelliere jetzt an deine Dankbarkeit. Ich weiß, dein unruhiger Sinn steht hinaus ins freie, ungebundene Leben. Du hast dir das wahrscheinlich sehr romantisch ausgemalt. Ich kann dich auch nicht halten, wenn du gehen willst; aber ich erinnere dich daran, daß Tante Amalie älter geworden ist und eine Stütze braucht. Du wirst, wenn du nicht ganz undankbar und herzlos bist, bei uns bleiben, bis dich ein braver Mann heimholt, und uns damit beweisen, daß unsere mühevolle Erziehung nicht ohne Einfluß auf dich geblieben ist.«

Käthe hatte ihm angstvoll zugehört.

Waren ihr die Fesseln nur abgenommen, um sie mit neuen, festeren zu vertauschen? Konnte man das von ihr verlangen, mußte sie dieses Dankesopfer bringen?

Sie suchte unruhig nach einem Ausweg. Er wollte sich nicht zeigen. Sollte es wirklich für sie keinen Weg in die Freiheit geben? Alles, was sie von diesem Tag erhofft hatte, sollte zerronnen sein?

Nein, nein, nicht wieder binden lassen, auch nicht auf diese Weise! Sie war es sich selbst schuldig. Hier im Haushalt war sie nicht unersetzlich, das Räderwerk würde auch ohne sie weitergehen.

Sie raffte sich auf und sah ihrem Onkel fest und gerade ins Gesicht.

»Einen endgültigen Bescheid kann ich dir jetzt nicht geben, Onkel. Ich verspreche dir, daß ich vorläufig noch einige Zeit bleiben werde. Wenn die Tante krank oder ich wirklich unersetzlich im Haushalt wäre, würde ich mich nicht bedenken, für immer zu bleiben. So aber weiß ich, daß dies nicht der Fall ist. Und ich habe auch Pflichten gegen mich selbst, Onkel. Ich kann mich hier nicht frei entfalten, wie ich möchte.«

»Das sind Narrheiten, die ich nicht verstehe.«

»Aber warum haltet ihr mich dann zurück, warum laßt ihr mich nicht fort?«

»Die Leute würden sich darüber aufhalten.«

»Ah – also nur der Leute wegen?«

»Nein, auch deinetwegen. Du bist ja zu töricht, um ermessen zu können, daß dich Sünde und Gefahr da draußen auf Schritt und Tritt verfolgen.«

»Aber es gibt doch so viele junge Mädchen, die allein stehen und einen richtigen Beruf haben.«

»Das sind entweder solche, die niemand mehr haben, der sich ihrer annimmt, oder leichtfertige Abenteuerinnen. Du hast hier bei uns ein Heim, dich treibt nichts hinaus. Sei froh, daß du unterkriechen kannst!«

Käthe sah sinnend vor sich hin. »Unterkriechen.« Das war es. Unterkriechen würde sie müssen, solange sie hier im Haus war. Und sie wollte aufrecht gehen und emporstreben.

Wenn sie nur Schauspielerin werden könnte – wie herrlich mußte es sein, die Idealgestalten der Dichter zu verkörpern, durch die Kunst die Menschen mit emporzureißen zu sonnigen, lichten Höhen! Welch wundervolle Aufgabe, Leid und Lust im Menschenherzen zu wecken, das Schöne und Gute zur Entfaltung zu bringen und selbst dabei frei und groß zu werden! Heiß stieg die Sehnsucht in ihr empor. Zugleich aber die Sorge, ob sie auch Talent genug besaß, etwas Großes zu leisten. Wenn sie nur darüber hätte Gewißheit erlangen können. Und wie mußte sie es anfangen, sich diese Gewißheit zu verschaffen? So unerfahren sie auch war, wußte sie doch, daß nicht Wille und Wunsch allein ausreichten, ihrer Sehnsucht Ziel zu erreichen.

Sie atmete tief auf und richtete sich straff empor.

»Ich bitte dich, Onkel Karl, gib mir Zeit, das alles zu bedenken! Ich kann dir jetzt noch nicht sagen, was ich tun werde.«

Der alte Herr sah sie scharf und mißbilligend an.

»Gut – so gehe. Ich habe dir jetzt nichts mehr zu sagen«, erwiderte er kurz.

Käthe ging langsam hinüber ins Wohnzimmer, wo Tante Amalie mit einer Handarbeit am Fenster saß. Käthe nahm ihr gegenüber Platz und nahm eine Näherei zur Hand. Sie sprachen beide nicht. So konnte Käthe ungestört ihren Gedanken nachhängen.

Nach einer Weile sagte Frau Amalie: »Du hättest viel besser getan, wenn du Doktor Krüger geheiratet hättest. Es ist mir sehr betrübend, daß dieser hochachtbare Mann eine wenn auch indirekte Abweisung erhielt. Du wirst es noch bitter bereuen.«

»Nie, Tante Amalie.«

»Aber du hast Krüger gekränkt.«

»Das tut mir leid – aber jeder ist sich selbst der Nächste. Er wird sich auch schnell genug trösten. Am Samstag abend war er sehr vergnügt.«

»Er will sich's nicht merken lassen, daß er sich ärgert.«

»Ganz recht, Tante, er ärgert sich, daß ich nicht mit tausend Freuden zugegriffen habe. Das hat seine Eitelkeit verletzt, sonst nichts.«

»Du bist ein merkwürdiges Mädchen.« Das hatte sie Käthe schon oft versichert.

3

Wieder hatten sich zum Skatabend die Gäste bei Rodecks eingefunden. Die kleine Gesellschaft schien in stillschweigender Übereinkunft auf Käthe böse zu sein. Man vermied es, sie anzureden, sah an ihr vorbei und umgab Doktor Krüger mit einer liebevollen Fürsorge, die wie ein einziger Vorwurf gegen sie gerichtet war. Käthe nahm es ruhig hin. Das kleinliche Verhalten demütigte sie nicht, sondern steigerte nur ihren Kampfesmut.

Was gab diesen Menschen ein Recht, sich so gegen sie zu benehmen? Von ihren Pflegeeltern ganz abgesehen, wie kam die Familie des Bürgermeisters dazu, ihr Verhalten zu kritisieren? Die über sie verhängte Ungnade machte ihr wenig Eindruck.

Doktor Krüger hatte gar eine äußerst beleidigte Miene aufgesetzt, wenn er einmal gezwungen war, das Wort an sie zu richten. Sonst befleißigte er sich jedoch einer übertriebenen Lustigkeit.

Und als er am Kartengeben war, eröffnete er der erstaunten Gesellschaft etwas von oben herab, daß er sich mit Fräulein Meinert, der Tochter des Seifensieders, verlobt hatte.

Seiner Eröffnung folgte zuerst peinliches Stillschweigen. Aller Blicke flogen anklagend, vorwurfsvoll zu Käthe hinüber. Dann beglückwünschte man Krüger etwas benommen, und als er nun gar erklärte, daß er in Zukunft dem ‹traulichen Skatabend› fernbleiben müsse – »Sie verstehen, galante Pflichten. Meine Braut geizt natürlich mit meinen wenigen freien Stunden« –, da ballten sich finstere Wetterwolken auf den Stirnen der Skatspieler zusammen, und die anklagenden Blicke auf Käthe verschärften sich zu giftigen Pfeilen.

Es ging so still und feierlich zu, als ob man einem Toten die letzte Ehre erweise.

Bei all diesem Gebaren kam Käthe die Lachlust an. Und einen unwiderstehlichen Drang fühlte sie, irgend etwas Spöttisches zu sagen.

»Da bekommen Sie nun wohl Ihren Bedarf an Seife umsonst geliefert, Herr Doktor?« fragte sie laut in die feierliche Stimmung hinein.

Aller Augen wandten sich entrüstet auf das junge Mädchen.

»Aber, Käthe!«

»Was ist, Tante Amalie?«

»Du fragtest sehr taktlos.«

»Ich bitte um Entschuldigung, daß ich vorschnell aussprach, was ich dachte. Herr Doktor, ich erwarte natürlich keine Antwort. Es war nur mäßige Neugier. Darf ich Ihnen das Glas noch einmal füllen?«

»Bitte sehr.«

Dieses ‹Bitte sehr› hätte Bände reden können. Sicherlich war Fräulein Käthe Rodeck von diesem Augenblick an Luft für Herrn Doktor Krüger. Nur Albert warf ihr zuweilen einen freundlichen Seitenblick zu, den sich Käthe nicht zu deuten wußte. Er spielte heute abend überhaupt sehr zerstreut und unruhig. Das trug ihm verschiedene Vorwürfe von seinem Onkel und Schwiegervater ein.

Käthe war von der Tante hinausgeschickt worden, um

neuen Tee zu bereiten für die Damen. Kaum war sie draußen, als Tante Amalie zu ihr herausgeschossen kam.

»Ich bin empört über dein taktloses Benehmen, Käthe. Nicht genug, daß du Doktor Krüger Herzeleid bereitetest, machst du ihn auch noch zum Spott.«

»Sein Herzeleid ist ja geheilt, Tante, und zwar sehr schnell. Im übrigen gebe ich zu, daß ich unartig war – aber ich weiß selbst nicht, wie es kam. Die Bemerkung flog mir heraus.«

»Vorgesagt und nachbedacht hat manchem schon groß Leid gebracht. Du bist wirklich zu leichtfertig mit deinen Worten. Ich dächte doch, du hättest bei uns nur gutes Beispiel gehabt.«

Käthe seufzte.

»Ja, Tante, ihr überlegt alles zehnmal, ehe ihr's ausspricht.«

»Das sagst du nun wieder in einem Ton – mit dir kommt man nie zur Ruhe.«

Damit ging Frau Amalie wieder beleidigt hinein.

Als Käthe ins Zimmer trat, sprach niemand mit ihr. Johanna stand sogar auf und setzte sich von ihr fort. Käthe sah ihr still nach, legte ruhig ihre Handarbeit zusammen und stand auf. Sie ging nach der Tür.

»Gute Nacht«, sagte sie laut und wollte hinausgehen.

Karl Rodeck fuhr hinter seinen Karten empor.

»Wo willst du hin?«

»In mein Zimmer.«

»Warum, wir sind doch alle noch hier?«

»Aber ich bin überflüssig und störend. Johanna hatte nicht Raum neben mir. Ich will niemand im Weg sein. Gute Nacht.«

»Gesamtgastspiel des Stadttheaters Chemnitz vom 1. Juli bis 31. August.

Zur Aufführung kommen klassische und moderne Schauspiele und Lustspiele.«

Diese Ankündigung, auf große rote Zettel gedruckt, klebte an allen Straßenecken des Städtchens. Es folgten eine Einladung zum Abonnement und die Preise der Plätze. Auch die Namen der Schauspieler und ihr Rollenfach war verzeichnet. Zuletzt wurde mitgeteilt, wo man Theaterkarten kaufen konnte, und daß die Vorstellungen im großen Saal des Bürgergartens stattfinden sollten.

Käthe kam von ihrem französischen Lehrer, als ihr diese Ankündigung zu Gesicht kam. Ihre Augen strahlten. Sie preßte die Hand gegen das stark klopfende Herz. War das nicht wie ein Wink des Schicksals?

Die Schauspieler von Chemnitz kamen jedes Jahr auf einige Wochen ins Städtchen, weil die Theaterferien ihnen dazu Zeit ließen. Aber Käthe hatte selten, trotz ihrer Begeisterung für das Theater, die Vorstellungen besuchen dürfen. Man hielt nicht viel von diesem ‹leichtfertigen Vergnügen› bei Rodecks.

Aber jetzt hatte sie ja selbst Geld genug, um den Eintritt zu bezahlen. Sie faßte verstohlen nach ihrem Geldtäschchen, in dem ein Hundertmarkschein lag.

Fiebernd vor Aufregung stand sie vor der Ankündigung und prägte sich die Worte ein. Die Buchstaben tanzten vor ihren Augen, das Blut schoß ihr im tollen Wirbel durch die Adern. Was tun? Wie konnte sie sich dies Ereignis nutzbar machen? Zuerst würde sie sich den Theaterbesuch sichern, das stand fest. Hier – da stand etwas von einem Abonnement –, das war etwas für sie! Ein Abonnement würde sie erstehen, und zwar sofort, ehe man ihr zu Hause dreinreden konnte. Diese

Gelegenheit kam nie wieder. Vielleicht war bei den Schauspielern jemand, den sie um Rat fragen, der ihr sagen konnte, ob sie Talent habe oder nicht. Vielleicht – ach, was für Möglichkeiten erschlossen sich ihrer nach Kunst und Freiheit, nach Licht und Wärme dürstenden Seele!

Mit hastigen Schritten ging sie zu der bezeichneten Verkaufsstelle für die Karten und verlangte ein Abonnement. Gedankenverloren legte sie ihren Geldschein auf den Ladentisch hin, strich mit bebenden Händen die zurückerhaltene Summe in ihr Geldtäschchen und umfaßte die Abonnementskarte wie einen kostbaren Schatz. Erschloß sie ihr doch einen Blick in das Paradies ihrer Träume. Jubel und Freude füllten ihr Herz, sie hätte lachen und weinen mögen vor Wonne. Welch eine Fülle des Schönen und Erhabenen würden diese Theaterabende für sie bringen.

Jede vierte Vorstellung durfte sie auf ihr Abonnement besuchen.

Mit beschwingten Schritten lief sie heimwärts. Es war höchste Zeit, daß sie kam. Line trug gerade die Suppe auf. Schnell eilte sie, nachdem sie abgelegt hatte, ins Wohnzimmer. Bei Tisch durfte nicht viel gesprochen werden; deshalb mußte Käthe die erregende und ihr so wichtig erscheinende Neuigkeit bei sich behalten, bis die Mahlzeit zu Ende war.

Als sie Onkel Karl seinen Kaffee einschenkte, den er gleich nach Tisch zu trinken pflegte, sagte sie scheinbar ruhig: »Ich habe mir vorhin ein Theaterabonnement gekauft.«

Die beiden alten Leute sahen sie fassungslos an.

»Ein Abonnement? Ein Theaterabonnement?«

»Ja.«

»Für dich – ein ganzes Abonnement?«

»Ja, Tante.«

»Das ist unerhört!«

»Daß ich mir ein Abonnement gekauft habe?«

»Daß du es ohne unsere Erlaubnis getan hast. Woher hast du das Geld dazu?«

»Von Onkel Karl.«

Frau Amalie sah ihren Mann überrascht an.

»Von dir?«

»Ja, natürlich. Da Käthe vom Tag ihrer Mündigkeit an ihre Ausgaben selbst bestreiten soll, mußte ich ihr wohl Geld geben.«

»Und da gibst du mir nichts, dir nichts eine Unmenge Geld für ein so nichtsnutziges Vergnügen aus?«

»Ich hoffe, sehr viel Nutzen davon zu haben, Tante.«

Die lachte spöttisch auf.

»Ja, noch unsinnniger und überspannter wirst du werden als bisher, vollends überschnappen wirst du noch! Theater ist geradezu Gift für dich. Ich hätte nie erlaubt, daß du so viel Geld dafür ausgibst.«

»Nun es aber geschehen ist, erlaubst du doch, daß ich die Vorstellungen besuche?«

»Nein, ich erlaube es nicht! Es ist unerhört von dir, so hinter unserm Rücken –«

Hier fiel ihr Karl Rodeck gemessen ins Wort.

»Ereifere dich nicht, Amalie! Käthe ist alt genug, um sich selbst Rechenschaft über ihre Handlungsweise zu geben. Gewiß ist es unverzeihlich, daß sie uns überging. Das mag sie mit sich selbst abmachen. Wir haben unsere Pflicht an ihr reichlich erfüllt, und guten Gewissens können wir nun die Verantwortung für ihr ferneres Tun ablehnen. Ich wasche meine Hände in Unschuld. Sie mag von nun an selbst über sich bestimmen.«

»Aber es ist undankbar von ihr, uns plötzlich zu ignorieren.«

»Undank ist der Welt Lohn, Amalie. Und wenn ich ehrlich bin, habe ich nicht mehr darauf gerechnet, seit uns unser eigen Fleisch und Blut im großen Undank verließ.«

Das Gesicht der alten Frau überzog sich bei diesen Worten mit fliegender Röte. Die Stricknadeln klirrten verdächtig. Käthe sah, daß ihre Hände zitterten. Es war das erstemal, daß man Helmut erwähnte, seitdem er sich von den Eltern getrennt hatte. Und in Käthes warmem, weichem Herzen wurde plötzlich das Mitleid lebendig. Lebte hinter dem kalten, starren Äußeren der Tante doch vielleicht ein tiefer, heimlicher Schmerz um den verlorenen Sohn? Hatte sie ihr in jugendlichem Unverstand unrecht getan?

Sie trat rasch neben die alte Frau und faßte nach ihrer Hand.

»Liebe Tante, ich wollte euch nicht weh tun. Verzeiht mir!«

Ihre warme junge Stimme bettelte um Einlaß in diese verknöcherten Herzen. Aber Frau Amalie war schon wieder sie selbst.

»Du wirst mir die Maschen herunterwerfen«, sagte sie ärgerlich.

»Ich hebe sie wieder auf.«

»Damit unnötig Zeit vertrödelt wird. Laß gut sein! Undank bleibt Undank.«

Käthes Lippen zuckten. Immer wieder derselbe Vorwurf, dieselbe Herzenskälte und Engherzigkeit. Das warm aufquellende Gefühl war erstickt. Sie hatte sich wohl getäuscht, wenn sie annahm, daß Tante Amalie stillverschwiegen ein Leid trug. Still setzte sie sich auf ihren Platz. Aber die Erinnerung an Helmut war wieder in ihr geweckt worden.

Was mochte aus dem gutherzigen, lebensfrohen Jungen geworden sein? War er überhaupt noch am Leben? Ob er bereute, daß er sich vom Vaterhaus gelöst hatte? Sie hätte brennend gern etwas von ihm gehört. Sie konnte ja so gut verstehen, was ihn hinausgetrieben hatte.

Onkel und Tante saßen sich gegenüber und wagten nicht, sich anzusehen. Zwischen ihnen stand, durch Karl Rodecks Worte heraufbeschworen, ein Schatten aus der Vergangenheit. So verknöchert waren die beiden Herzen doch noch nicht, daß sie ganz gleichmütig über diese Erinnerung zur Tagesordnung übergingen. Und sie fürchteten, einer in des anderen Auge eine heimliche Sehnsucht zu lesen. Besser, man rührte nicht daran.

Die Schauspieler waren angekommen. Es war immerhin ein Ereignis für das Städtchen, daß man dieselben Künstler auf der Bühne sehen sollte wie die Bewohner der Stadt Chemnitz. Es war weniger Kunstenthusiasmus als Neugier, was die Leute antrieb, sich Karten zu lösen. Im großen Saal des Bürgergartens, der eine ganz hübsche Bühne besaß, waren dicht nebeneinander die Stühle in geraden Reihen aufgestellt und mit Nummern versehen worden. Sogar eine Galerie war vorhanden, freilich nur für Stehplätze. Aber der weite Saal faßte doch eine Menge Menschen.

Die Einrichtung der Bühne war mangelhaft genug; aber die Schauspieler hatten genügend technische Gerätschaften mitgebracht. Der Wirt vom Bürgergarten hatte seine Salonmöbel und seine einfache Zimmereinrichtung zur Verfügung gestellt. Von erfinderischen Köpfen ließ sich daraus alles machen. Die Künstler zogen es vor, während ihrer unfreiwilligen Ferien hier auf eigenes Risiko zu spielen; denn sie bekamen von ihrer

Direktion in Chemnitz während dieser Ferien keine Gage.

Da jeder wohlgeordnete Staat ein Oberhaupt haben muß, wählten die Schauspieler den Heldendarsteller Georg Wigand zum Direktor. Sie hatten vereinbart, auf Teilung zu spielen, und zwar auf prozentuale Teilung, berechnet nach der Gage, die sie in Chemnitz bezogen.

Das Ensemble war am Vormittag des ersten Juli auf der Bühne versammelt, um zu proben. Vorher wurden jedoch die Garderoben inspiziert. Da mußte mit spanischen Wänden und Versatzstücken nachgeholfen werden, um aus den verfügbaren Nebenräumen die nötigen Abteile zu gewinnen. Einige von den Damen rümpften das Näschen und sprachen von ›schrecklich primitiven Zuständen‹, aber sie wurden schnell abgefertigt mit der Bemerkung: »Geleiert ist besser als gefeiert.«

Dann ging es an die Probe.

Georg Wigand hielt erst eine kleine feierliche Ansprache an seine Getreuen.

»Kinder, wir wollen auch hier in Krähwinkel die Fahne der Kunst hochhalten. Also bitte nicht schlampen, alles ernsthaft nehmen! Wir wollen zeigen, daß wir –«

»... sind ein einig Volk von Brüdern«, rief Adi Kertner dazwischen mit seiner trockensten Miene.

»Adi, sprichst du oder ich?«

»Bist du es oder dein Geist, der mich dieses fragt?«

»Ich muß dich pönen mit zwanzig deutschen Reichspfennigen.«

»Dann bitte ich zuvor um Vorschuß. Ich bin nicht im Besitz einer so großen Summe.«

»Vorschuß – wer spricht von Vorschuß? Adi, schöner Adi, komm an mein Herz, du hast das erlösende Wort gesprochen!« jauchzte Paul Hartenberg, der schüchterne Liebhaber.

»Ruhe – Rrrruhe –! Wir wollen mit der Probe beginnen.«

»Das Thema vom Vorschuß ist interessanter«, brummte Hieronymus Berthold, der Heldenvater.

»Auch du, mein Sohn Brutus!« rief Wigand schmerzlich.

»Es war nur eine profane Regung meines sterblichen Ichs. Verzeiht, o edler Direktorius.«

»Halt mir den übrigen Chor der Rache vom Halse bis nach der Probe, dann soll dir vergeben werden.«

»Ich schütze dich mit meinem eigenen Leibe.«

»Schön, nun aber ohne weitere Vorrede zur Sache!«

Georg Wigand, der Held und Direktor, war ein bildschöner Mensch. Feurige schwarze Augen, die weich und bestrickend bitten konnten, dichtes schwarzes Haar, kurz geschnitten und nur über der Stirn sich wellig emporbäumend, eine hohe, schlanke Gestalt, schöne weiße Hände, tadellose Zähne und edle Züge – alles das vereinigte sich, um ihn zum angebeteten Helden vieler weiblicher Herzen zwischen fünfzehn und vierzig Jahren zu machen. Er besaß ein schönes Talent, wenn er auch nicht über die Flugkraft des Genies gebot. Seit dem Winter war er auf fünf Jahre nach Chemnitz verpflichtet worden mit einer Gage von sechshundert Mark. Damit war der weitaus Bestbezahlte unter dieser Künstlerschar.

Gleich nach ihm rangierte Adi Kertner, der Charakterkomiker. Als geborener Berliner hatte dieser den besonderen schnodderig humoristischen Tonfall, der seinen Landsleuten eigen ist. Er war der interessanteste und geistvollste unter seinen Kollegen, ein Mensch, der eigene tiefe Gedanken hatte und sie zuweilen in ulkiger

Weise zum besten gab. Trotzdem war er im Grunde ein sehr ernster Mensch, zeigte es nur nicht gern. Er glossierte alles und übte seinen Sarkasmus an allen aus, die ihn dazu reizten.

Immer elegant und peinlich sorgfältig gekleidet, hatte er eine kleine, aber sehr schlanke Figur und ein ausdrucksvolles, kluges Gesicht. Seine dunklen Augen beobachteten scharf. Er war mehr häßlich als schön, aber von interessanter Häßlichkeit, die anziehender wirken kann als ein leeres schönes Gesicht. Wegen seiner Vorliege für ein elegantes Äußeres wurde er ›der schöne Adi‹ genannt. Das ließ er sich ruhig gefallen. Sein Alter konnte man nicht bestimmen. Er sah, auch ungeschminkt, einmal wie zwanzig Jahre aus, das andere Mal wie vierzig. Die Sage ging, daß er er eine große, hoffnungslose Liebe im Herzen trüge. Tatsächlich war er schon jahrelang heimlich mit einem Mädchen verlobt, deren Eltern die Einwilligung zur Heirat nicht gaben. Und das bemerkenswerteste war, daß er diesem Mädchen die Treue hielt. Für einen von lockenden Versuchungen umgebenen Schauspieler war das keine geringe Leistung. Adi Kertner war ein außerordentlich gebildeter Mensch. Er las viel, studierte die Philosophen und interessierte sich für alle schönen Künste. In Chemnitz war er in den besten Familien eingeführt, und wurde da als geistvoller, amüsanter Gesellschafter sehr geschätzt.

Für Paul Hartenberg, den schüchternen Liebhaber, hegte er eine Art väterliche Freundschaft, obwohl dieser junge Mann selbst schon dreißig Jahre war.

»Paulchen«, wie er von allen Kollegen genannt wurde, war ein gutmütiger, liebenswürdiger Mensch. Er war hübsch, vielleicht etwas zu weichlich für einen Mann. Seine treuherzigen, blauen Augen lachten meist vergnügt in die Welt. Im übrigen gehörte zu seinem Wohlbefinden eine unglückliche Liebe, die jedoch ihren Gegenstand sehr oft wechselte.

Der genialste, aber auch verbummeltste der Truppe war Franz Huber, der Intrigant. Er hatte Tage, wo sein Spiel dem der größten Künstler gleichgestellt werden konnte; aber dann gab es auch welche, an denen er miserabel spielte. Er trank zuviel und wäre wahrscheinlich längst verkommen, wenn ihn nicht seine äußerst energische Gattin in Zucht gehalten hätte. Sie holte ihn abends einfach aus dem Wirtshaus nach Hause, ohne sich um sein Schimpfen zu kümmern. Einmal hatte sie ihn schon glücklich bis zur Haustür gebracht. Er hatte ihr den Hausschlüssel abverlangt, um aufzuschließen. Dann ließ er seine Frau zuerst eintreten, aber kaum war sie drin, klappte er die Tür von draußen zu, verschloß sie und eilte wieder zu seinen Freunden zurück. Seit der Zeit hielt Frau Huber ihren Mann immer am Arme fest, wenn sie ihn heimholte. In guten Tagen dankte er ihr diese Fürsorge, in bösen behandelte er sie dafür grob und ausfallend. Frau Huber war als Heldenmutter engagiert.

Die Gattin des Heldenvaters Hieronymus Berthold war eine komische Alte, eine urfidele, sehr deutsch redende alte Dame, die aber bei Publikum und Kollegen riesig beliebt war. Außer dem Bonvivant, der Naiven, der Sentimentalen und der Heldin waren nur noch einige Statisten mit von Chemnitz herübergekommen. Andere Herren und Damen der Truppe hatten Einzelgastspiele an kleinen Sommerbühnen angenommen oder hielten Ferien, weil sie sich das leisten konnten.

Am ersten Abend wollte man »Romeo und Julia« spielen und sprach noch einmal den Text des Stückes durch. Anschließend daran machte man sich gemeinsam an den Aufbau der Dekoration, da man die Bühnenarbeiter aus Ersparnisgründen in Chemnitz zurückgelassen hatte.

Der Palast machte das meiste Kopfzerbrechen, und er sah trotz aller Mühe nicht sehr fürstlich aus. Auch der Balkon vor Julias Zimmer machte Schwierigkeiten. Fräulein Hellmann, welche die Julia spielte, wurde schließlich ganz nervös, weil man den Balkon immer wieder umbauen mußte. Aber endlich klappte doch alles. Gegen drei Uhr nachmittags waren die Künstler mit allen Vorbereitungen fertig und gingen gemeinsam in das Restaurationszimmer, um zu Mittag zu essen.

Georg Wigand lief vor dem Essen schnell noch einmal zu den beiden Kaufleuten, die den Kartenverkauf übernommen hatten, und rechnete mit ihnen ab. Er war freudig überrascht von der guten Einnahme. Die erste Vorstellung war jetzt schon ausverkauft, und auch eine hübsche Anzahl Abonnements war bereits ausgegeben. Das war ein guter Anfang. Vergnügt suchte er seine Kollegen wieder auf. Adi Kertner zog ihn am Rockärmel an seine Seite.

»Zeitweiser Pächter meiner Schönheit und meiner Talente – hast du schnöden Mammon eingeheimst, dann teile uns mit von deinem Überfluß!«

»Könnt ihr haben, Kinder. Erst laß mich aber einen Teller Suppe essen, sonst falle ich um vor Hunger. Nachher streue ich den Segen auf euch aus. Ihr werdet staunen.«

»Famos, famos. Wir staunen mit Wonne.«

»Wenn mehr als eine Million auf meinen Teil kommt, verweigere ich die Annahme.«

»Nun, das nicht! Dann lasse ich lieber den wohltätigen Bürgern der Stadt ein Denkmal setzen.«

»Seid doch nicht so unbescheiden! Mit Millionen schmeißt man nicht so um sich..«

»Paulchen, mein Gold, wie bist du klug!«

»Direktorius, hast du deine Suppe bald intus?«

»Bedenke, wir tragen der Sehnsucht langes Weh im Herzen.«

So schwirrte es durcheinander. Dann kam Hieronymus Berthold hereingestürmt.

»Wo ist mein Freund, der Direktor? Schafft ihn mir zur Stelle, daß ich ihn an mein volles Herz drücken kann! Er hat Geld! Ah, da ist er.«

Er wollte auf Wigand losstürzen. Der schöne Adi hielt ihn fest.

»Nicht so heftig, mein edler Vater, du zerdrückst ihm sonst die Banknoten. Geh zart mit ihm um, bis wir ihn zur Ader gelassen haben!«

»Leute, ihr seid wie die Vampire«, stöhnte Wigand. »Nicht mal ruhig essen kann man.«

Kaum war er mit seiner Suppe fertig, als er von allen Seiten umring wurde.

»Raus mit dem Mammon, edler Menschenfreund!«

»Wenn du nicht schleunibus austeilst, geht dir's schlecht.«

»Wer wagt es, unser Oberhaupt zu bedrohen! Sei still, Direktorius, ich schütze dich.«

Wigand wehrte lachend ab.

»Wenn ihr euch nicht ruhig auf eure Plätze begebt, gehe ich mit der Kasse durch.«

»Hoho – haltet ihn fest! Nelly, umstricke ihn mit deinem Sirenenlächeln.«

Nelly Dannewitz hielt Wigand fest und flüsterte: »Sag es mir heimlich, hast du viel Geld, Direktor?«

»Ja, Dannewitz, mehr als ich dachte.«

Da ließ sie ihn los.

»Kinder«, rief sie lachend, »viel Geld hat er, nun seid stad und setzt euch auf eure Plätz. Aber i muß mal juchzen – geht, laßt mi mal juchzen, sonst erstick i.«

Und sie stieß einen gellenden Juchzer aus, so daß der Kellner hereingestürmt kam.

Huber stellte sich mit wildrollenden Augen und echter Bösewichtmiene vor ihn hin.

»Entferne dich, schwarzbefrakter Sklave, und störe uns nicht im wichtigen Tun!«

Wigand breitete nun das eingenommene Geld auf dem Tisch aus. Hieronymus Berthold mußte auf Papier ausrechnen, wieviel jeder nach Abzug der Spesen bekam. Das dauerte ziemlich lange, denn das aufgeregte Völkchen gab keine Ruhe.

Nur Paul Hartenberg war an das Fenster getreten und schaute auf die sonnige Straße hinaus. Adi trat zu ihm.

»Schläfst du, Hagen, mein Sohn?«

Der schüchterne Liebhaber sah von seiner stattlichen Höhe auf Kertner herab und zog ihn am Rockärmel dicht an seine Seite.

»Adi – ich habe heute morgen, als ich zur Probe ging, ein Mädel hier gesehen – ein Mädel, du glaubst nicht: süß – entzückend! Eine Figur – ein Gesicht –, ich konnte mich nicht sattsehen. Leider verschwand es sehr bald in einem Haus. Ich hätte nicht gedacht, daß es so etwas Schönes und Liebliches in diesem Nest gäbe.«

»So etwas gibt es für dich überall, Paulchen, mein Gold. Halt dein Herz fest, du wirst es sonst zum dreihundertfünfundsiebzigsten Mal brechen.«

Hartenberg bemühte sich, ein melancholisches Gesicht zu machen. Das wirkte unglaublich komisch.

»Adi, du bist ein fühlloses Ungeheuer und weidest dich an meiner Qual.«

Adi zog ihn am Ohrläppchen zu sich herab und flüsterte geheimnisvoll: »Geh in ein Kloster, Ophelia.«

Dann ließ er ihn stehen und trat wieder an den Tisch heran.

Berthold war inzwischen mit seiner Berechnung fertig geworden, und Wigand zahlte aus. Das war ein Jubel ohne Ende.

»Ich gebe eine Flasche Sekt«, rief Hartenberg.

»Ich auch!«

»Ich auch!«

»Jetzt nicht, heute abend nach der Vorstellung«, rief Wigand.

»Gut, also heute abend. Jeder gibt eine Flasche Sekt.«

»Ich nicht«, brummte Berthold. »Das wird zuviel, aber ich trinke mit.«

»Haut ihn, haut ihn!«

»Laßt micht erst ausreden. Wir beiden Ehemänner, Huber und ich, sind zu solid zu solchen Schlemmereien.«

»Hört, hört!«

»Ausreden lassen. Also, meine Alte und ich, wir laden euch alle Sonntag mittag zu uns. Anna« – das war seine Frau – »bereitet auch köstliches Kartoffelpüree mit Koteletts, darin ist sie groß.«

»Bravo, bravo! Berthold soll leben und Anna daneben!«

»Holde Anna, dann brate aber nicht zu wenig Koteletts«, sagte Kertner, »du weißt, daß Paulchen letzten Winter allein fünf Stück davon und eine riesige Schüssel Püree verspeist hat.«

»Du bist ein elender Verleumder, Adi – es waren nur vier Stück«, rief Paulchen dazwischen.

»Na, zankt euch man nicht, Kinnings«, sagte Anna Berthold in ihrer gemütlichen Art. »Wir einigen uns auf den Durchschnitt. Ich werde pro Mann drei Stück rechnen, das ist bei den teuern Fleischpreisen eine Leistung.«

»O holde A a a nna!« sang Hartenberg im Ton des Junker Spärlich.

Frau Huber klopfte an ihr Glas.

»Jetzt laßt mich mal reden.«

»Ruhe, Silentium für Frau Therese Huber.«

»Huber und ich, wir laden euch für den folgenden Sonntag zu Kaffee und Windbeuteln mit Schlagsahne ein.«

»Hurra, hurra, hurra, sollst leben, Thereschen!«

»Kinder, nun verwechselt das nicht«, ermahnte Kertner. »Also den nächsten Sonntag gibt es bei Bertholds Windbeutel mit Kartoffelpüree und den Sonntag darauf bei Hubers Koteletts mit Schlagsahne und Kaffee.«

»Wenn dir das man gut bekommt, schöner Adi«, sagte Anna Berthold lachend.

Nachdem man noch gemeinsam Kaffee getrunken hatte, gingen die Schauspieler auseinander, um sich für den Abend vorzubereiten.

4

Der erste Akt von ›Romeo und Julia‹ war zu Ende, der Vorhang war gefallen, und kräftiger Applaus hatte die Schauspieler für ihre Mühe belohnt.

Nun stand Paul Hartenberg, der sich nicht umzukleiden brauchte, am Vorhang und lugte angestrengt durch das Guckloch in den Zuschauerraum. Gleich in einer der ersten Parkettreihen saß das schöne Mädchen, welches er heute vormittag gesehen hatte. Es war Käthe Rodeck, die mit glühenden Wangen und glänzenden Augen den Vorgängen auf der Bühne gefolgt war und nun erwartungsvoll zu dem Vorhang emporsah. Es war Hartenberg gar nicht zu verdenken, daß er seinen Blick nicht von ihr wenden konnte.

Plötzlich legte sich eine Hand schwer auf seine Schulter.

»Holla, Paulchen, laß andern Leuten auch was Hübsches übrig. Was stehst du hier wie angewurzelt und gaffst hinaus?«

»Adi, Adi, du weißt nicht, nach wem ich ausschaue? Ich hab dir doch gesagt, das holde Kind sitzt im Parkett. Hast du sie gesehen?«

»Ja – das habe ich, und beim Himmel, dieses Kind ist schön. Übrigens kannst du zufrieden sein, auch diese glühende Neigung deiner Seele wird unerwidert bleiben. Du bist demnach wieder im glücklichen Besitz einer unglücklichen Liebe. Nun brich, o Herz, was liegt daran!«

»Adi – woraus schließest du das?«

»Ihre Augen gingen andere Wege als nach deinem lieblich gerundeten Vollmondsgesicht. Ich habe sie in deinem Interesse während des ganzen ersten Aktes durch ein Loch in der Kulisse beobachtet. Sie sah und hörte nichts als ihn – unsern Romeo nämlich. Unser verehrter Herr Direktor sieht aber auch wirklich heute wieder blendend schön aus. Fast möchte man glauben, er habe Seele und Geist – aber dies scheint nur so, er ist ein Blender. Und das arme Herzchen im Parkett zappelt nun schon in der Schlinge, darauf wette ich drei Flaschen Sekt gegen eine leere Eierschale.«

»Meinst du wirklich, daß sie mir verloren ist?«

»Ganz bestimmt.«

»So soll ich wieder einsam meine Straße ziehen – es ist mein Schicksal, immer vorbeizulieben.«

»Und das sagst du mit stillbeglückter Miene und freust dich, daß es so ist. Denn wenn alle Schönen dein würden, nach denen dein Herz verlangt hat – heiliger Bimbam –, so was gäb es nicht zum zweiten Male.«

»Ich wäre ja nicht unbescheiden, würde nur verlangen, daß jede mich ein bißchen gern hätte.«

»Ja, ja – du bist wirklich ein Gemütsmensch.«

»Na, so einseitig wie du kann ein normaler Mensch in der Liebe auch nicht sein.«

Kertner machte ein ernstes Gesicht.

»Du – bitte, rühre nicht daran, denn du kannst nicht ermessen –, aber das genügt ja schon, nicht wahr?«

»Herrgott, Adi, verstehst du keinen Spaß?«

»So viel du willst, nur in dieser Sache nicht! Aber schau, da kommt unser Direktor. Wie er strahlt in Schönheit und sonnigem Heldenglanz! Mensch, Wigand, Romeo – man kann es den Frauen wirklich nicht verdenken, wenn sie auf dich reinfallen.«

»Du übst wieder einmal deinen Witz an mir; laß mich zufrieden! Gebt Raum, ich will auch mal hinausschauen.«

»Aha, du hast auch bemerkt, daß große, blaue Mädchenaugen voll Entzücken und Begeisterung an dir gehangen haben.«

»Na, blind bin ich nicht, und so ein bildhübsches, süßes Mädel ist immerhin eine Seltenheit. Glaubt es oder nicht, sie hat mich begeistert mit ihren strahlenden Augen. Ich habe schließlich nur für sie gespielt.«

»Armes Ding!« sagte Kertner ernst.

»Wieso?«

»Ihr wäre besser, sie hätte dich nicht gesehen und wäre nicht von dir gesehen worden.«

»Warum?«

»Weil du jetzt deinen ganzen Charme aufbieten wirst, um sie völlig zu bezaubern.«

»Wer weiß, ob sie noch einmal herkommt.«

»Sicher; sie sitzt auf Nummer fünfzehn; der Platz ist für jeden vierten Abend abonniert.«

»Woher weißt du das nun schon wieder, Adi?«

»Aus der Berechnung unserer Billettverkäufer; ich habe nachgesehen, natürlich in deinem Interesse.«

»Sehr verbunden. Aber nun fort, der zweite Akt muß beginnen.«

Gleich darauf tönte das Klingelzeichen.

Käthe trank die Dichterworte förmlich in sich hinein, ihre Seele bekam Schwingen – sie fühlte sich in eine andere Welt versetzt, in eine Welt voll Glanz und Schönheit.

Und Wigand gab sein Bestes an diesem Abend. Auch seine Partnerin, Fräulein Hellmann, spielte vorzüglich.

Nach Käthes Meinung sah Julia sinnverwirrend schön aus. Es schien ihr kein Wunder, daß Romeo so heiße Liebesworte fand.

Julia hatte übrigens nach dem zweiten Akt eine kleine eifersüchtige Auseinandersetzung mit ihrem Romeo. Natürlich hinter den Kulissen und unter Ausschluß der Öffentlichkeit.

»Wigand, was hast du mit der Dame im Parkett?«

»Mit welcher Dame?«

»Ach, verstell dich doch nicht. Denkst du, ich sehe nicht, wie du sie anschaust und nicht aus den Augen läßt?«

»Und wenn dem so wäre? Laß mich doch zufrieden mit deinen Eifersüchteleien! Du hast kein Recht dazu, und mir ist es lästig.«

»Liebst du mich nicht mehr?«

»Sei doch nicht so tragisch! Ich habe dich gewiß sehr gern. Aber man wird doch ein hübsches Mädchen anschauen dürfen.«

»Anschauen, anschauen – als ob es dabei bliebe!«

»Und wenn nicht, was tut's? Du weißt – ich kehre doch immer zu dir zurück. Du bist mir viel zu notwendig zur künstlerischen Entfaltung. Dein Spiel reißt mich mit fort. Du warst wieder wunderbar heute abend, halte dich bis zum Schluß so gut und verdirb dir und mir die Stimmung nicht mit Eifersüchteleien! Du weißt, Fesseln kann ich nicht ertragen, und kleinlich darfst du nicht sein.«

Sie sah ihn mit vorwurfsvollen Blicken an.

»Mir wäre wohler, ich liebte dich nicht«, sagte sie bitter.

»Geh, sei keine Närrin, Helene! Das ist ja alles Unsinn. Mit kleinbürgerlichen Sentimentalitäten mußt du mich verschonen.«

Damit ließ er sie stehen.

Fräulein Hellmann sah ihm mit zornigen, tränenfunkelnden Augen nach.

Dann ging sie in die Garderobe, um die Tränenspuren zu verwischen.

Die Vorstellung nahm ihren Fortgang. Romeo spielte nur noch für das schöne Mädchen im Parkett. Und während der Pausen stand er am Vorhang und sah durch die kleine Öffnung hinaus, unbekümmert um Helene Hellmans zornige Miene.

Käthe interessierte ihn. Sie stach vorteilhaft ab gegen ihre Umgebung. Nicht nur durch ihre Schönheit. Ihr schlichtes Kleid war nicht mit Putz überladen wie das der anderen jungen Damen, und in ihrem Wesen prägte sich ruhige Vornehmheit aus.

Wigand hätte gern gewußt, wer sie war. Sie schien allein im Theater zu sein; denn während der Pausen saß sie still in sich versunken da.

Nach jedem Akt, wenn der Vorhang fiel und die Schauspieler sich verneigten, suchte er mit seinen Augen die ihren. Jedesmal trafen die Blicke ineinander. Der seine flammend, der ihre groß und voll schwärmerischen Glanzes. Obwohl Wigand viele schöne Frauenaugen bewunderungsvoll angeblickt hatten, in den Augen dieses Mädchens lag ein rätselhaftes Etwas, das den Verwöhnten fesselte. Vielleicht war es das schrankenlose Aufgehen in den Geist der Dichtung, das Ringen ihrer Seele nach Befreiung, die glühende Sehnsucht nach dem Schönen, Großen, das ihren Augen diesen wunderbaren Ausdruck verlieh. Daß es etwas Ungewöhnliches war, merkte selbst der von Frauenhuld Übersättigte, und es packte ihn und entflammte sein Herz.

Und Käthe wußte nicht, wie ihr geschah. Sie dachte auch gar nicht darüber nach, was es war, das ihr das

Blut so schnell durch die Adern jagte. Willenlos gab sie sich dem Zauber hin und fühlte sich reich und glücklich über alle Maßen. Sie stand regungslos an ihrem Platz. Sie rührte die Hände nicht, um Beifall zu spenden, aber ihre Augen glänzten feucht vor Ergriffenheit und Begeisterung.

Als die Vorstellung zu Ende war, ging sie wie im Traum hinaus zwischen dem schiebenden, drängenden Menschenschwarm. Draußen spannte sich ein sternenklarer Himmel über das Städtchen. Es war ein warmer, düfteschwerer Sommerabend.

Am Tor des Bürgergartens stand Line und wartete auf ihr Fräulein Käthe. Neben ihr, die Hände in die Paletottaschen versenkt, die Zigarette im Mund und den Zylinder auf dem Kopf, stand Adi Kertner, der schon früher fertig, sich bereits umgezogen hatte.

Er sah Käthe herankommen und beobachtete sie scharf. Sie ging auf die alte Magd zu.

»Da bin ich, Line, nun schnell nach Hause«, hörte er sie mit freundlicher Stimme sagen.

Dann verschwanden die beiden Frauen im Dunkel.

Kertner sah ihnen nach, blies den Rauch der Zigarette heftig von sich und warf sie weg.

»Arme, dumme Dinger ihr«, sagte er halblaut zu sich selbst. Dann wandte er sich Hartenberg zu, der eben heraustrat.

»Bist du endlich fertig, Paulchen? Ich stehe schon zehn Minuten hier und warte auf dich, obwohl du früher fertig warst als ich.«

»Weil ich mich so lange abschminken mußte. Hatte ich doch meine ganze Schönheit unter der Schminke zu verstecken.«

»Fatzke.«

»Aber, Adi! Hast du schlechte Laune?«

»Reicht noch gar nicht. Wütend bin ich.«

»Warum?«

»Ja, warum? Ich weiß es selbst nicht.«

»Dann komm schnell zu einem frischen Schoppen. Die andern kommen nach.«

»Nein, geh du allein. Ich bin heute in niederträchtiger, menschenfeindlicher Stimmung, da bin ich mir selbst schon zuviel. Gute Nacht.«

Und er lief schnell davon. Paul Hartenberg sah ihm kopfschüttelnd nach.

»Er hat wieder einmal seinen Nietzschetag, da ist nichts mit ihm anzufangen«, dachte er und trat dann in das Restaurationszimmer.

Käthe war inzwischen stumm neben Line dahingeschritten. Sie war froh, daß Onkel und Tante nicht mit im Theater waren. Das hätte ihr den Genuß geschmälert. Es wäre ihr fürchterlich gewesen, verständnislose, nörgelige Kritik über die Vorstellung anhören zu müssen.

Line brach endlich das Schweigen.

»War es schön im Theater, Fräulein Käthe?«

Die fuhr auf aus ihrer Versunkenheit.

»Ja, Line, sehr schön.«

»Die Spieler sehe ich auch sehr gern. Ich habe sie voriges Jahr auch einmal in einem Stück gesehen, wo ein schönes, junges Mädchen Gift trinken mußte von ihrem Schatz. In einem Glas Limonade war das Gift, und nachher hat es ihrem Schatz sehr leid getan. Das war sehr traurig, ich hab mir fast die Augen ausgeweint. Aber schön war es doch. Ich möchte wohl auch mal wieder gehen. Ob mir das die Frau Tante wohl erlauben wird?«

»Sie kann doch nichts dagegen haben.«

»Nun – man weiß doch nicht. Frau Rodeck ist manchmal so eigen.«

»Sie wird es schon erlauben, Line. Ich übernehme Ihre Arbeit, und das Billett schenke ich Ihnen auch.«

»Sie sind so gut, Fräulein Käthe! Haben mir doch erst das Geld zu dem Rock geschenkt.«

Käthe lächelte. »Ach, Line, wozu hab ich denn das unmenschlich viele Geld, wenn ich nicht einmal jemand eine Freude machen kann?«

»Na, alle Leute denken nicht so wie Sie, Fräulein Käthe. Sie sind sehr gut.«

Als die beiden nach Hause kamen, war das Haus schon dunkel. Nur im Flur brannte ein winziges Lämpchen, das Line bereitgestellt hatte. Rodecks waren schon zu Bett gegangen.

Käthe huschte leise die Treppe hinauf in ihr Zimmerchen. Dort saß sie noch lange wach am Fenster und sah mit großen Augen in die warme, stille Sommernacht hinaus. Eine intensive Lebensfreude erfüllte ihr Herz. Wie schön war das Leben, wie herrlich, daß es ihr so Schönes gebracht hatte! Und sie freute sich, daß erst der erste von den fünfzehn Abonnementsabenden vorüber war. Welch eine Fülle von Freuden stand ihr noch bevor! Die dunklen Männeraugen mit dem flammenden, lockenden Blick nahm sie mit in die Traumwelt hinüber.

Am andern Morgen erwachte sie mit einem freudig erwartungsvollen Gefühl. Wie schön es doch war, sich auf etwas freuen zu dürfen! So ein heimlicher Glanz lag auf ihren Tagen seit gestern.

Das Geschäft des Tischdeckens für das Frühstück schien ihr gar nicht mehr so eintönig. Ach – und die Sonne schien viel schöner als sonst. Selbst das Glöckchen vom Krämerladen klang weniger häßlich als an anderen Tagen.

Nur Onkel und Tante sahen noch verkniffener aus als sonst. Sie begegneten ihr äußerst kühl und unfreundlich.

Mit keinem Wort erwähnten sie das Theater.

Käthe suchte das Gespräch darauf zu lenken. Zu voll war ihr das Herz von allem, was gestern abend auf sie eingestürmt war. Sie hätte sich so gern einem verständnisvollen Herzen mitgeteilt. Aber sie wurde kalt zurückgewiesen.

»Bitte, verschone uns damit! Wir interessieren uns gar nicht für solch leichtfertige Vergnügungen«, sagte Karl Rodeck mit erhabener Miene.

So drängte Käthe ihr Empfinden zurück. Wäre jetzt ein Mensch dagewesen, der liebevoll und verständig auf sie eingewirkt hätte, wahrscheinlich wäre es ihr dann möglich gewesen, den Schein von der Wirklichkeit zu trennen. Aber so mußte sie alles allein in sich verarbeiten, und ihre tiefe Innerlichkeit, ihr ideales Empfinden verliehen ihren Phantasiegebilden greifbare Formen.

Sie hatte völlig unklare Begriffe von Welt und Leben. Für sie war es ausgemacht, daß die Schauspieler in Wirklichkeit so ideale Menschen waren, wie sie sich ihr auf der Bühne zeigten. Und ihre heimatlose, glückshungrige Seele flog ihnen zu. Vor allen dem einen, der ihr mit seinen dunkeln Augen heiße Unruhe ins Herz gepflanzt hatte. Aber auch der ›Julia‹ gedachte sie mit Wonne. Wie schön, wie herrlich mußte es sein, gleich ihr die Menschen zu erheben, zu begeistern! War es nicht möglich, daß auch in ihr Talente schlummerten, die nur geweckt zu werden brauchten, um sich voll entfalten zu können?

Je öfter Käthe die Vorstellungen besuchte, desto mehr setzte sich der Gedanke in ihr fest, Schauspielerin werden zu wollen. Sie wußte nicht, daß es die Sehnsucht war, Wigand näherzutreten, die ihren alten Wunsch wieder neu in ihr aufleben ließ und vertiefte. Jedenfalls war sie entschlossen, sich von einer erfahrenen Persönlichkeit prüfen zu lassen.

Sie hatte einiges Zutrauen zu Frau Anna Berthold gefaßt. Diese Schauspielerin hatte etwas so Joviales, Gemütliches. Käthe überlegte hin und her, wie sie es anstellen sollte, diese Frau aufzusuchen und sie zu bitten, ihr Rat zu erteilen, ob und wie sie Schauspielerin werden könnte.

Mit ihren Verwandten davon zu sprechen, hütete sie sich. Daß es Sturm gäbe, wenn sie mit ihren Plänen und Wünschen hervortreten würde, wußte sie. Es stand bei ihr fest, daß sie erst mit der vollendeten Tatsache vor ihre Pflegeeltern treten wollte.

Inzwischen ging ihr äußeres Leben seinen alten, geregelten Gang.

Eines Vormittags kam sie mit Line vom Wochenmarkt. Die alte Magd trug einen großen Korb mit Gemüse und Früchten.

Als sie am Markt um die Ecke bogen, stand plötzlich Georg Wigand vor ihnen. Wigand sah, welche Erregung sein unerwarteter Anblick bei ihr wachrief. Er war ein Frauenkenner, und es fiel ihm nicht schwer, dieses junge Geschöpf zu durchschauen. Einen tiefen Blick in ihr Auge senkend, ließ er sie vorübergehen. Ein wenig warm wurde ihm selbst dabei. Käthes frische, unberührte Schönheit weckte auch in diesem verwöhnten Mann etwas, das er lange nicht mehr gefühlt. Der große, fast andachtsvolle Blick ihrer unschuldvollen Augen drang ihm ins Herz.

Unauffällig hatte er hier und da Erkundigungen über sie eingezogen. Er wußte, daß Sie Waise war, im Haus ihres Onkels und ehemaligen Vormundes lebte, und daß sie – sehr reich sei. Die Mär von Käthes großem Reichtum hatte sich dank Lines Berichten im Städtchen herumgesprochen, und dieser letzte Umstand blieb auch nicht ohne Einfluß auf Wigands Entschluß, mit Käthe bekannt zu werden.

Eine Waise, reich, unabhängig, das wäre sein Fall gewesen. Und schön war sie obendrein und rettungslos verliebt in ihn.

Wenn er ernstlich wollte?

Und er begann zu wollen. Den Versuch konnte man immerhin machen. So mit einem Schlag aus den ewigen Geldverlegenheiten zu kommen, aus den quälenden Schulden bei Schuster, Schneider und den Wirtsleuten – nicht übel! Und ein molliges, behagliches Heim, keine nüchterne, häßliche Junggesellenwohnung mehr; dazu ein hübsches, sanftes Weibchen, das den Gatten anbetete und ihm die Wünsche von den Augen absah – es war wirklich verlockend. Wer wußte, ob es ihm noch einmal so gut geboten würde. Jedenfalls wollte er versuchen, sich der Kleinen zu nähern.

Er folgte in respektvoller Entfernung.

Käthe war mit bebenden Knien weitergegangen. Ohne sich umzuwenden, merkte sie, daß er ihr folgte. Das trug natürlich dazu bei, sie noch befangener zu machen. Sie wagte nicht aufzusehen und gab Line ganz verkehrte Antworten, so daß die gute Seele verwundert den Kopf schüttelte. Erst als sie in das Haus traten, wagte Käthe einen scheuen Seitenblick.

Richtig, auf der gegenüberliegenden Seite kam er herangeschritten.

Sie eilte wie gejagt die Treppe empor zu ihrem Zimmer und trat ans Fenster hinter die Gardinen.

Seinen scharf spähenden Augen war das leise

Schwanken der Gardine nicht entgangen. Fest richtete er sein Auge hinauf nach ihrem Fenster und ging langsam vorüber.

Käthe trat erschrocken zurück. Hatte er sie bemerkt?

Sie stand nun mitten im Zimmer und drückte die Hände auf das wildklopfende Herz.

»Mein Gott – mein Gott, ich liebe ihn«, dachte sie erschauernd und stand, von dieser Erkenntnis überwältigt, reglos da, bis man sie von unten rief. Da fuhr sie auf, kühlte sich das heiße Gesicht mit frischem Wasser und ging hinunter. Als sie eine Viertelstunde später am Nähtisch vor dem Wohnzimmerfenster stand, im Begriff, eine Näharbeit vorzunehmen, sah sie plötzlich Georg Wigand draußen wieder vorübergehen. Sie trat hastig und erglühend zurück. Er hatte es wohl bemerkt und schritt lächelnd davon. Käthes Hände zitterten bei ihrer Näharbeit, und in ihrem Innern tobte ein Sturm von Empfindungen. Sie hätte weinen und lachen mögen und empfand es beseligend, daß ihre Seele aus der nüchternen, starren Ruhe des grauen Alltags zu sonnigen Höhen emporflog.

Wieder hatte Käthe Theaterabend.

Diesmals stand Georg Wigands Name nicht auf dem Theaterzettel. Man gab ein Lustspiel, in dem er keine Rolle hatte. Vor dem Eingang traf sie mit Bürgermeisters und Albert Rodeck zusammen. Der Vater der Stadt, der sich zuweilen im Theater sehen lassen mußte, wählte dafür die Lustspielabende.

Man begrüßte Käthe sehr kühl, und das junge Mädchen schritt, nicht gerade erfreut von dem Zusammentreffen, neben den Bekannten her den breiten Gartenpfad entlang, der in den Theatersaal führte. Dicht vor dem Eingang zum Zuschauerraum stand Georg Wigand, im Begriff, auf die Bühne zu gehen und nach dem Rechten zu sehen. Als er Käthe neben dem Bürgermeister und seiner Familie daherkommen sah, verhielt er den Schritt.

Er zog den Hut, um den Bürgermeister zu grüßen. Seine Augen grüßten jedoch Käthe. Dann erst ging er davon. Das junge Mädchen, das fürchtete, daß man irgendwelche Bemerkungen über Wigand machen könnte, trat schnell ein und begab sich auf seinen Platz. Zum Glück saßen die andern einige Plätze von ihr entfernt. Sie war nun froh, daß Wigand heute nicht spielte; denn morgen war Skatabend, und wenn Käthe dann hätte Kritik hören müssen, wäre es ihr unerträglich gewesen. Sie war heute nicht ganz bei den Vorgängen auf der Bühne, war unaufmerksam und zerstreut.

Sie schob es auf die Anwesenheit ihrer Verwandten; aber das entsprach nicht ganz der Wahrheit. Der Brennpunkt ihres Interesses lag hinter den Kulissen. Dort suchten ihre Gedanken Wigand. Der stand inzwischen hinter der kleinen Öffnung in der Seitenkulisse und beobachtete sie lächelnd. Er sah sehr wohl, daß sie nicht wie sonst mit strahlender Begeisterung zur Bühne schaute. Und er wußte auch, warum es so war. Lange vor Schluß der Vorstellung ging er hinaus, um im Garten auf und ab zu gehen – und noch einen Blick von ihr zu erhaschen, wenn sie das Theater verließ.

Als er hinaus kam, sah er Line, an einem Baum gelehnt, stehen und erkannte in ihr sofort Käthes Begleiterin von neulich.

Wie zufällig lenkte er seine Schritte dicht an ihr vorbei und blieb plötzlich stehen, als habe er sie erst jetzt bemerkt.

»Sie erwarten wohl jemand?«

Line richtete sich aus ihrer bequemen Stellung empor. Auch sie erkannte ihn gleich. Er hatte neulich, als sie im Theater war, den schönen jungen Prinzen gespielt, der sich gar in seine eigene Stiefmutter verliebt hatte. Erst war er in einem weißseidenen, dann in einem schwarzsamtenen Anzug auf die Bühne gekommen mit schrecklich langen Strümpfen und ganz kurzen Hosen. Aber wunderschön hatte er darin ausgesehen. Und traurig war es wieder gewesen. So einen bösen Vater hatte er gehabt, der ihm seinen besten Freund totschießen ließ. So hatte sie Käthe am anderen Tag erzählt.

Und nun stand dieser schöne junge Mann vor ihr und sah ihr freundlich ins Gesicht.

»Ja, Herr, ich warte auf unser Fräulein Käthe.«

»Ah so – auf die Tochter Ihrer Herrschaft?«

»Nu nee – die Tochter ist es gerade nicht. Herr Rodeck ist man bloß der Onkel.«

»So, dann ist Ihr Fräulein wohl eine arme Waise?«

»Eine Waise ist sie schon, aber arm – behüte Gott, die ist sehr reich, unser Fräulein Käthe, und gut. Sie schenkt mir immer so viel, seit sie mündig ist. Seitdem kann sie ausgehen, soviel sie will. Sie hat mir das alles selbst erzählt, unser Fräulein Käthe.«

Wigand lächelte. Die gute Alte war sehr mitteilsam und schien froh zu sein, plaudern zu können.

»Sie haben wohl Ihr Fräulein sehr lieb?«

»Versteht sich, Herr, sie war man so'n armes Ding und keiner war lieb und freundlich mit ihr, zumal seit unser junger Herr fort ist. Da ist sie immer zu mir gekommen und hat gesagt: ›Line, du auch bös mit mir?‹ Aber ich konnt es nicht sein, sie war ja so ein liebes Dingelchen.«

»Und ihr Onkel und ihre Tante waren nicht gut zu ihr?«

»Du lieber Gott, die waren kleine Kinder nicht mehr gewöhnt. Und ein kleines, wildes Ding war sie immer schon gewesen. Meine Herrschaft ist ein bißchen sehr streng. Aber ich will ihnen beileibe nichts Übles nachreden. Bewahre! Es sind sehr rechtliche Leute, alles, was wahr ist.«

»Ihr Fräulein geht wohl sehr oft ins Theater?«

»Ja, sie hat sich gleich eine Menge Karten auf einmal gekauft. Meine Herrschaft war sehr böse darüber.«

»Die lieben wohl das Theater nicht?«

»Nein, sie gehen nie hinein. Aber ich war drin, Herr, als Sie neulich den schönen Prinzen spielten. O Gott, ich hab geweint! Es war zu schön.«

»So, hat es Ihnen gefallen?

»Ach Gott – ganz elend war mir zumute, so hab ich geweint. Ich kann es Fräulein Käthe gar nicht verdenken, daß sie so oft geht.«

»Das möchten Sie auch?«

»Freilich, Herr. Aber wenn ich auch wohl von meiner Frau Rodeck zuweilen Erlaubnis bekäme – es ist doch ein Sündengeld, fünfzig Pfennig für die Galerie.«

Wigand lachte.

»Ist das zu teuer? Warten Sie, da wollen wir gleich helfen.«

Er riß ein Blatt aus seinem Notizbuch und schrieb einige Worte darauf. Dann gab er es Line.

»Da, heben Sie sich den Zettel auf! Wenn Sie Zeit und Lust haben, ins Theater zu gehen, dann brauchen Sie am Eingang nur den Zettel vorzuzeigen; dann haben Sie unentgeltlichen Zutritt zur Galerie.«

»Aber, Herr, das kann ich doch gar nicht annehmen.«

»Tun Sie es nur – weil Sie so gut zu Ihrem Fräulein Käthe sind, möcht ich Ihnen eine Freude machen.«

Line lachte über das ganze Gesicht.

»Da kann ich wohl jeden Sonntag hineingehen, oder ist das zuviel?«

»So oft Sie wollen.«

»Dann dank ich tausendmal, Herr!«

»Schon gut.«

Er nickte ihr freundlich lächelnd zu und ging langsam durch den Garten.

»Ein feiner und freundlicher junger Herr«, dachte Line und hielt ihren Zettel krampfhaft fest. Was darauf stand, konnte sie nicht entziffern. Das mußte Fräulein Käthe ihr nachher vorlesen.

Als die Vorstellung zu Ende war und die Menschen, darunter Bürgermeisters, sich ein wenig verlaufen hatten, trat auch Käthe heraus. Sie hatte absichtlich gezögert, um ihren Verwandten auszuweichen.

Line erzählte ihr ganz aufgeregt ihre Begegnung mit Wigand und zeigte ihr den Zettel.

Freier Zutritt für die Galerie. Georg Wigand«, stand darauf.

Käthe las es der Alten vor. Dabei beschlich sie ein Gefühl der Überzeugung, daß Wigand nur ihretwegen mit der Magd gesprochen hatte, und dieses Gefühl beglückte sie.

Als sie aus dem Gartentore heraustraten, stand Wigand wartend unter der Laterne.

Line sah ihn gleich und nickte ihm freundlich zu wie einem alten Bekannten.

Er zog den Hut zu tiefem, respektvollem Gruß vor Käthe. Sie dankte ihm mit einem leisen, scheuen Neigen des Kopfes. Dabei war ihr zumute, als ob sie auf rosigen Wolken einherginge.

Line mußte noch ganz ausführlich erzählen, jedes Wort, das er gesprochen, wollte sie wissen. Und Line war so froh, plaudern und schwatzen zu können. Sie unterschlug keine Silbe.

Wigand hatte in Gedanken verloren dem schlanken Mädchen nachgesehen. So stand er noch, als Kertner zu ihm heraustrat.

»Pächter meiner Schönheit und meiner Talente, wem starrst du so träumend nach?«

»Sei nicht neugierig, Adi!«

»Nein, wahrhaftig, das bin ich nicht. Meine Frage war eine leere Phrase, denn ich weiß, wem deine Blicke folgen: Dem hübschen Fräulein Rodeck! Willst du denn wirklich den Feuerbrand der Leidenschaft in diesem unschuldsvollen Geschöpf entfachen?«

»Laß deine dummen Witze! Ich tue ja nichts dazu. Übrigens ist es noch gar nicht erwiesen, daß ihr etwas an mir liegt.«

Kertner zuckte die Achseln.

»Die Frauen sind ein törichtes Volk. Alle vergaffen sie sich in deine schöne Larve und meinen, es müßte Geist und Gemüt dahinter stecken. Daß sie beides vergeblich suchen, wissen sie nicht.«

»Ich danke; du bist ja wieder einmal sehr liebenswürdig.«

»Bitte sehr, gern geschehen. Aber du wirst nicht die Illustration zu meiner Behauptung liefern wollen.«

»Was soll das heißen?«

»Das soll heißen, wenn du wirklich ein Hohlkopf bist, dann nimmst du mir meine freien Worte übel. Bist du es nicht, dann setzt du dich mit der Erhabenheit großer Geister über meine Meinung hinweg – und gehst mit mir einen Schoppen trinken. Die andern kommen nach. Oder willst du Fräulein Rodeck nachgehen?«

»Unsinn, daran ist doch in dem Nest nicht zu denken.

Hier hält es überhaupt schwer, eine Bekanntschaft zu machen.«

»Das ist für dich sehr fatal, für Fräulein Käthe Rodeck jedoch ein Glück.«

»Wieso?«

»Weil du schleunigst Sturm laufen würdest, um sie vollends zu erobern. Dann würdest du, nach Ablauf unseres hiesigen Gastspiels, ungerührt von dannen ziehen. Sie aber bliebe mit gebrochenem Herzen zurück.«

»Wenn es nun aber ganz anders käme, wenn ich sie heiratete?«

Kertner sah ihn mit einem Blick an, der förmlich mit Sarkasmus getränkt war.

»Was würde wohl Lenchen Hellmann dazu sagen? Sie würde es dir glücklicherweise nicht erlauben.«

Wigand brauste auf.

»Mir hat niemand etwas zu erlauben oder zu verbieten. Ich bin vollständig frei! Wenn sich die Hellmann wie eine Klette an mich hängt – ich gab ihr kein Recht dazu.«

»Schön; das mag sein, wie es will. Aber ein anderer und wichtigerer Punkt, mein Sohn. Die ehrenwerten Bürger besuchen recht fleißig unsere Vorstellungen, sie applaudieren uns, sie lachen und weinen über uns und hüllen sich uns gegenüber in Wohlwollen – solange wir ihnen nicht zu nahe kommen. Aber ihre Töchter geben sie uns ganz sicher nicht zu Frauen – und das kann man ihnen nicht einmal übelnehmen.«

»Aber wir sind doch auch Menschen.«

Kertner lächelte höhnisch.

»Ja, sozusagen sind wir auch welche. Aber nur so eine Art Allerweltskaspar, unter den Isolierglassturz zu stellen, und nur für müßige Stunden. Beileibe nicht für den täglichen Hausgebrauch.«

»Du bist sehr pessimistisch.«

»Vielleicht mit einigem Recht. Ich wollte nämlich einmal die Probe auf dieses Exempel machen, und es ist mir betrübend gut gelungen. Damals wehrte ich mich noch gegen dieses meiner Ansicht nach ungerechte Vorurteil; ich rieb mir mein bißchen Seele wund, bis ich's erfaßt und verstanden hatte. Später habe ich manches erlebt, was mir die Überzeugung brachte: Die ehrenwerten Bürger haben nicht unrecht, wenigstens von ihrem Standpunkt aus gesehen. Na – ich hab mich damit abgefunden, daß ich vom Publikum nur so lange Daseinsberechtigung zuerkannt erhalte, als ich auf seine Zwerchfelle einwirke. Darüber hinaus geht es nicht.«

»Es gibt auch Ausnahmen.«

»Sicher – und um dieser Ausnahmen willen bin ich auch heute noch liebend gern und mit Leib und Seele Schauspieler. Aber rar sind die, Freundchen, sehr, sehr rar. Und hier in Krähwinkel findest du wohl schwerlich so seltenes Gewächs. Aber vielleicht hast du doch Glück.«

»Mag es sein, wie es will! Jedenfalls laß mich mit deinen schwerblütigen Gedanken ungeschoren.«

»Hast recht, dazu bist du noch nicht reif genug. Also komm, vertragen wir uns wieder und seien wir vergnügt. Wir können es uns schon leisten. Das Geschäft blüht. Wenn es hier so weitergeht, dann wird sich ein unerhörtes Wunder ereignen.«

»Welches?«

»Ich werde meinem Schneider mitten in den Ferien unaufgefordert eine Rate abzahlen. Hoffentlich bekommt dann der Brave nicht vor Schreck einen Schlaganfall.«

Wigand lachte.

»Darauf würde ich's nicht ankommen lassen. Ich würde lieber nichts bezahlen.«

»Doch, ich werde es sicher tun, denn ich bin ein Mann von Grundsätzen, obwohl ich Schauspieler bin. Ich zahle mit Vergnügen meine Schulden, wenn ich Geld dazu habe.«

Sie waren inzwischen in das für sie reservierte Gastzimmer getreten. Dort fanden sich bald auch die andern ein, Herren und Damen. Es begann ein fröhliches Schmausen, und die Stimmung schäumte über in froher Laune.

5

Am nächsten Abend wurde bei Rodecks Skat gespielt. Doktor Krüger kam nicht mehr, er verbrachte seine Abende bei Seifensieders.

Man ließ Käthe noch immer sehr fühlen, wie unverantwortlich sie gehandelt, als sie es abgelehnt hatte, die Frau des Arztes zu werden.

Käthe aber merkte kaum, was um sie her vorging, und keiner der Anwesenden ahnte, welche Gedanken und Pläne hinter der weißen Mädchenstirne kreisten.

Johanna beobachtete seit neuester Zeit Käthe mit eifersüchtigen Augen. Die junge Frau hatte einige Male Blicke ihres Gatten aufgefangen, die für Käthe bestimmt waren.

Obwohl diese Albert kaum beachtete, stand es bei Frau Johanna fest, daß sie mit ihrem Mann kokettierte. Und überhaupt – ihr wäre lieber gewesen, Käthe hätte geheiratet, damit sie aus dem Haus kam. Ihr Albert saß den ganzen Tag im Kontor und konnte Käthe sehen und sprechen, so oft er Lust hatte. Wer wußte, was da alles hinter ihrem Rücken vorging! Sie traute Käthe nicht.

So schlau war Johanna aber trotz ihrer Beschränktheit, daß sie ihren Mann nichts von ihrem Argwohn merken ließ. Aber sie nahm sich vor, auf der Hut zu sein.

Käthe war von Tante Amalie hinausgeschickt worden,

um, wie üblich, eine zweite Kanne Tee zu bereiten. Das junge Mädchen befand sich allein in der Küche, Line scheuerte draußen den Hausflur.

Da kam Albert aus dem Wohnzimmer und blieb vor der offenen Küchentür stehen.

»So fleißig, Käthe?«

Sie sah erstaunt in sein vor Wohlwollen und Freundlichkeit strahlendes Gesicht. Der zärtliche Tonfall seiner Stimme fiel ihr auf.

»Suchst du etwas hier in der Küche?«

Er trat einen Schritt näher. »Nein – das heißt, ja. Dich suche ich, Käthchen.«

»Mich?«

»Ja, dich.«

»Was willst du von mir?« fragte sie gelassen.

Er trat noch näher an sie heran.

»Ich möchte dich etwas fragen, liebes Käthchen.«

Das ›liebe Käthchen‹ machte ein sehr unbehagliches Gesicht. Alberts Art mißfiel ihr, ohne daß sie wußte, warum.

»So frag!« sagte sie kurz.

»Warum hast du Krüger ausgeschlagen?«

»Das hab ich euch allen oft genug erklärt. War das alles?«

»Nein, Käthe, du sollst mir sagen, ob du einen anderen liebst.«

Käthe wurde dunkelrot.

»Aha!« dachte Albert siegessicher und trat nun dicht an ihre Seite.

Käthe zog die Stirn zusammen und sah ihn zornig an.

»Danach zu fragen, hast du kein Recht. Verstanden?« sagte sie energisch.

»Käthchen, verstell dich doch nicht!« flüsterte er zärtlich.

Seine Blicke und der Ton seiner Stimme machten sie unruhig. Was sollte dieses sonderbare Verhör bedeuten?

»Ich wüßte nicht, weshalb ich mich verstellen sollte.«

Er legte plötzlich die Hand auf ihren Arm und flüsterte:

»Käthe, du bist so schön geworden, so – ach, wenn ich das gewußt hätte, ich –«

Sie ließ ihn nicht ausreden. Mit einem zornigen Ruck machte sie sich von ihm frei und sah ihm mit funkelnden Augen ins Gesicht.

»Was fällt dir ein, bist du von Sinnen?« rief sie entrüstet.

»Um Himmels willen, Käthe, schrei doch nicht so! Man wird dir doch sagen dürfen, daß du schön bist, daß man dich bewundert«, sagte er leise beschwichtigend.

»Das unterlaß lieber! Ich verzichte auf deine Bewunderung ebenso gern, wie ich bisher deine Nichtachtung ertragen habe.«

»Nichtachtung? Aber, Käthe, ich habe dich immer sehr gern gehabt.«

»Dann hast du dich sehr gut zu verstellen gewußt. Ich habe nichts davon gemerkt.«

»Und das hat dich gekränkt, nicht wahr? Du bist mir böse, daß ich nicht sah, wie schön du bist?«

Sie richtete sich hoch auf.

»Schweig, ich will dich nicht länger anhören, laß mich allein!«

»Aber, Käthe, dein Zorn verrät mir alles. Du bist mir böse, daß ich dich nicht zu meiner Frau machte. Nicht wahr, so ist es? Käthe, ich war ein Narr – ich wußte nicht, wie reizend du bist.«

Käthe war totenbleich geworden vor Scham über die

ihr angetane Zumutung. Sie nahm stumm ihre Teekanne und wollte an ihm vorübergehen.

Da faßte er sie am Arm, ganz aufgeregt durch ihren Widerstand. »Käthchen!«

Sie riß sich los. »Rühr mich nicht an! Und schäme dich!« sagte sie mit verhaltener Stimme.

Ehe er antworten konnte, erschien Frau Johanna an der Tür. »Du hier in der Küche, Albert? Hilfst wohl Käthe Tee kochen?« rief sie pikiert. Sie maß Käthe dabei mit eifersüchtigen Blicken.

Diese ging ruhig an den beiden vorüber ins Zimmer zurück.

»Nun, willst du mir nicht sagen, was du hier zu suchen hast?«

Albert hatte sich gefaßt und kehrte nun die männliche Würde heraus.

»Frauen müssen nicht alles wissen. Aber ich will dir sagen, was ich hier wollte. Ich habe Käthe noch einmal wegen Krüger ins Gewissen geredet.«

»Das hat doch keinen Zweck mehr, er ist doch nun verlobt.«

»Aber solche Fälle können sich wiederholen, liebes Kind. Da muß man vorbeugen.« Sie sah ihn mißtrauisch an.

»Und dabei hast du dich, so scheint mir, sehr aufgeregt.«

»Na ja, man ärgert sich über so ein dummes Ding. Ist ja zu töricht, so ein Glück von sich zu stoßen.«

Johanna schwieg. Überzeugt war sie aber nicht. Ihr Mißtrauen hatte neue Nahrung erhalten. Sie beschloß, die Augen offen zu halten. Als sie später drinnen wieder neben Käthe saß, sagte sie zu dieser:

»Ihr wart so vertieft in eure Unterhaltung, du und Albert. Ich habe euch wohl gestört?«

»Nicht, daß ich wüßte«, erwiderte Käthe ruhig.

»Na, bei einem so interessanten Thema?«

Käthe sah sie prüfend an. Wußte Johanna, was in der Küche geschehen war?

»Mir war die Unterredung durchaus nicht interessant, glaube es mir.«

»Was habt ihr denn alles besprochen?«

Es sollte harmlos neugierig klingen.

»Frag doch deinen Mann selbst danach, er wird es besser wissen als ich«, antwortete das junge Mädchen, legte ihre Arbeit zusammen und bat, sich zurückziehen zu dürfen. Niemand erhob Einspruch.

In ihrem Zimmer angekommen, trat Käthe an das offene Fenster und sah zum sternenbedeckten Nachthimmel empor.

Die Szene mit Albert hatte sie mit Abscheu erfüllt. Zugleich festigte sich aber dadurch ihr Entschluß, das Haus so bald wie möglich zu verlassen.

Aus Johannas Verhalten merkte Käthe, daß diese eifersüchtig war. Einmal aus ihrer Unbefangenheit gerissen, kam ihr nun auch zum Bewußtsein, daß Albert schon länger eigentümlich gegen sie gewesen war. Es war wirklich höchste Zeit, daß sie ging.

Sie nahm sich fest vor, gleich morgen Frau Anna Berthold aufzusuchen. Vom Wirt des Bürgergartens würde sie schon ihre Adresse erfahren.

Frau Anna Berthold saß in dem kleinen Wohnzimmer, das mit dem daranstoßenden Schlafraum die gesamte Wohnung bildete, die Bertholds zur Verfügung stand. Sie war damit beschäftigt, eine farbige Borte auf einen schwarzen Rock zu setzen. Dieses Kleidungsstück brauchte sie am Abend auf der Bühne; ihre rundlichen Finger führten die Nadel sehr geschickt und behende.

Vor ihr auf dem Tisch stand eine umfangreiche Kaffeekanne nebst Tasse und auf einem Teller mehrere Butterhörnchen.

Wenn Frau Anna eine Weile genäht hatte, stärkte sie sich jedesmal durch einen guten Schluck des geliebten Getränks und ließ ihm ein Stückchen des Gebäcks folgen. Dann ging es emsig weiter.

Auf dem Tisch lag und stand noch manches herum, was nicht unbedingt hingehörte. Eine leere Bierflasche, ein Aschenbecher, ein Paar Manschetten, ein Klemmer, ein Notizbuch, eine Zigarrentasche, einige Handschuhe und Frau Annas Kapotthütchen. Das ehrwürdige, sehr breite Sofa war ebenfalls mit Kleidungsstücken und Zeitungen bedeckt, und auf der Erde lagen zwei Pantoffeln und ein Männerstiefel friedlich nebeneinander.

Neben der Tür stand ein großer Reisekorb, dessen Deckel offen stand. Auch der große Kleiderschrank war geöffnet. Die Kleider quollen heraus.

Frau Anna schien sich jedoch in dieser etwas genialen Umgebung ganz behaglich zu fühlen. Ihr Gesicht trug einen zufriedenen Ausdruck, und ihre kleinen Augen lachten humorvoll in die Welt.

Ihre Toilette war sehr mangelhaft. Sie trug einen dunklen Rock und eine sehr farbenfreudige Morgenjacke, die ihre rundliche Fülle fast zu sprengen drohte.

Die alte Dame summte mit ihrer tiefen, fast baßartigen Stimme eine Operettenmelodie vor sich hin. Aus dem nebenan liegenden Schlafzimmer tönte Hieronymus Bertholds Stimme laut herüber:

»Nichts verächtlicher als ein brausender Jünglingskopf mit grauen Haaren! Ich hab es mir oft gesagt!« und so weiter.

Er ging seine Rolle für den Abend durch. Der Odoardo Galotti machte seinem gemütlichen Temperament einige Schwierigkeiten. Er mußte sich immer erst vorher in eine düstere Stimmung hineinzwängen.

Anna kannte ihren Hieronymus. Wenn er abends eine solche Rolle zu spielen hatte, dann pflegte sie ihn vorher durch irgendeine ärgerliche Szene zu reizen. Das sonst so friedfertige Paar zankte sich dann kurz vor der Vorstellung, und Hieronymus kam dadurch in die gewünschte weltschmerzliche Stimmung.

Die beiden Leutchen kamen sehr gut miteinander aus. Bei beiden war das unruhige Künstlerblut im Lauf der Jahre einem gewissen Phlegma gewichen. Im Anfang ihrer Ehe hatte es nicht an erregten Szenen gefehlt; da war es auch, wie bei vielen andern, nicht ohne Sturm abgegangen. Anna Berthold war sogar eines Tages ihrem Hieronymus durchgegangen. Aber sie hatten es nicht lange ohne einander ausgehalten. Hieronymus hatte seine Anna zurückgeholt, und seit der Zeit ging es besser und besser.

Während die alte Dame fleißig nähte, kam ihr Mann einige Male herüber. Er war in einem unbeschreiblich komischen Aufzug. Ein alter Sommerüberzieher, der jetzt als Schlafrock diente, umhüllte den oberen Teil des Körpers. Der Hals war frei, ohne beengenden Kragen. Die Füße steckten in zwei mächtigen, grünen Plüschpantoffeln, die der berüchtigte Zahn der Zeit schon weidlich benagt hatte, und die Beine wurden nur von Trikotunterhosen in zartrosiger Farbe eingehüllt. Der große, starke Mann bot einen drolligen Anblick. Anna fand indes an seinem Äußeren ebensowenig etwas auszusetzen wie er an dem ihren.

Hieronymus naschte von den Butterhörnchen, suchte vergeblich nach einer Flasche Bier, die er nicht fand, und schenkte sich resigniert eine Tasse Kaffee ein. Dann ging er wieder hinüber, um seine Rolle weiter durchzugehen.

Befriedigt aufseufzend hatte Frau Berthold eben ihr Werk vollendet, als es leise an die Tür klopfte.

In der Meinung, einer der Kollegen oder Kolleginnen begehre Einlaß, rief sie gemütlich:

»Nur immer hereinspaziert, ob Jude, Heide oder Christ – herein damit, was durstig ist.«

Zaghaft wurde die Tür geöffnet. Käthe Rodeck stand auf der Schwelle und sah mit ängstlichen Blicken in das Zimmer und auf Frau Berthold.

Die lachte vergnügt.

»Entschuldigen Sie meine formlose Einladung zum Eintreten. Ich glaubte, es seien Bekannte, die bei mir anklopften. Bitte, treten Sie näher; was steht zu Diensten?«

Käthe trat ein und zog die Tür hinter sich zu.

»Bitte sehr, ich habe mich zu entschuldigen, daß ich störe.«

»Keineswegs, Sie stören nicht.«

»Gestatten Sie, daß ich mich Ihnen vorstelle. Ich heiße Käthe Rodeck.«

»Danke, Fräulein Rodeck – wer ich bin, wissen Sie wohl schon!« sagte die alte Dame, mit lächelndem Wohlgefallen in das schöne, ernste Mädchengesicht blickend.

»Ja, Frau Berthold.«

In diesem Augenblick wurde die Tür zum Schlafzimmer geöffnet, und Hieronymus steckte den Kopf ins Zimmer. Entsetzt fuhr er beim Anblick der jungen Dame zurück. Seine Frau lachte laut auf.

»Das war mein Mann; er ist nicht salonfähig, deshalb hat er sich schleunigst zurückgezogen.«

»Ich störe also doch.«

»Keine Spur – bitte, nehmen Sie ruhig Platz! Und nun sagen Sie mir, was beliebt!«

Käthe bezwang die verlegene Scheu, die sie in der ungewohnten Umgebung empfand. Es war ihr doch etwas unbehaglich, Frau Berthold in so zwangloser Bekleidung und in der nicht sehr ordentlichen Umgebung anzutreffen. Sie mußte unwillkürlich daran denken, was wohl Tante Amalie zu diesem Künstlerheim sagen würde. Da aber die alte Dame ungeniert ihr gegenüber Platz nahm und augenscheinlich gar nicht erstaunt war über den unerwarteten Besuch, wurde sie ihrer Verlegenheit Herr.

Frau Annas lustige Augen sahen mit ein wenig gutmütigem Spott in Käthes Gesicht. Sie ahnte, was kommen würde. Käthe war nicht die erste, die in gleicher Angelegenheit zu ihr kam.

Da Käthe noch immer nach den passenden Worten suchte, sagte Frau Anna ruhig:

»Sie wollen gern Schauspielerin werden, liebes Fräulein?«

Käthe sah sie erstaunt an.

»Sie wissen –«

»Ich denke es mir, weil ich mir sonst nicht erklären könnte, was eine so schöne junge Dame bei mir alter Frau wollte. Also hab ich recht vermutet, nicht wahr?«

»Ja, ich möchte Schauspielerin werden. Ich habe keinen Menschen, den ich um Rat fragen könnte, wie ich mein Ziel erreichen kann. Deshalb nahm ich mir die Freiheit, zu Ihnen zu kommen. Zu Ihnen habe ich das meiste Vertrauen!«

»Das ist sehr schmeichelhaft für mich, und ich verspreche Ihnen, dies Vertrauen zu rechtfertigen. Also, bitte, fragen Sie ungeniert.!«

Käthe atmete tief auf.

»Wie kann ich am schnellsten eine fertige Schauspielerin werden?«

Frau Anna lachte leise.

»Kindchen, nur nicht so stürmisch! Haben Sie denn überhaupt Talent?«

»Talent? Ich weiß es nicht. Aber ich würde sehr fleißig sein und sehr aufmerksam. Und ich habe so inniges Verlangen, etwas Großes und Schönes leisten zu können.«

Frau Berthold wurde ernst. Käthes Unerfahrenheit rührte sie.

»Damit ist es nicht allein getan, mein liebes Fräulein. Wenn Sie nicht wirklich großes Talent haben und einem unabweisbaren Drang folgen, dann suchen Sie sich lieber auf andere Weise Ihren Unterhalt zu verdienen!«

Käthe sah betreten in das gutmütige Altfrauengesicht.

»Nicht um zu verdienen will ich diesen Beruf ergreifen. Ich habe Vermögen, und um Geld ist es mir nicht zu tun. Ich möchte nur einen edlen Lebenszweck haben, einen Beruf, der mich ausfüllt, eine Tätigkeit, die mir zusagt. Ich möchte heraus aus kleinbürgerlichen, engherzigen Kreisen, aus niederdrückendem Alltagsleben. Ich habe niemand, dem ich nötig bin, dem ich Freude bereiten kann. Mein Leben ist arm und öde, ich möchte es reich machen, mein Gemüt vertiefen, meinen Geist schärfen. Mit einem Wort: Ich will wissen, daß mein Leben nicht wertlos ist.«

Frau Annas sonst so lustige Augen blickten tiefernst in das schöne junge Gesicht, das der Eifer gerötet hatte.

»Und all das hoffen Sie auf der Bühne zu finden? Liebes Kind – nehmen Sie mir ein offenes Wort nicht übel: Sie sind recht unbesonnen und unerfahren. Wenn Sie vermögend sind, bleibt Ihnen wohl mancher Weg, der Sie Ihren Wünschen und Idealen näher führt als die Bühnenlaufbahn. Glauben Sie einer alten, erfahrenen Frau – Sie würden, selbst wenn Sie ein hübsches Talent haben, es später sehr bereuen, Schauspielerin geworden zu sein. Sie ahnen wohl kaum, wie dornenvoll der Weg ist, den Sie gehen wollen. Und Sie sehen mir gar nicht danach aus, als kämen Sie leicht über so etwas fort; dazu blicken Ihre Augen zu ernst und zu gedankenvoll. Beim Theater muß man seiner sehr sicher sein, muß auf der Oberfläche treiben können. Ich spreche natürlich nur vom Durchschnitt, nicht von den gottbegnadeten Auserwählten. Aber selbst die wenigen haben die Dornen gefühlt. Ich spreche so zu Ihnen, weil ich Ihr Vertrauen verdienen will. Wenn es also nicht unbedingt sein muß, dann verzichten Sie lieber auf diesen Wunsch. Es ist nicht alles Gold, was glänzt. Sie sind sicher in ordentlichen, klaren Verhältnissen aufgewachsen; da findet man sich schwer in den Existenzkampf, ohne sich selbst aufzugeben. Überlegen Sie es sich wenigstens noch einmal recht reiflich. Übrigens würden wohl Ihre Eltern schwerlich die Erlaubnis zu diesem Schritt geben.«

»Ich habe keine Eltern mehr, sonst würde ich sie nie verlassen. Meinen übrigen Angehörigen bin ich keine Rechenschaft schuldig.«

Frau Berthold sah sinnend vor sich hin, dann sagte sie jovial:

»Na, nun hab ich meine Pflicht erfüllt und Sie gewarnt. Wie Sie sich nun entscheiden, ist allein Ihre Angelegenheit. Nun will ich Ihnen auch Ihre Frage beantworten, wie Sie Schauspielerin werden können. Zuerst ist es nötig – –«

In diesem Augenblick wurde an die Tür geklopft, und gleich darauf wurde diese geöffnet. Georg Wigand steckte den Kopf zur Tür herein.

»Tritt nur ein, Direktorius! Das Fräulein kann nur profitieren, wenn du bezeugst, was ich ihr sage.«

Wigand trat schnell ein und verneigte sich, nachdem er mit aufleuchtendem Blick in Käthes Gesicht gesehen hatte.

»Wenn Sie gestatten, gnädiges Fräulein«, sagte er mit seiner schönen, einschmeichelnden Stimme.

Käthe war glühendrot geworden und vermochte nur stumm den Kopf zu neigen. Ihr Herz klopfte in wilden Schlägen, sie hatte große Mühe, wenigstens äußerlich ihre Fassung zu bewahren.

Frau Anna erzählte Wigand in ihrer gutmütig spottenden Art, was Käthe zu ihr geführt. Weder sie noch das junge Mädchen ahnte, daß Wigand von seiner gegenüberliegenden Wohnung aus Käthe hatte ins Haus treten sehen und ihr so schnell als möglich gefolgt war. Während die Alte erklärte, ließ er seine Augen eine kühne, aber bezaubernde Sprache reden. Und Käthe mußte ihn ansehen. Zitternde Seligkeit im Herzen, saß sie still auf ihrem Platz und sah in sein schönes Gesicht. Sie vergaß, warum sie hier war, wünschte nur mit heißer Inbrunst, daß die Zeit stillstehen möge.

»Nun sage dem Fräulein selbst, Direktor, daß es zu ihrem eigenen Nachteil sein würde, wenn sie sich nicht von ihrem Plan abbringen ließe«, schloß Frau Berthold ihren Bericht.

Wigand sah mit einem tiefen Blick in Käthes Augen.

»Man müßte erst feststellen, ob das gnädige Fräulein Talent hat. Du weißt ja nicht, ob sie nicht zu Großem berufen ist.«

»Ach geh, mach das Kind nicht verdreht, mein Sohn! Du weißt doch so gut wie ich, wie das mit der ›Größe‹ ist. Bist doch auch noch nicht auf der Höhe. Und du hast ein schönes Talent. Ist dein Los etwa glänzend, bist du zufrieden damit? Nein. Und du bist ein Mann, das ist noch ganz anders. Was so einem schönen, jungen Ding für Kämpfe beschieden sind, bis sie mal aus dem Gröbsten ist, das weißt du doch. Sei ehrlich, wie ich es bin! Das Fräulein ist voll Vertrauen zu mir gekommen. Ich mag ihr nichts vortäuschen. Aber, Kindchen, deshalb brauchen Sie nicht zu verzagen! Da Sie reich und unabhängig sind, findet sich wohl ein schöner und edler Lebenszweck für Sie, auch außerhalb der Bühne.«

Wigand ließ seine Blicke nicht von Käthes Gesicht. Trotz ihrer Befangenheit vermochten ihre Augen nicht zu verbergen, daß ihr Herz dem seinen in heiligem Feuer entgegenschlug. Und er war von ihrem lieblichen Anblick so entzückt, daß er in diesem Augenblick nicht einmal an Käthes Reichtum dachte. Ein wirklich warmes Gefühl wallte in ihm auf, als er sie so hilflos verzagt sah.

»Meine verehrte Kollegin hat recht, gnädiges Fräulein«, sagte er innig.

Sie legte die Hände ineinander.

»Es ist doch ein hoher, herrlicher Beruf, die Menschen zu erheben und zu erfreuen. Viele tausend Herzen schneller schlagen zu machen in edler Freude ist doch ein Gewinn, nach welchem zu streben es sich lohnt.«

Wigand strich mit der schönen, gepflegten Hand durch das Haar.

»Nicht alle sind so dankbar und verständnisvoll wie Sie, mein gnädiges Fräulein. Ich habe das Vergnügen gehabt, Sie oft im Theater zu sehen. Für Sie lohnt es sich freilich, sein Bestes zu geben.«

»Ach, du kennst das Fräulein bereits?«

»Nur von weitem. Das gnädige Fräulein gehört zu unseren Abonnenten.«

»Ja«, sagte Käthe, tief aufatmend, »und es war mir ein wahrer Genuß, die Meisterwerke der Dichtkunst durch Sie verkörpert zu sehen. Wie eine Offenbarung des

Schönen und Großen ist es über mich gekommen. War mir auch früher schon eng und beklommen in meiner kleinlichen Umgebung, jetzt fühle ich – ich muß heraus, muß ins freie, weite Leben, muß nützen und Gutes schaffen. Hier gehe ich zugrunde in Kleinkram und Engherzigkeit.«

Frau Berthold warf Wigand einen Blick zu, als wollte sie sagen:

»Der ist nicht mehr zu raten.«

Wigand nickte unmerklich. Dann sagte er zu Käthe:

»Vielleicht geben Sie uns eine Probe Ihrer Begabung. Bitte, deklamieren Sie uns irgendein Gedicht, das Sie auswendig wissen.«

Käthe sah ihn erschrocken an.

»Hier vor Ihnen – nein, das kann ich nicht.«

Wigand lachte herzlich, und seine Zähne blitzten.

»Aber, liebes, gnädiges Fräulein, das Publikum können Sie sich auch nicht aussuchen.«

»Das sind auch lauter Menschen, die mir gleichgültig sind«, wollte sie sagen, aber sie hielt es zum Glück noch zurück.

»Daran muß man sich wohl erst gewöhnen, ich habe mir das noch gar nicht überlegt«, sagte sie leise. Sie sah dabei so wunderschön aus, daß Wigand sich mehr und mehr in sie verliebte.

»Aber vorlesen können Sie uns doch etwas. Hast du kein Buch zur Hand, Anna – ach, da liegt ja ein Band Goethe. Laß sehen, was es gibt? Hier, Tasso – das wird gehen. So – bitte, diese Stelle, gnädiges Fräulein.«

Er reichte ihr das Buch aufgeschlagen hin und bezeichnete, über sie gebeugt, die Stelle mit dem Finger. Er stand so dicht neben ihr, daß er merkte, wie sie vor Erregung zitterte.

»Armes, kleines, süßes Mädchen, dein Herzchen

brennt lichterloh für mich. Ich brauche nur zu wollen, und du bist mein – und ich will, ich will.« So dachte er, während er zurücktrat.

Käthe tanzten die Buchstaben vor den Augen, sie sah alles wie durch einen roten Schleier. Sie versuchte zu lesen. Es ging nicht. Auch die Kehle war ihr wie zugeschnürt. Sie ließ das Buch mutlos sinken.

»Ich kann nicht«, sagte sie tonlos.

»Grämen Sie sich nicht darum, Kindchen! Vielleicht danken Sie später einmal dem Schicksal, daß es Ihnen in dieser Beziehung an dem nötigen Mut fehlte«, tröstete die alte Dame lächelnd.

Wigand war es darum zu tun, Käthe noch länger festzuhalten und die Zeit auszunützen. Wer wußte, ob ihm das Glück noch einmal so günstig war.

»Ich will Ihnen die Stelle zuerst einmal vorlesen, vielleicht geht es dann«, sagte er. Er stellte sich ungezwungen ihr gegenüber an den Tisch und las:

»Beschränkt der Rand des Bechers einen Wein,
Der schäumend wallt und brausend überschwillt?
Mit jedem Wort erhöhest du mein Glück,
Mit jedem Worte glänzt dein Auge heller.
Ich fühle mich im Innersten verändert,
Ich fühle mich von aller Not entladen,
Frei wie ein Gott und alles dank ich dir!
Unsägliche Gewalt, die mich beherrscht,
Entfließet deinen Lippen; ja, du machst
Mich ganz dir eigen. Nichts gehöret mehr
Von meinem ganzen Ich mir künftig an.
Es trübt mein Auge sich in Glück und Licht,
Es schwankt mein Sinn; mich hält der Fuß nicht mehr.
Unwiderstehlich ziehst du mich zu dir,
Und unaufhaltsam dringt mein Herz dir zu.
Du hast mich ganz auf ewig dir gewonnen,
So nimm denn auch mein ganzes Leben hin.«

Gegen das Ende hin hatte er das Buch sinken lassen und sprach die Worte aus dem Gedächtnis. Und wie er sie sprach! In Glut und Leidenschaft getaucht, lockend, zwingend, besiegend. Seine Augen unterstützten seine Worte und sagten Käthe: »Dies alles gilt dir, ich spreche zu dir, und ich empfinde für dich, was Tasso für Leonore empfand.« Und Käthe hörte, was er sprach, und sah, was seine Augen ihr verrieten. Und das kleine Zimmer wurde ihr zum weiten, sonnigen Zelt, ihr Herz jubelte und sang, und ihre Augen hingen selbstvergessen in den seinen. Sie rührte sich nicht, um den Zauber nicht zu brechen. Und als er zu Ende gelesen hatte, saß sie noch eine Weile reglos da.

»Wollen Sie es nun einmal versuchen«, sagte er weich und hielt ihr das Buch hin.

Sie raffte sich auf.

»Nein«, sagte sie bebend, »nein, ich würde das nie können – nie. Es war vermessen von mir, ich fühle es jetzt. Es ist wohl besser, ich verzichte auf meinen Wunsch.«

»Du, Wigand, das hast du wirklich großartig gelesen – immer gelingt dir das nicht so. War mir wirklich selbst ein Genuß. Aber jetzt entschuldigen Sie mich einen Augenblick, will meinem Alten nur mal seine Toilettenutensilien hinübertragen.«

Käthe erhob sich.

»Ich will mich vorher verabschieden.«

»Kindchen – so lange müssen Sie schon noch warten, bis mein Alter aus seiner Gefangenschaft erlöst ist. Der sieht auch gern ein schönes, junges Blut; er würde mir eine Szene machen, wenn ich Sie fortließe, ehe er Sie kennengelernt hat.«

Und schon war sie im Schlafzimmer verschwunden.

Käthe und Wigand waren allein. Das junge Mädchen

stand in wortloser Befangenheit da. Wigand richtete sich entschlossen auf. Diese Stunde mußte ausgenutzt werden. Er trat rasch auf sie zu und führte ihre Hand mit zärtlicher Inbrunst an die Lippen.

»Mein gnädiges Fräulein, wie dankbar bin ich dem Zufall für dieses Glück! Wissen Sie, wie sehnsuchtsvoll ich Ihrer gedacht, seit ich Sie zuerst im Theater sah? Käthe – süße Käthe, verzeihen Sie – aber das Gefühl reißt mich fort. Ich liebe Sie, heiß, innig, unsagbar – Käthe, wollen Sie mein werden, mein auf ewig?«

Er sagte all das leise, mit sinnbetörender Zärtlichkeit. Käthe erzitterte vor Glück, ihre Augen strahlten ihn an wie glückverheißende Sterne. Nicht fähig, sich zu verstellen, sah sie innig zu ihm auf.

»Ich liebe Sie mehr als mein Leben! Aber ich bin zu gering für Sie«, sagte sie leise.

Er riß sie in seine Arme und küßte den roten, leuchtenden Mädchenmund.

»Süße Käthe, mein geliebtes Mädchen, sprich nicht so – du bist größer, besser als ich. Aber jetzt still, uns bleibt keine Zeit. Ich muß dich unbedingt nachher noch sprechen. Wenn du gehst, folge ich dir bald. Erwarte mich im Theatergarten, hinten zwischen den Taxushecken. Dort sind wir ungestört. Ja, willst du? Ich bitte dich darum.«

Wie hätte sie widerstehen können!

»Ja, ich komme«, sagte sie leise, aber fest und klar.

Er trat von ihr fort. Anna Berthold kam wieder herein.

»So, noch einen Augenblick, liebes Fräulein. Dann halte ich Sie nicht länger auf. Und Sie besuchen mich noch einmal, wenn Sie sich alles gut überlegt haben. Dann sprechen wir noch einmal vernünftig über das Thema. So, da ist mein Alter. Komm, Hieronymus!«

Sie stellte vor. Ihren scharfen Augen entging indessen nicht, daß Käthe und Wigand sehr befangen waren. Sie sah ihren jungen Kollegen scharf an.

»Will der in dem jungen Kopf da Unheil anrichten? Das närrische kleine Mädel ist in ihrem Freiheitsdrang wohl zu Torheiten fähig. Sollte mir doch leid tun. Die Hellmann kratzt ihr gleich die Augen aus, und überhaupt –«

Es blieb ihr aber keine Zeit mehr zu eingehenden Beobachtungen. Käthe verabschiedete sich schnell und ging. Wigand blieb noch.

»Du, mein Jungchen«, sagte Frau Anna inquisitorisch, »du willst dem Mädchen doch nicht Flausen vormachen?«

Er lachte. »Nein, Anerl, gewißt nicht.«

»Um die wäre es schade.«

»Sehr schade.«

»Sie ist ein liebes, feines Ding, nur ein wenig zu ideal und romantisch veranlagt. Die muß sich erst noch klären. Also laß sie zufrieden.«

»Mit was?«

»Mit dem Courmachen.«

»Muß das sein?«

»Ach, laß die Witze, ich rede ernsthaft.«

»Ich auch. Ich will die junge Dame nämlich heiraten.«

Anna Berthold setzte sich, stützte die Wange auf ihre Hände und sah ihn von unten herauf spöttisch an.

»Glaub ich wohl, daß du das möchtest. Ein schönes und – reiches Mädchen, jung, unerfahren, weich wie Wachs, du bist wirklich nicht dumm! Na, man tau! Ich kann nichts dazu und nichts dagegen tun. Aber die Hellmann, he, was würde die dazu sagen?«

»Du weißt, daß die kein Recht an mich hat.«

»Aber sie nimmt sich eins.«

»Das ist ihre Sache, nicht die meine.«

»Schön; gesetzt, du kämst zum Ziel, was sollte daraus werden?«

»Eine glückliche Ehe. Meinst du nicht, daß ich mich auch nach einem glücklichen Heim sehne? Ich glaube, ich würde ein ebenso guter Ehemann wie Hieronymus.«

»Hm – für ein Weilchen, ja. Solange es den Reiz der Neuheit hat. Aber dann ist's aus, mein Söhnchen. Na, es ist ja gottlob noch nicht in dem Topf, wo es drin kochen soll. Was wolltest du eigentlich bei mir?«

Wigand sah sie drollig verliebt an.

»Ein Schäferstündchen mit dir halten, Annerl.«

»Geh, du infamer Spitzbub, dreh deine schönen Augen andern an. Hieronymus – wirf ihn raus, er macht mir schöne Augen!«

»Da hilft nur ein kalter Umschlag«, sagte ihr Gatte seelenruhig.

Wigand drehte Frau Anna lachend um sich selbst und küßte sie herzhaft auf den Mund.

»Hieronymus, er hat mich geküßt!« rief sie außer Atem, in einen Stuhl sinkend.

»Wenn es ihm man bekömmt – ich hätte mir eine Jüngere ausgesucht, zum Beispiel das hübsche Mädel, das eben hier war.«

»Du bist ein Ungeheuer.«

»Warum denn?«

»Weil du, alter Esel, nach schönen jungen Mädchen siehst.«

»Und du läßt dich von schönen jungen Männern küssen, ist das etwa in Ordnung?«

»Bevor ihr in eheliche Zwistigkeiten ausbrecht, will ich mich davonmachen. Adieu miteinander, rauft euch nicht! Hieronymus, wir schlagen uns heut abend nach der Vorstellung auf Messer und Gabel; wer das meiste ißt, muß am meisten zahlen. Addio –« Damit war er hinaus und ließ die beiden allein.

Käthe hatte den Theatergarten erreicht, ohne zu wissen, wie. Nun ging sie wartend zwischen den Taxushekken auf und ab und suchte sich zu fassen, mit sich klarzukommen.

Als er durch das Gebüsch gedrungen war und nun dicht vor ihr stand, breitete er die Arme nach ihr aus.

»Käthe!«

Weinend und lachend lag sie in seinen Armen, ließ sich den roten Mund küssen und küßte wieder. Die Welt versank um sie her.

Endlich bog sie aufseufzend den Kopf zurück und sah ihn wie verträumt an.

»Ist es denn wahr?«

»Was denn, Liebling?«

»Daß du mich liebst.«

»Ja, ich liebe dich«, sagte er zärtlich, und in diesem Augenblick war er selbst überzeugt davon.

Sie schmiegte sich an ihn.

»Mein Georg!«

»Meine Käthe!«

»Woher weißt du, daß ich Käthe heiße?«

»Das hat mir deine treue Line verraten.«

»Ah – als du neulich mit ihr sprachst. Sie war sehr stolz darauf. Hat sie noch mehr ausgeplaudert?«

»Daß du lieb und gut bist und deine Verwandten sehr streng.«

Sie sah ihn ernst an.

»Streng und kalt – oh, so kalt! Und ich hab mich immer so sehr nach Liebe gesehnt, schon als kleines Kind. Aber man verstand mich nicht.«

Er zog sie von neuem an sich und küßte sie.

»Mein süßes liebes Herz, mein armes Käthchen.«

»Nein – jetzt bin ich reich – so reich – mir könnte bange werden vor der Größe meines Glücks!

Sie sah ihm erschauernd in die dunklen, flammenden Augen. Er fand sie süß und reizend mit dem etwas zerzausten Haar, den brennenden Lippen und den glückstrahlenden Augen.

»Werden uns deine Verwandten keine Schwierigkeiten in den Weg legen? Wird man dir nicht wehren, die Frau eines Schauspielers zu werden?«

»Niemand kann das. Und wollten sie es tun – ich würde um mein Glück kämpfen bis zum letzten Atemzug.«

»Du süßes Geschöpf! Und willst du bald, sehr bald meine Frau werden? Sieh, Käthe, ich habe dir kein glänzendes Los zu bieten. Aber ich sehne mich nach einem behaglichen Heim, wenn es auch noch so bescheiden ist. Willst du mir das bereiten? Ach, Käthe, wenn du wüßtest, wie ich nach einer geordneten Häuslichkeit, nach klaren Verhältnissen verlange! Wenn man für sich allein ist, leidet es einen nicht zu Hause. Da läuft man fort und gibt mehr Geld aus, als man übrig hat. Aber nun soll das anders werden, nicht wahr? Und du bist zufrieden mit einem bescheidenen Dasein?«

Sie sah ihn lächelnd an.

»Oh, wie gut ist es nun, daß ich Vermögen habe, Lieber. Wie freue ich mich, daß du dein Leben nun sorgloser genießen kannst.«

»Mir soll es lieb sein, daß du nicht arm bist, aber nur deinetwegen« – er glaubte das jetzt selbst – »nur, damit du nichts entbehren mußt, was dir zur Gewohnheit wurde. Aber wird man dich auch frei über dein Vermögen verfügen lassen?«

»Man hat kein Recht, es mir vorzuenthalten. Und Onkel Karl tut das auch nicht. Er wird bös sein, sehr bös, daß ich dich heiraten will, und Tante auch. Sie halten nicht viel von eurem Stand. Aber sie werden mich doch ruhig und gleichgültig ziehen lassen und froh sein, der Verantwortung für mich enthoben zu sein. Wenn ich ihnen sage, daß ich mich mit dir verlobt habe, wird es nicht ohne Bitterkeiten abgehen. Darauf muß ich gefaßt sein. Ich möchte dich auch bitten, meinen Onkel vorläufig nicht aufzusuchen. Ich könnte nicht ertragen, daß er dir schlimme Worte sagte. Laß mich erst im klaren mit ihm sein!«

»Wie du willst, so soll es geschehen. Wird man aber nicht versuchen, dich gegen mich einzunehmen?«

Sie umfaßte ihn und sah ihn mit den schönen ernsten Augen an.

»Nichts könnte mich in meinem Entschluß, dir anzugehören, wankend machen.«

»So sehr liebst du mich?«

Ihre Augen schimmerten feucht.

»Georg – ich liebe dich, daß ich für dich sterben könnte, selbst jetzt, da das Leben so schön ist.«

»Seit wann liebst du mich?«

»Ich glaube, seit ich dich zuerst sah.«

»Als Romeo?«

»Ja.«

»Hast du bemerkt, wie ich nur für dich spielte?«

Sie nickte, in träumerisches Sinnen verloren, und lächelte glückselig.

»Und da wußtest du, daß ich dich liebe?«

»Nein, daran dachte ich nicht. Aber seitdem war ich mir klar, daß es Liebe war, was ich für dich empfand.«

Er zog sie an sich. Wieder tauschten sie Kuß um Kuß. Und Käthes frische, unberührte Schönheit berauschte ihn. Er empfand, daß sie gut und rein, daß ihr Sinn lauter und klar war wie ein Bergsee. Das Ungewöhnliche übte seinen Zauber auf ihn aus. Sein leichtentflammtes Herz gehörte jetzt ihr, ganz und gar.

Und er wollte sie glücklich machen, er nahm es sich ernstlich vor. Es war ja so leicht – und sehr angenehm.

Käthe dachte nun endlich daran, daß sie nach Hause gehen müsse. Sie verabredeten noch, daß sie sich übermorgen um dieselbe Zeit hier treffen wollten, denn es gab noch viel zu besprechen. Und wenn sie mit Onkel Karl im klaren war, wollte sie durch Line Bescheid schicken, wie man die Kunde von ihrer Verlobung aufgenommen hatte.

Noch ein Kuß, ein tiefer Blick. Dann rückte er ihr lächelnd den Hut zurecht und strich ihr das Haar glatt.

»Was du für schönes, weiches Haar hast. Das mußt du dir ganz anders frisieren, wenn du meine Frau bist. Es kommt viel zu wenig zur Geltung, wie du es jetzt trägst. So, nun bist du in Ordnung, nun geh, Liebling – übermorgen sehen wir uns hier wieder.«

Er küßte sie auf den Mund, auf die glaubenden strahlenden Augen, dann ging sie schnell davon.

Als sie das Gartentor passiert hatte, kam eben Adi Kertner über den Fahrweg. Er sah ihr mit einem ernsten, forschenden Blick nach. Dann ging er durch den Garten zur Theatergarderobe. Er hatte sein Zigarettenetui am Abend vergessen und wollte es holen.

Als er Wigand quer durch den Garten kommen sah, pfiff er leise zwischen den Zähnen.

»Also die auch? Sind doch alle gleich, die Frauen.« Er lachte grimmig in sich hinein.

»Gratuliere – wieder ein Gänschen ins Garn gelaufen«, rief er Wigand entgegen, ihn mit sonderbaren Blicken messend.

»Was willst du damit sagen?«

Kertner zeigte mit dem Daumen über die Schulter.

»Die holde Schöne aus der ersten Parkettreihe traf wohl ganz zufällig hier mit dir zusammen? Wie man sich täuschen kann! Die hätte ich höher taxiert. Hm! Na – ich bin diskret, ich habe nichts gesehen.«

»Bitte sehr, du kannst alles gesehen haben. Käthe Rodeck ist meine Braut.«

Kertner zog die Brauen hoch und kniff dann die Augen zusammen. Durch die halbgeschlossenen Lider sah er Wigand eine Weile ins Gesicht.

»Donnerwetter – allerhand Hochachtung. So so, also auf den Leim ist sie gegangen! Armes, törichtes Mädchen.«

»Laß doch deine dummen Scherze beiseite!« brauste Wigand auf.

»Ach so, du hältst das für Scherz? Auch gut. Aber nee, nee, mein Lieber, das Mädel tut mir wahrhaftig leid; die weiß ja nicht, was sie tut. Kann denn da niemand Einsprache erheben, ich meine von ihren Angehörigen?«

Wigand warf den Kopf zurück.

»Zum Glück nicht, obwohl du es zu wünschen scheinst. Gönnst mir mein Glück wohl nicht, weil du selbst dein Mädel nicht erringen kannst.«

Kertner schlug die Augen groß auf. Sie glänzten wie Stahl.

»So, jetzt hast du mich aufs Maul geschlagen – das war dein gutes Recht. Und Antwort soll dir auch werden. Nein – ich gönne es dir nicht, weil du es nicht zu würdigen verstehst. Kein Jahr ist sie deine Frau, dann bist du ihrer überdrüssig. Ich kenne dich doch! Was mich betrifft – das lassen wir lieber ruhen. So etwas verstehst du nicht.« Dann fuhr er in leichtem Ton fort: »Und nun keine Feindschaft mehr, Kollege, bist ein

Glückspilz. Man wird doch nun mit Bestimmtheit wissen, wer in Zukunft todsicher pumpfähig ist.«

»Du bist ein Schandmaul! Wenn man nicht wüßte, daß du immer Glossen machst, und daß es zu deinem Wohlbefinden gehört, Sarkasmen loszulassen, man könnte ernstlich ärgerlich auf dich werden.«

»Tu das nicht! Ärger macht häßlich, man soll Falten davon bekommen. Na, adjüs, ich will in meine Garderobe. Du gehst doch nach Haus?«

»Ja. Adieu – und, bitte, vorläufig noch Diskretion!«

»Versteht sich am Rande.«

Sie trennten sich.

Kertner ging mit seinen kurzen, elastischen Schritten weiter in den Garten hinein, zu den Garderoben. Er machte ein finsteres Gesicht und hieb einige Male mit dem Stock durch die Luft, als wolle er etwas vertreiben.

»Armes, dummes Gör – na, die wird sich wundern, wenn ihr Idol der Glorie entkleidet ist«, dachte er mitleidig. Er kannte seinen Kollegen Wigand sehr genau.

6

Das Unerhörte war geschehen: Käthe war zehn Minuten zu spät zu Tisch gekommen. Onkel und Tante bildeten eine Illustration zur personifizierten Entrüstung. Sie saßen bereits bei der Suppe, als Käthe eintrat und, um Entschuldigung bittend, ihren Platz einnahm.

Man schalt sie nicht, kein Wort kam über die eingekniffenen Lippen der beiden alten Leute. Aber in ihrem Schweigen lag eine herbe Verurteilung dieser Unpünktlichkeit.

Line brachte für Käthe einen Teller Suppe herein. Sie war auch ganz benommen von diesem unerhörten Ereignis und konnte es nicht fassen, daß es so ruhig vorüberging.

Schweigend verlief die Mahlzeit. Line räumte das Eßgeschirr ab, und Käthe bereitete den Kaffee, den der Hausherr gleich nach Tisch zu sich nahm. Als sie ihn fertig hereinbrachte und vor den Onkel hinstellte, sagte sie so ruhig, als es ihr möglich war: »Onkel Karl, Tante Amalie, ich habe etwas von Wichtigkeit mit euch zu sprechen. Wollt ihr die Güte haben, mich jetzt anzuhören?«

Karl Rodeck nahm bedächtig einen Schluck Kaffee zu sich.

»Wenn du dich kurz fassen willst, stehe ich zu Diensten«, sagte er im kühlsten Tone, ohne sie anzusehen.

»Das soll geschehen. – Ich mache euch die Mitteilung, daß ich mich heute verlobt habe. Deshalb mein unpünktliches Heimkommen.«

Die beiden alten Herrschaften fuhren kerzengerade empor und sahen sie starr an.

»Wa-as?«

»Mit wem?«

»Mit Herrn Georg Wigand.«

»Georg Wigand? Kenne ich nicht. Wie kommst du zu diesem Herrn Wigand und überhaupt zu dieser übereilten Verlobung?«

»Mein Verlobter ist Schauspieler.«

Die alten Leute sanken ebenso plötzlich auf ihre Stühle zurück.

»Schauspieler?»

»Schauspieler!«

Das Gesicht des alten Herrn rötete sich beängstigend. Er schnappte nach Luft und riß an seinem Kragen, als müsse er ersticken.

»Und du schämst dich nicht, mir das zu sagen? Einen Schauspieler, einen Possenreißer und Komödianten willst du heiraten. Das ist stark!«

Käthe war sehr blaß geworden. Trotzdem blieb sie äußerlich ruhig, denn sie war auf Schlimmeres gefaßt gewesen.

»Du hast kein Recht, so zu mir zu sprechen, Onkel. Mein Verlobter ist ein Ehrenmann. Und wir haben uns lieb und brauchen uns unserer Verbindung durchaus nicht zu schämen.«

»Ehrenmann, schöner Ehrenmann, der hinter unserm Rücken eine Liebschaft mit dir anbändelt!«

»Das hat er nicht getan. Offen und ehrlich hat er mich heute gefragt, ob ich seine Frau werden will. Ich habe ihm mein Jawort gegeben, und wenn du nichts dagegen hast, wird er heute noch kommen und bei dir in aller Form um mich anhalten.«

»Sehr viel habe ich dagegen. Ich widersetze mich dieser Verbindung, die Schmach über uns bringt! Was sollen die Leute dazu sagen?«

»Du hast keine Macht, dich dieser Verbindung entgegenzustellen. Und Schmach bringe ich nicht über euch, denn mein Verlöbnis ist ein ehrliches. Was die Leute dazu sagen, darf mir nicht als Richtschnur dienen.«

Karl Rodeck schlug auf den Tisch.

»So ist es recht, zeig dich nur im wahren Licht! Aufsässig bist du uns stets begegnet. Nun setze deinem Undank noch die Krone auf und mach uns zum Gespött der Leute! Aber das sage ich dir, in mein Haus kommt dieser Possenreißer nicht, so wahr ich hier sitze. Du hast zu wählen zwischen uns und diesem Herrn Wigand.«

Käthe lächelte bitter.

»Ihr macht mir die Wahl nicht schwer. Wenn ihr doch versuchen wolltet, mir gerecht zu werden. Aber nein – da verlange ich wohl zuviel! Ihr könnt mich ebensowenig verstehen wie ich euch.«

»Du bist und bleibst eine überspannte Närrin!« rief die Tante giftig und maß Käthe mit verächtlichen Blikken.

Das junge Mädchen preßte die Handflächen gegeneinander.

»Ich muß es aufgeben, dich anderer Meinung zu machen, Tante Amalie.«

»Wäre auch vergebliche Mühe.«

»Bitte, versucht wenigstens, ruhig mit mir über die Angelegenheit zu sprechen.«

»Da soll man ruhig bleiben! Die Empörung schüttelt

mich«, sagte Karl Rodeck und fügte ruhiger, aber mit schneidender Kälte hinzu: »Das sag ich dir, beharrst du wirklich auf dieser Verlobung, so sind wir geschiedene Leute, ein- für allemal. Ich habe nicht Lust, mit einem Schauspieler in ein verwandtschaftliches Verhältnis zu treten.«

»Dann muß ich mich in diese Trennung fügen. Unter diesen Umständen kann ich auch meinem Verlobten nicht zumuten, daß er bei dir um mich anhält.«

»Darauf verzichte ich sehr gern«, höhnte der alte Herr.

»Verlangst du, daß ich dein Haus sogleich verlasse, oder gewährst du mir eine Freistatt bis zu meiner Verheiratung? Sie wird unter diesen Umständen so bald wie möglich stattfinden.«

»Du magst bleiben, solange du es für nötig findest, wenn du mir versprichst, daß der – Schauspieler nicht in mein Haus kommt.«

»Das soll nicht geschehen.«

»Gut. Aber das merke dir, die Hochzeit findet nicht bei mir statt. Und von dem Augenblick an, wo du mein Haus verläßt, um seine Frau zu werden, hört alle Gemeinschaft zwischen uns auf, dann sind wir geschieden.«

»So sei es! Ich werde euch nicht länger zur Last fallen, als es nötig ist.«

»Daran ist bloß die verwünschte Theaterlauferei schuld!« rief Frau Amalie bissig. »Es ist und bleibt eine Schmach; ein anständiges Mädchen wirft sich nicht weg an so einen Tagedieb.«

Käthe richtete sich hoch auf. Auch in ihren Augen funkelte nun der Zorn.

»Bitte, Tante, schmähe mich, so viel du willst – ich wehre mich nicht. Aber meinen Verlobten lasse ich nicht in meiner Gegenwart beleidigen. Ihr könnt ja seine Größe gar nicht fassen, er steht hoch über euch allen. Und ich steige nicht zu ihm hinab, er hebt mich empor zu sich.«

Frau Amalie lachte höhnisch auf.

»Du bist eine alberne Person. Aber du wirst deinen Lohn noch erhalten, und dann geschieht dir recht.«

Sie ging hinaus und warf krachend die Tür hinter sich zu. Sie fühlte das dringende Bedürfnis, Frau Johanna und deren Mutter aufzusuchen, um das unerhörte Ereignis zu verkünden.

Auch Karl Rodeck erhob sich. »Du wirst dich geschäftlich mit mir auseinandersetzen wollen. Wo gedenkst du deinen Wohnort zu nehmen?«

»Mein Verlobter ist auf Jahre in Chemnitz engagiert.«

»Gut, so werde ich dein Vermögen einem dortigen Bankier überweisen, wenn es soweit ist. Brauchst du früher Geld für deine Ausstattung, so sage es!«

»Es ist gut, ich danke dir.«

»Laß die Worte! Es steht dir nicht an, das Wort Dankbarkeit in den Mund zu nehmen. Ich hätte nicht gedacht, daß ich das an dir erleben würde. Eine gesicherte Existenz an der Seite eines hochachtbaren Mannes schlägst du aus und hängst dich an so einen – einen Schauspieler.«

»Mein Glück ist bei ihm«, sagte sie unbeirrt.

»So denkst du jetzt in deiner Verblendung. Du hast es dir selbst zuzuschreiben, wenn du unglücklich wirst. Solche Ehen gehen niemals gut aus, das wird auch bei dir so sein. Dann denk an mich und das, was ich dir gesagt habe. Uns kann kein Vorwurf treffen, du hast es nicht anders gewollt.«

Damit ließ er sie stehen und ging steif und gerade hinaus.

Käthe stand mitten im Zimmer und sah ihm nach. Kein gutes Wort hatte man ihr gegönnt, keinen Glückwunsch für sie gehabt. Wie eine Schmach, wie ein Verbrechen behandelte man ihre Verlobung. Mochte es sein! Sie hatte jetzt ein Plätzchen, wo sie hingehörte, wo sie die ganze Welt vergessen konnte! Mit heißer Sehnsucht gedachte sie des Geliebten. Der Gedanke an ihn trug sie über alle Bitterkeit hinweg.

Als sie die Haustür hinter Onkel Karl zufallen hörte, richtete sie sich aus ihrer versunkenen Haltung auf. Sie nahm das Kaffeegeschirr und trug es in die Küche. Line war beim Geschirrabspülen. Sie wandte ihr besorgtes Gesicht nach Käthe um.

»O weh, Fräulein Käthe, diesmal ist die Herrschaft aber sehr böse. Wie konnten Sie man bloß so spät zum Essen kommen?«

Käthe mußte lächeln über die alte treue Seele.

»Das ist noch nicht alles, Line. Ich habe noch etwas Schlimmeres angestellt.«

»Verhüt's Gott – was denn?«

»Ich habe mich verlobt, Line, mit Herrn Wigand, der Ihnen das Theaterbillet geschenkt hat.«

»I du mein – nee, Fräulein Käthe, ist es wirklich wahr? Mit dem vornehmen Herrn?«

Nun mußte Käthe lachen.

»Das ist es gerade, Line. Er ist Onkel und Tante nicht vornehm genug.«

Line war starr.

»Das kommt, weil die Herrschaft nicht ins Theater geht. Wenn sie ihn gesehen hätten als Prinz! Aber freilich, die kurzen Hosen. Na, Fräulein Käthe, aber meinen Glückwunsch will ich Ihnen nun doch sagen. Sie werden schon glücklich werden, Sie sind ja so gut – und der Herr Bräutigam auch.«

Sie drückte Käthes Hand zwischen ihren feuchten Seifenfingern, und das junge Mädchen freute sich so über diesen ersten Glückwunsch zu ihrer Verlobung, daß sie die Alte umfaßte und herzlich auf die Backe küßte.

»Danke, gute Line. Und heute abend, wenn Sie mit Ihrer Arbeit fertig sind, bringen Sie meinem Bräutigam einen Brief. Ja?«

»Gern, sehr gern, Fräulein Käthe. Dann will ich mich nur sputen. Ach so, was ich sagen wollte – darf ich denn darüber sprechen?«

»Ich habe nichts dagegen, Line.«

»Na, denn ist gut. – Na, Bürgermeisters Jette wird ja schön lauschen, wenn ich ihr das erzähle.«

Und Line vertiefte sich in den ihr bevorstehenden Genuß und rechnete sich aus, wem sie die Neuigkeit beibringen könnte.

Käthe ging in ihr Zimmer und schrieb an ihren Verlobten.

So schonend wie möglich teilte sie ihm mit, wie ihre Unterredung mit ihrem Vormund ausgefallen war, und bat ihn, Frau Anna Berthold ihre Verlobung mitzuteilen. Heimliche Zusammenkünfte zwischen ihnen dürften nicht mehr stattfinden. Sie würden in dem kleinen Städtchen sehr bald bekannt werden, und sie wolle jeden Anlaß zu Gerede vermeiden. Man würde sich ohnedies genug mit ihr beschäftigen, wenn ihre Verlobung bekannt würde. Sie werde sich am nächsten Tag um zwölf Uhr bei Frau Berthold einfinden, um ihn wiederzusehen. Zuletzt versicherte sie ihn noch einmal ihrer tiefen, innigen Liebe und dankte ihm in rührender Demut.

Diesen Brief trug Line gegen Abend in Wigands Wohnung. Er lasse herzlich danken, und er werde alles nach Käthes Wunsch einrichten, ließ er ihr als Antwort sagen.

Noch an demselben Abend, nach der Vorstellung, als alle Mitglieder der Truppe anwesend waren, verkündete Georg Wigand den Kollegen seine Verlobung.

Man war einigermaßen überrascht, und Helene Hellmann bekam einen Weinkrampf. Sie mußte von einer Kollegin nach Hause begleitet werden. Infolge dieses Zwischenfalls fielen die Glückwünsche zu Wigands Verlobung etwas befangen aus. Man kam heute nicht recht in Stimmung, obwohl Wigand Sekt spendierte und den Kollegen nach seiner Hochzeit eine glänzende Feier versprach. Zwar dankte man ihm laut und überschwenglich, aber dann wurde es wieder still. Alle wußten, daß Fräulein Hellmann sich auf Wigand Hoffnung gemacht hatte. Und wenn ihm auch niemand einen direkten Vorwurf machen konnte – unangenehm war es doch, und die Kollegin tat jedem leid.

Kertner saß mit ernstem, nachdenklichem Gesicht da. In den Augen und um den Mund zuckte und wetterleuchtete es zuweilen. Das war das einzige Anzeichen, daß er nicht mit der Lage der Dinge einverstanden war. Paul Hartenberg markierte kolossalen Weltschmerz, daß ihm nun seine Angebetete endgültig verloren war. Und Anna Berthold beglückwünschte Wigand ein bißchen ironisch. Sie gab aber sofort ihre Zustimmung, als er sie bat, seine Braut ein wenig unter ihre Fittiche zu nehmen.

»Du hast ein unverschämtes Glück, Direktor. Hoffentlich zeigst du dich dessen würdig und machst das Mädel glücklich«, sagte sie ernster, als es sonst ihre Art war.

Sehr behaglich war Wigand bei alledem nicht. Es war ihm schließlich doch selbst ein wenig schnell gegangen mit der Verlobung. Die Sache mit der Hellmann war ihm gar nicht so gleichgültig, wie er sich den Anschein gab. Sie war ihm hündisch treu ergeben gewesen und hatte keinem andern angehören mögen, obschon es ihr nicht an Verehrern fehlte. Vor allen Dingen war sie ihm beim Spiel eine wertvolle und verständige Partnerin gewesen, sie ging auf seine Eigenart ein und brachte ihm Stimmung. Solange er mit ihr spielte, gab es keine andere Frau für ihn. Und das hatte sie gewußt, darauf hatte sie gebaut.

Als Wigand das erste Glas Sekt auf das Wohl seiner Braut zu trinken bat, stand Kertner auf, ein mokantes Lächeln um die Lippen und mit vibrierenden Nasenflügeln.

»Also auf das Glück und Wohlergehen deiner Braut – sie hat es nötig, daß wir darauf trinken.«

Sprach's, trank sein Glas leer und warf es an die Wand. Dann setzte er sich ruhig wieder hin.

Man trennte sich sehr früh. Hartenberg hatte dem Sekt in seinem wonnigen Liebesschmerz so fleißig zugesprochen, daß ihn Adi Kertner nach Hause bringen mußte. Unterwegs machte er seinem ›zerrissenen, vereinsamten‹ Herzen Luft. Kertner hörte ihm ruhig zu. Als sie an Hartenbergs Wohnung angelangt waren, öffnete ihm Kertner die Tür und schob ihn hinein.

»Adi – siehst du, Adi, ich liebe dies herrliche Mädchen – du – ich liebe sie wirklich und – du, der Wigand ist doch ein Ekel. Ach, bin ich ein armer, unglücklicher Mensch, Adi!«

»Herzchen, du bist ein veritables Kalb, geh schlafen«, sagte Kertner trocken und schloß die Tür hinter ihm zu, nachdem er dem langen Menschen noch einen freundschaftlichen Schubs gegeben hatte.

Einige Wochen waren seit Käthes Verlobung vergangen. Im Haus ihres Onkels übersah man diese Verlobung vollständig. Auch von Bürgermeisters und Albert und Johanna war ihr kein Glückwunsch zuteil geworden. Tante Amalie ging tagsüber stumm und kalt an ihr vorbei. Bei den Mahlzeiten sprach niemand ein Wort mit ihr. An den gemeinsamen Samstagabenden zog sich Käthe zurück, sobald sie für Erfrischungen gesorgt hatte. Das Verhalten ihrer Verwandten tat ihr kaum noch weh.

Und diese glaubten ein Recht zu haben zu ihrer Handlungsweise. Ihrer Lieblosigkeit waren sie sich gar nicht bewußt. Käthe galt in ihren Augen als ein leichtfertiges, undankbares Geschöpf.

Wie rein und lauter dieses Mädchen liebte, wie sich ihre Seele mit heiliger Inbrunst dem Mann erschloß, der ihr Liebe entgegenbrachte, das konnten diese Menschen nicht erfassen.

Für Käthe war Wigand ein Held, ein Ideal, ein herrlicher, edler Geist – für ihre Verwandten galt er nicht mehr als ein Vagabund und Abenteurer.

Daß man sie durch das lieblose Verhalten geradezu aus dem Haus in seine Arme trieb, ahnten die kurzsichtigen Menschen nicht. Käthe hatte mit Wigand verabredet, daß die Hochzeit in kürzester Zeit stattfinden sollte. Das Gastspiel war bald zu Ende. Sobald Wigand wieder in Chemnitz wäre, sollte er das Aufgebot bestellen. Die Hochzeit selbst sollte dort in aller Stille gefeiert werden. Für die erste Zeit wollten die jungen Leute eine möblierte Wohnung nehmen, und Käthe sollte dann selbst ein neues Heim für beide einrichten.

Das junge Mädchen war schrankenlos glücklich bei diesen Zukunftsplänen und betete ihren Verlobten an. Zu neu und ungewohnt waren ihr seine zärtliche, ritterliche Art, seine heißen Liebesworte, die er ihr in den kurzen Augenblicken des Alleinseins zuflüsterte. Der Mann, der es gewohnt war, mit Frauenherzen zu spielen, hatte es leicht, ihr junges, unerfahrenes Herz zu betören.

Und er fing selbst immer mehr Feuer, je mehr er Käthe kennenlernte. Ihre Reinheit, gepaart mit schrankenloser Innigkeit, bezauberte ihn. Er war solchen Frauen noch nicht begegnet, sie war ein neues Genre für ihn. Er war wirklich ernstlich verliebt in seine schöne Braut und freute sich auf das schöne trauliche Heim, das sie ihm bereiten wollte. Sie malten sich aus, wie die Zimmer eingerichtet werden sollten. Wigands Geschmack mußte natürlich den Ausschlag geben, das verlangte Käthe fest und bestimmt.

»Sieh, Lieber, ich habe hier so wenig Schönes gesehen. Du wirst besser das Richtige treffen«, sagte sie lächelnd. Und er sah das gern ein. Noch wußte er nicht, wie hoch sich Käthes Vermögen belief. Er hätte es trotz seiner Verliebtheit gern gewußt. Danach fragen konnte er jedoch nicht, und Käthe dachte nicht daran, es ihm zu sagen. Es schien ihr nicht wichtig genug.

Einmal, als sie wieder ausgemalt hatten, wie er sich ihr künftiges Heim dachte, fragte er lachend:

»Sag, Käthe, wird das auch nicht zu teuer werden? Du weißt doch, daß ich arm bin wie eine Kirchenmaus. Ich muß dir die Anschaffung völlig überlassen.«

Sie lachte leise.

»Wieviel kann wohl eine solche Ausstattung kosten?« fragte sie.

Er rechnete eine Weile. »Wenn wir alles rechnen, Möbel, Wäsche, Hausgerät, Teppiche und Bilder, so mögen nahezu zehntausend Mark herauskommen.«

»O, wenn es nicht mehr ist, das ist ja gar nicht so teuer, wie ich dachte«, sagte sie sorglos.

»Mädelchen, du sprichst wie ein Krösus«, sagte er lächelnd.

»Bin ich auch, Georg. Und überhaupt, zu was wäre mein Geld wohl nütze, wenn ich dir nicht ein trautes Heim damit schaffen könnte?«

Wigand fühlte sich recht behaglich bei dem Gedanken an Käthes Reichtum. Er beichtete ihr lächelnd und doch wie ein armer Sünder seine Schulden – nahezu dreitausend Mark. Sie lachte dazu.

»Dann wollen wir sie gleich bezahlen, sobald ich deine Frau bin. Das soll dich nicht mehr quälen. In Zukunft wirst du es nicht nötig haben, Schulden zu machen; was mein ist, ist auch dein.«

Er drückte ihren Arm fest an sich.

»Liebling, ich freue mich für dich und mich, wenn wir nicht so zu knausern brauchen. Sieh, ich will ganz offen sein – wenn du ohne Vermögen wärst, könnten wir noch lange nicht heiraten. Meine Gage allein reicht nicht für uns beide.«

Sie seufzte glücklich auf.

»Gottlob, daß ich nicht arm bin, daß ich dir helfen kann, dir und mir«, sagte sie heiter.

Wigand sah sehr erfreut aus.

Herrgott, mußte das ein famoses Gefühl sein, so ohne Schulden und ohne Sorgen zu leben! Dann würde er sich erst richtig als Künstler entfalten können, wenn ihn die gemeine Not des Lebens nicht mehr zu Boden drückte. Er wollte es Käthe danken, wollte sie wirklich glücklich machen.

Helene Hellmann begegnete ihm scheinbar sehr ruhig. Sie ließ ihn nicht wieder merken, wie tief er sie verwundet hatte. Aber in ihren Augen zuckte es manchmal im heimlich glimmenden Brand, wenn sie ihn beobachtete.

Einmal sah sie ihn mit Käthe zusammen auf der Straße. Da ging sie blaß, aber ruhig an ihnen vorbei und erwiderte seinen Gruß ganz formell.

»Das war Fräulein Hellmann, Georg, nicht wahr?«

»Ja.«

»Sie ist sehr schön und spielt wundervoll.«

»Schön? Nun, Liebling – dir kann sie in dieser Beziehung natürlich nicht das Wasser reichen. Puder und Schminke tun viel. Aber eine tüchtige Künstlerin ist sie sicher.«

»Ihr spielt gern zusammen, nicht wahr?«

»Ja, sie hat tiefes Verständnis und ein famoses Anpassungsvermögen. Sie ist mir als Kollegin fast unentbehrlich geworden.«

»Das glaub ich dir. Sie ist wohl auch gut und edel?«

Er lächelte und drückte ihren Arm.

»Du hältst alle Menschen für gut und edel.«

»Nein, nicht alle, Georg, aber Fräulein Hellmann –«

»Nun, laß die jetzt beiseite, Liebling! Sag mir lieber schnell noch etwas recht Liebes und Süßes – gleich müssen wir uns trennen.«

Sie lächelte zu ihm auf und sah ihn innig an.

Worte fand sie nicht.

»Meine süße Käthe – wärst du doch erst meine Frau! Fast noch zwei Monate vergehen bis dahin.«

Dann trennten sie sich mit einem Händedruck und einem tiefen Blick.

Noch ein letztes Mal vor seiner Abreise traf Wigand mit Käthe bei Bertholds zusammen. Sie war früher da als er. Frau Anna war schon beim Einpacken und ächzte und stöhnte zum Steinerweichen.

»O diese verflixte Packerei!« rief sie Käthe bei ihrem Eintritt entgegen. »Kindchen, das ist ein Kreuz, glauben

Sie mir. Kaum ist man an einem Ort so leidlich warm geworden, da muß man seine Zelte wieder abbrechen. Und was für eine Unmenge Plunder muß man mitschleppen! Nimmt man nicht alles mit, dann fehlt einem sicher gerade das, was man fortgelassen hat.«

Käthe sah lächelnd auf das Tohuwabohu ringsum. Dann legte sie schnell Hut und Handschuhe auf den Tisch und begann ohne Umstände beim Einpacken zu helfen.

»So, liebe Frau Berthold, mit vereinten Kräften geht es schneller. Ruhen Sie sich doch lieber ein paar Minuten aus! Ich sehe, da steht frischer Kaffee auf dem Tisch.«

»Richtig – den hatte ich ganz vergessen im Eifer. Da muß ich doch gleich –«

Sie schenkte sich eine Tasse Kaffee ein und ließ sich aufseufzend in einen Stuhl fallen.

»Man merkt doch, daß man alt wird.«

»Das sieht man Ihnen nicht an, Frau Berthold. Wenn Sie auf der Bühne sind, sehen Sie ganz jung aus. Sie müssen einmal ein bildschönes Mädchen gewesen sein.«

Frau Anna schmunzelte geschmeichelt.

»Ja, ja, man hat es mir manch liebes Mal gesagt, Kindchen. Aber die Zeit ist lange vorbei. Wenn man nah an die Sechzig heran ist, da ist's zu Ende.«

Käthe sah überrascht empor und vergaß, das schwarze Samtmieder in den Korb zu legen.

»So alt sind Sie schon?«

»Ja, ja, Herzchen. Nächstes Jahr bin ich sechzig. Aber reden Sie nicht darüber! Beim Theater darf man beileibe nicht alt werden, deshalb muß man Jugend markieren. Ich gelte überall für fünfzig Jahre. Und mein Alter ist noch drei Jahre älter als ich. Der muß sich auch jünger machen. Sonst wird man als unbrauchbar zum alten Eisen geworfen. Na – und wenn wir beide nicht mehr Theater spielen dürfen, dann wollen wir lieber gar nicht mehr leben.«

»So sehr hängen Sie an Ihrem Beruf?«

»Ja, Kind, man verwächst schließlich damit. Aber da sehe ich Ihren Herzallerliebsten über die Straße kommen. Gleich wird er hier sein; dann geht es ans Abschiednehmen.«

»Nur für kurze Zeit, einen Monat später komme ich auch nach Chemnitz. Liebe, gute Frau Berthold, ich will Ihnen, ehe Georg kommt, noch schnell meinen herzlichen Dank für Ihre Güte sagen. Sie haben nicht wie eine Fremde an mir gehandelt. Ich kann Ihnen das nicht vergelten, wie ich möchte.«

»Schon gut, schon gut, Kindchen, ich hab's gern getan. Sie sind ein liebes, gutes Mädchen. Und wenn Sie nach Chemnitz kommen – die Anna Berthold ist immer bereit, Ihnen beizustehen. Es wird manches an Sie herankommen in den neuen Verhältnissen, wobei Sie sich nicht aus und ein finden. Dann kommen Sie nur zu mir. Wenn ich kann, dann helf ich Ihnen.«

Käthe nahm ihre Hand und drückte sie fest und herzlich zwischen den ihren. Sie fühlte, die alte Dame meinte es gut mit ihr.

In diesem Augenblick trat Wigand ein.

»O weh – hier sieht es ja noch trostloser aus als bei mir! Gottlob, daß ich dich sehe, Schatz. Du bist doch wenigstens ein herzerfreuender Anblick.«

Er nahm Käthe in seine Arme und sah ihr zärtlich ins Gesicht.

»Anna, Anuschka – dreh dich mal um! Ich will meiner Braut einen Kuß geben«, sagte er lächelnd.

Anna Berthold rührte sich nicht.

»Fällt mir nicht ein. Für meine Dienste als Anstandswauwau will ich wenigstens was Hübsches sehen. Aber schnell, haltet euch dazu; ich höre Hieronymus auf der Treppe, dann habt ihr zwei Zuschauer.«

Als Hieronymus eintrat, war dem ersten Kuß bereits ein zweiter und dritter gefolgt. Nun machte sich Käthe errötend frei aus Georgs Armen und begrüßte den alten Herrn. Der tätschelte ihr lächelnd die Hand.

»Ist mir doch jedesmal, als wenn es heller und sonniger wäre in unserem sogenannten Salon, wenn Sie hier sind, Fräulein Käthchen.«

»Nun hör einer den alten Schwerenöter, macht jungen Mädchen die Cour! Na, warte, Alter!«

»Sei du ganz still, mein Annchen, sonst ziehe ich vom Leder und erzähl Fräulein Käthe, daß du dich vor gar nicht langer Zeit von diesem jungen Mann hast küssen lassen, unter meinen Augen sogar.«

»Na, da ist es ja ein Glück, daß du zu schweigen verstehst. Kindchen, Sie haben doch nichts gehört?«

»Nichts, gar nichts«, versicherte Käthe lachend.

Die Verlobten sprachen nun noch einiges, während die beiden alten Leute ihre Sachen vollends packten. Dann ging's ans Abschiednehmen. Frau Anna half mit ihren gutmütig spöttischen Reden über den Trennungsschmerz hinweg.

Georg begleitete Käthe auch heute nach Hause.

Sie waren gewohnt, daß ihnen fast alle Leute auf der Straße nachstarrten. ›Rodecks Käthe‹ war fast jedem bekannt, und ihre Verlobung mit einem Schauspieler hatte natürlich Aufsehen im Städtchen erregt. Die Vorstellungen, die schon flauer besucht wurden, weil das Kunstbedürfnis des Städtchens bereits befriedigt war, erhielten neue Anziehungskraft. Man wollte ›Rodecks Käthen ihren Bräutigam‹ sehen. Da Rodecks kalt alle Glückwünsche zurückwiesen, merkte man, daß diese Verlobung gegen ihren Willen zustande gekommen war. Und die meisten verurteilten Käthe. Es war doch unerhört, daß sich ein Mädchen aus angesehener Bürgerfamilie mit einem Schauspieler verheiraten wollte.

Am lautesten räsonierten Doktor Krüger und Seifensieders Thekla über diesen Fall. Ersterer sagte sehr würdevoll zu Albert:

»Es ist doch ein Glück, daß ich rechtzeitig erkannt habe, daß deine Base für die Frau eines Arztes nicht gepaßt hätte.«

Albert zuckte die Achseln dazu. Ihm war schon lange nicht mehr wohl beim Gedanken an Käthe. Seit seiner verunglückten Annäherung an jenem Skatabend war ihm doch klar geworden, daß seine Base ihr Herz nicht an ihn verloren hatte.

Die einzige im ganzen Städtchen, die Käthes Verlobung voll innerlicher Freude vernahm, war Johanna. Wurde sie doch auf diese Weise von ihrer heimlichen Eifersucht befreit. Aber sonst war niemand gut auf Käthe zu sprechen. Man wich ihr aus, so gut man konnte. Die jungen Mädchen erhielten von ihren Müttern strengen Befehl, nicht mit ihr zu sprechen.

Eben kamen wieder zwei Tanzstundenfreundinnen Käthe und ihrem Verlobten entgegen. Sie sahen fast ungezogen zur Seite und grüßten Käthe nicht. Die lächelte nur spöttisch.

»Arme, dumme Dinger! Sie meinen, mich kränken zu können«, sagte sie zu Georg.

»Tut es dir gar nicht leid, daß du meinetwegen verfemt bist?«

Sie sah ihm innig in die Augen. »Laß die törichten Menschen, Lieber! Sie können mich nicht kränken. Du stehst so himmelhoch über ihnen.«

Er machte ein sonderbares Gesicht.

»Du überschätzt mich, Käthe. Ich bin doch auch nur ein Mensch mit Fehlern und Schwächen.«

Sie lächelte zärtlich zu ihm auf.

»Ja, du magst auch deine Fehler haben, und das ist gut. Mir würde sonst bang vor deiner Größe.«

»O du kleine Schwärmerin! Wenn du erst dahinter kommst, was für Untugenden ich habe, dann – pardauz – liegt dein Götze im Staub.«

Sie sah ihn ernsthaft an.

»Ich liebe dich, so wie du bist, und solange du mich in gleicher Weise liebst, ist alles gut. Ach, mein Georg, du weißt ja nicht, was ich dir alles zu danken habe! Behalt mich lieb – ich wüßte nicht, wie ich mich ohne deine Liebe jetzt noch im Leben zurechtfinden sollte. Und nun müssen wir uns trennen. Liebster. Leb wohl!«

»Leb wohl, Käthe, mein süßes Mädchen! Also morgen – nein, übermorgen in vier Wochen sehen wir uns wieder. Inzwischen schreiben wir uns fleißig, damit wir leichter über die Trennung fortkommen. Nicht wahr?«

Ihr schönes, ernstes Gesicht war trotz der Tränen wie von innerem Glück durchleuchtet. Das Herz wurde ihm warm.

»Liebling – nun muß ich gehen. Leb wohl, meine süße, holde Käthe. Verdammt, diese neugierigen Gesichter alle! Nicht einmal einen Kuß kann man seiner Liebsten geben. Aber das wird nachgeholt – und gründlich. Nun geh, mein Herz – wir wollen uns nicht lange quälen. Leb wohl.«

»Leb wohl, mein geliebter Georg – auf glückliches Wiedersehen.«

»Auf Wiedersehen!«

Sie trennten sich. Käthe eilte schnell die Fischgasse hinunter, und Wigand kehrte langsam zurück.

7

Es war zwei Tage später. Käthe saß im Wohnzimmer am Fenster, mit einer Handarbeit beschäftigt.

Es war still um sie her. Nur ab und zu scholl von der Küche herüber das Klappern des Geschirrs. Line spülte ab.

Frau Amalie Rodeck war zum Kaffee gebeten und deshalb nicht zu Hause. Früher wurde Käthe immer mit eingeladen zu den Kaffeegesellschaften, und sie hatte sich dann immer unbehaglich gefühlt. Jetzt war sie in Acht und Bann getan. Man lud sie nicht mehr mit ein.

Frau Amalie hatte ihr das mit großer Befriedigung mitgeteilt.

»Man kann es den Leuten nicht verdenken; wer sich selbst erniedrigt, muß sich gefallen lassen, daß andere es auch tun«, hatte sie hinzugefügt.

Käthe hatte ihre Tante nur mit großen, ernsten Augen angesehen, ohne zu antworten.

Nun saß sie allein zu Hause und spann sich in glückselige Zukunftsträume ein. Was gingen sie die kleinlichen Menschen an, die sich zu ihren Richtern aufwarfen, weil sie nicht verstehen konnten, was sie getan hatte. Sie wollte sich dadurch keine frohen Stunden trüben lassen.

Und die hatte sie jetzt viel. Die Sonne des Glücks war über ihr aufgegangen und hüllte sie in ihre Strahlen.

So saß sie und nähte lauter frohe Gedanken in ihre Arbeit hinein. Da wurde draußen die Glocke gezogen. Käthe sah in den Fensterspiegel, den sogenannten Spion, der ihr einen großen, schlanken Mann draußen vor der Tür zeigte. Sein Gesicht konnte sie nicht erkennen, er hatte den breitrandigen Strohhut tief in die Stirn gezogen.

Line öffnete draußen, und der Fremde verschwand im Hausflur. Gleich darauf trat Line ins Zimmer und sagte aufgeregt:

»Fräulein Käthe, es ist ein fremder Herr draußen. Er fragte erst nach der Herrschaft. Ich sagte ihm, daß Frau Rodeck nicht zu Hause ist und der Herr hinten im Kontor. Da wollte er erst gleich wieder gehen. Aber dann sagte er: ›Ist das Fräulein auch nicht zu Haus?‹ Und nun soll ich Ihnen sagen, er bäte um eine Unterredung. Soll ich ihn nun einlassen, Fräulein Käthe?«

Das junge Mädchen überlegte einen Augenblick, dann sagte sie:

»Lassen Sie ihn eintreten.«

Line ging hinaus, und gleich darauf trat der Fremde ein.

Er mochte Anfang der Dreißig sein. Sein gebräuntes, kühngeschnittenes Gesicht mit der hohen Stirn und den tiefliegenden grauen Augen zeigte eine tiefe Bewegung bei Käthes Anblick, und seine Blicke umfaßten ihre reizvolle Erscheinung mit prüfendem Abwägen. Seine Kleidung sah etwas abgetragen aber anständig aus. Die Wäsche war sauber, aber der Hut abgegriffen und alt. Er trug ihn in der Hand.

Schweigend standen sich die beiden Menschen im hellen Sonnenlicht gegenüber, und während die Augen des Mannes wärmer zu leuchten begannen, zeigte sich in denen des Mädchens nur ein unruhiges Forschen.

Der Mann kam ihr bekannt vor; nur wußte sie nicht, wo sie ihn gesehen haben konnte.

Da lachte der Fremde plötzlich laut und herzlich. Gleich einem Blitz fuhr es bei diesem Lachen durch ihren Kopf in frohem Erinnern.

»Kleine Käthe, wie groß und schön bist du geworden!« sagte er warm und herzlich.

»Helmut – Helmut, ja – du bist es!« rief sie freudig überrascht, und ihr wurde warm und froh ums Herz bei seinem Anblick. Sie faßte seine beiden Hände und drückte sie, so fest sie konnte.

»Daß du wieder da bist, daß du lebst und gesund bist! Ach, Helmut – mir ist, als scheine plötzlich die Sonne wieder warm und hell durch dieses kalte Haus.«

Seine großen, grauen Augen sogen sich fest an ihren holden Zügen, die durch die Freude noch verklärt schienen. Ihm wurde warm und eng ums Herz. Es stieg ihm wie Tränen im Hals empor.

»Kleine Käthe – liebe kleine Käthe, durch dich grüßt mich die alte Heimat. Nun mag kommen, was will, es wird mich nicht reuen, daß ich heimgekommen bin.«

Er ließ sein Auge im Zimmer umherschweifen. Ein Lächeln spielte um seinen ausdrucksvollen Mund.

»Alles noch wie vor zwölf Jahren, nichts hat sich hier verändert.«

Er fuhr mit der gebräunten Hand durch das dichte Haar, und ein leichter Seufzer kam über seine Lippen.

»Wie geht es meinen Eltern, Käthe? Daß sie gesund sind, weiß ich, ich habe von Zeit zu Zeit Erkundigungen eingezogen. Aber von ihrem inneren Ergehen kannst du mir besser berichten. Wie spricht man über mich? Zürnen mir die Eltern noch immer?«

Käthe sah ihm ernst ins Gesicht.

»Ob sie dir noch zürnen, weiß ich nicht. Man spricht

nicht von dir. Nur vor kurzer Zeit erwähnte dich dein Vater einmal.«

Helmuts Augen leuchteten auf.

»Tat er das wirklich? Also man hat mich noch nicht zu den Toten geworfen? Was war es, das mein Vater von mir sprach?«

Käthe wurde verlegen.

»Nimm doch erst Platz! Darf ich dir eine Erfrischung bringen lassen? Hast du Hunger oder Durst?«

Er lächelte und sah sie forschend an.

»Ich habe ebensowenig Hunger und Durst wie du diplomatisches Talent. Ich würde auch keinen Bissen zu mir nehmen in diesem Haus, solange ich nicht weiß, wie meine Eltern mich aufnehmen. Deinem Verhalten nach verspreche ich mir nichts Gutes. So, Käthe, nun setz dich zu mir und laß uns miteinander reden. Mutter ist zum Kaffee geladen, da kommt sie vor sieben Uhr nicht zurück, und Vater wird mit dem gleichen Glokkenschlag aus dem Kontor herüberkommen. Nicht wahr, auch das ist noch genau wie vor zwölf Jahren?«

Käthe setzte sich ihm gegenüber.

»Ja, genau so.«

Er faßte ihre Hand.

»Kleine Käthe – liebe kleine Käthe, nun mach nicht ein so banges Gesicht! Ich lese dir von den Augen ab, was du denkst.«

Sie versuchte zu lächeln.

»Das wirst du doch wohl nicht so leicht können.«

»Dann hör zu. Du denkst jetzt: ›Ach, der arme Kerl, wenn er wüßte, wie wenig gut man hier auf ihn zu sprechen ist! Wenn ich ihn doch nur schonend darauf vorbereiten könnte!‹ Ist es nicht so?«

Sie war dunkelrot geworden und sah zur Seite. Ein bitteres Lächeln spielte um seinen Mund.

»Vielleicht geht doch alles gut, Helmut, nein, ganz gewiß. Deine Eltern müssen sich doch freuen, daß sie dich lebend und gesund wiederhaben.«

Er zuckte mit den Achseln.

»Glaubst du vielleicht, daß man mir ein Kalb schlachtet?«

Sie richtete sich auf und sah ihm ehrlich und voll Herzensgüte ins Gesicht.

»Ich weiß es nicht, Helmut. Aber eins weiß ich: Ich hätte es auch so gemacht wie du. Ich habe es dir nachgefühlt, daß du gehen mußtest, wolltest du dich nicht selbst verlieren.«

Seine sprechenden Augen verrieten, wie wohl ihm ihre Worte taten.

»Ich danke dir für diese Worte, Käthe! Und das will ich dir sagen, ich würde heute genau wieder so handeln wie damals. Ach Gott, Mädchen – was liegt alles zwischen damals und jetzt! Hab mich doch manchmal nach dem kleinen Nest hier gesehnt. Auch an dich hab ich gedacht. Freilich nur manchmal. Warst ja ein kleines Mädchen, als ich ging. Wenn ich gewußt hätte, was für ein lieber, verständiger Mensch du inzwischen geworden bist, ich hätte die Sehnsucht nach Hause doch nicht so lange bezwingen können. Weißt du, was mir das ist, daß ich so bei dir sitzen, deine Hand halten und deine freundlichen Augen so voll schwesterlicher Sorge auf mir ruhen lassen kann? So ein liebes Schwesterchen, was ist das für ein Segen für einen einsamen Menschen, wie ich! Ganz rührend dumm und weich ist mir ums Herz, seit ich dich wiedergesehen.«

»Das freut mich von Herzen. Als ich vor Jahren in das Haus deiner Eltern kam, da warst du es, der die arme Waise liebevoll aufnahm. Ich hab dir das nie danken können bis heute. Aber an dich gedacht hab ich oft, an dein helles, frohes Lachen. Seit du fort bist, ist hier nie mehr solch ein Lachen laut geworden.«

»Und du selbst? Hast du das Lachen auch verlernt?«

»Verlernt? Ach, Helmut, ich glaube, ich hab das Lachen nie gekonnt. Solange ich hier bei deinen Eltern bin, ist mir nur immer dieser ungestüme Freiheitsdrang, die Sehnsucht nach ein bißchen Liebe und Güte im Herzen gewesen. Man weiß hier wohl kaum, was Liebe ist. Alle gehen kalt und fremd aneinander vorbei. Und Frohsinn gibt es ebensowenig.«

Er nickte.

»Ja, ja, Überfluß an Herzenswärme ist hier nie gewesen. Man hat für das fremde Kind sicher nicht mehr übrig gehabt als für das eigene. Und du bist ein Mädchen und konntest nicht davonlaufen wie ich.«

»Wenigstens nicht, solange ich nicht mündig war. Aber nun bleibe ich auch nicht mehr lange hier.«

Er sah überrascht auf.

»Wo willst du hin?«

Sie erzählte ihm von ihrer Verlobung und wie alles gekommen war, wie sie wegen ihrer Verlobung geradezu verfemt war von allen. Und wie sie durch ihren Verlobten erst den hohen Wert des Lebens, das tiefe Glück der Liebe erfahren. In schlichten Worten berichtete sie ihm alles. Und er hörte ernst und still zu. Er kannte Welt und Leben. Zwischen Käthes Bericht hörte er auch noch manches heraus, was ihm ihre Worte nicht verrieten.

Daß sie verlobt war, tat ihm weh. Warum, wußte er selbst nicht. Und ihre ideale Schilderung des Geliebten, die unmöglich der Wirklichkeit entsprechen konnte, verriet ihm, daß sie sich wohl selbst in einen Irrtum hineingeredet hatte.

Er übersah die Sachlage mit klaren Augen, und Käthes Glück schien ihm nicht so zweifellos wie ihr selbst. Aber er sprach dies nicht aus. Teilnehmend erkundigte er sich nach allem, was sie betraf.

Dabei verließ ihn keinen Augenblick das heimliche Wehgefühl.

»Wenn du früher zurückgekommen wärest, vielleicht hättest du diese liebliche Blume für dich pflücken können. Nun ist es zu spät«, dachte er.

»Zu spät, zu spät« – er kam nicht los von diesen beiden Worten.

Dann wehrte er sich gegen diese Stimmung. War er deshalb nach zwölf Jahren in die Heimat zurückgekehrt, um sich da in das erste junge Mädchen zu verlieben, das ihm freundlich entgegenkam? Machte ihn die Heimatluft so schnell wieder zum weichmütigen, sentimentalen Träumer?

Das Mädchen war verlobt. Nun, zum Donnerwetter, dann mußte man sich dumme Gedanken aus dem Kopf schlagen. Es gab doch noch mehr hübsche Mädchen. Irgendwo würde sich wohl eine finden, die zu ihm paßte. Um sich zu verlieben, war er nicht hierhergekommen. Käthe hatte inzwischen ihren Bericht beendet.

»Nun hab ich dir alles über mich und mein Leben erzählt, Helmut. Jetzt sag du mir, wie es dir ergangen ist all die Zeit.«

Er warf den Kopf zurück, als wollte er lästige Gedanken abschütteln.

»Gut und schlecht, Käthe. Sieh mich mal an! Rate mal, was aus mir geworden ist!«

Sie prüfte ihn lächelnd, aber gewissenhaft. Dann sagte sie:

»Du siehst nicht aus, als kehrtest du reich mit Glücksgütern beladen heim. Aber dein Auge blickt hell und klar, wie das eines ehrlichen, zielbewußten Menschen.

Du kannst noch froh und herzlich lachen und bist, so scheint es mir, gesund an Leib und Seele. Das ist viel.«

»In deinen Augen vielleicht. Meinst du, daß meine Eltern auch damit zufrieden sind?«

»Ich weiß es nicht.«

»Nun – dir will ich keine Komödie vorspielen, Käthe. Dies abgetragene Gewand ist Mummerei. Ich hab meinem Vater gesagt: Ich kehre nur ins Vaterhaus zurück, wenn ich etwas im Leben erreicht habe. Und ich bin ein Dickkopf, Käthe, ich wäre nicht gekommen, wenn ich nichts erreicht hätte, womit ich meinen Eltern imponieren kann. Aber erst will ich doch probieren, ob ihr Herz nicht auch dem armen, verlorenen Sohn entgegenschlägt. Käthe, ich würde mich unbändig freuen, wenn es so wäre! Aber du siehst mich so erwartungsvoll an. So will ich dir eine kurze Schilderung von meinem Leben geben:

In der ersten Zeit, nachdem ich mich mit Vater überworfen hatte, ging es mir schlecht. Ich habe abwechselnd gehungert und gefroren – habe es wirklich darin bis zur Virtuosität gebracht. Ich glaube, als Hungerkünstler hätte ich mich damals sehen lassen können. Manchmal ging es mir so schlecht, daß ich drauf und dran war, hier zu Hause zu Kreuze zu kriechen. Wie es mir möglich geworden ist, mich bis zu meinem Staatsexamen durchzuschlagen – das weiß ich heute selbst kaum noch. Genug, ich kam durch. Sogar den Doktor hab ich noch gemacht, allerdings mit Hilfe eines Mannes, der mir wohlwollte. Dieser Mann verpflichtete mich als Hauslehrer für die Kinder seines Bruders, der in Amerika lebte mit seiner Familie. Für zwei Jahre hatte ich einen Vertrag unterzeichnet. So kam ich nach Amerika. An einem stürmischen Wintertag landete ich in New York.

Zwei Tage später wollte ich weiterreisen in das Innere des Landes. In einem neu aufblühenden Ort besaß mein neuer Brotherr große Fabriken. Die Weiterreise wurde jedoch vorläufig vereitelt durch einen Unglücksfall. Ich geriet im Schneetreiben so dicht vor einen elektrischen Straßenbahnwagen, daß ich umgerissen wurde und in die Fangvorrichtung vor dem Wagen stürzte. Dabei wurde mir der Unterschenkel zweimal gebrochen. Ehe ich wußte, was eigentlich mit mir geschehen war, lag ich in einem Hospital. Mein Bein schmerzte sehr. Ein deutscher Arzt und deutsche Pflegerinnen umgaben mich. Ich bat, daß man meinem Brotherrn Nachricht über meinen Unfall senden sollte.

Dieser hatte ohnedies eine Reise nach New York beabsichtigt gehabt, und er suchte mich im Hospital auf. Diesem energischen und tatkräftigen Mann verdanke ich's, daß mir von der Straßenbahngesellschaft eine Entschädigungssumme von achttausend Dollar gezahlt wurde. Es konnte durch Zeugen bewiesen werden, daß der Wagenführer am Straßenübergang kein Warnungszeichen hatte ertönen lassen. In dem dichten Schneetreiben hatte ich den Wagen nicht zeitig genug bemerken können.

Nun hatte ich mit einem Mal eine Summe, die mich unabhängig machte. Mein Brotherr erwies sich weiter als ein edler und großherziger Mann. Als ich geheilt war und ihn aufsuchte, um mich ihm als Hauslehrer für seine beiden Söhne zur Verfügung zu stellen, wurde ich gut und herzlich aufgenommen.

Die zwei Jahre in seinem Haus waren der Glanzpunkt in meinem Leben. Meine beiden Schüler wurden mir lieb, es waren kluge und liebenswürdige Jungen. Ihr Vater behandelte mich fast freundschaftlich, und ihre Mutter, eine etwas leidende, aber gütige und feinfühlige Frau, erschien mir das Ideal einer Gattin und Mutter. In dem traulichen und gemütswarmen Familienleben fühlte ich mich wohl und behaglich wie noch nie.

Nach Ablauf meines Vertrages – meine Schüler sollten nun auf deutschen Universitäten studieren – machte mir ihr Vater den Vorschlag, in dem aufblühenden Ort eine Zeitung zu gründen. Das Bedürfnis dazu sei vorhanden; er garantiere mir Erfolg, und was mir an Geld fehle, sei er bereit, vorzustrecken.

Ich griff mit beiden Händen zu. Für das Zeitungswesen hatte ich immer viel übrig gehabt und wäre gern Redakteur geworden. Kurzum, ich gründete eine Zeitung. Und damit ging es in schnellem Tempo aufwärts. Solch rapide Erfolge sind eben nur im Land der unbegrenzten Möglichkeiten zu erzielen. Mein Unternehmen wuchs mit der Einwohnerzahl des Ortes. Die Zeitung bekam einen Ruf, sie wurde auch außerhalb des Ortes gelesen. Als in der Nähe ein großes Eisenbahnunglück stattfand, worüber ich einen ausführlichen Bericht brachte, wurde meine Zeitung in weiteren Kreisen bekannt. Einzelheiten erspare mir jetzt. Genug, ich wurde nach deutschen Verhältnissen ein reicher Mann.

Aber die Sehnsucht nach meinem Vaterland ließ mir doch keine Ruhe. Als sich mir vor einem halben Jahr die Gelegenheit bot, meine Zeitung unter äußerst günstigen Bedingungen zu verkaufen, tat ich es ohne langes Besinnen und kehrte nach Deutschland zurück. Auch hier blieb mir das Glück treu. Eine Berliner Verlagsgesellschaft wurde eben gegründet. Ich beteiligte mich daran mit dem weitaus größten Teil meines Vermögens und wurde zum Chefredakteur gewählt. Damit habe ich ein für mich ideales Arbeitsfeld gefunden. In vierzehn Tagen beginne ich meine neue Tätigkeit. Herrgott, wie ich mich darauf freue! Aber vorher will ich mich mit den Eltern aussöhnen. Ob es mir gelingt?

So, Käthe, nun hast du ein flüchtiges Bild von meinen Erlebnissen.«

Sie hatte mit warmem Interesse zugehört. Nun atmete sie tief auf.

»Gottlob, Helmut, daß alles gut geworden ist. Wie stolz kannst du sein, daß du so jung schon ein so hohes Ziel erreichtest.«

Er lächelte.

»Stolz – nein. Daß man Glück hatte, berechtigt nicht zu Stolz. Nur auf die Zeit bin ich stolz, in der ich mich durchgehungert und durchgefroren habe. Und daß ich den Mut nicht verlor, solange es mir schlecht ging. Alles andere war Zufall.«

»So denkst du. Hättest du dir durch deinen Fleiß nicht Gönner erworben, so wäre es anders gekommen. Der Zufall allein tat es sicher nicht.«

»Darüber wollen wir uns nicht streiten, Käthe. Ich bin zufrieden, wie es ist. Und jetzt freue ich mich auf ein neues, fröhliches Schaffen. Von allen Genüssen, die uns die Erde bietet, ist freie, befriedigende Arbeit der schönste und höchste.«

Käthe sah sinnend in sein kühnes, sympathisches Gesicht. Ja, es mußte schön sein, seiner eignen Arbeit, seinem eignen Ringen so viel zu verdanken. Sie hatte ja auch immer die brennende Sehnsucht nach Betätigung mit sich herumgetragen – bis sie aufgegangen war in der Liebe zu Georg.

»Du wirst nun vierzehn Tage hier bleiben?« fragte sie.

»Das kommt auf die Eltern an. Ich muß erst sehen, wie sie mich aufnehmen. Und dann – wer weiß, ob ich es so lange hier aushalte, so zwischen guten Freunden und Bekannten aus alter Zeit. Wir werden uns im Lauf der Jahre noch mehr auseinandergelebt haben.«

Sie saßen sich eine Weile schweigend gegenüber. Käthe sah versonnen vor sich hin, und Helmut ließ seinen Blick ungestört auf ihrem schönen, ernsten Gesicht haften.

Wie ein Wunder erschien es ihm, daß dieses liebliche Mädchen mit dem idealen Sinn hier in der nüchternen, kalten Umgebung aufgewachsen war. Mutig und unbekümmert um die Meinung der Leute hatte sie sich dem Mann verlobt, dem man die Gleichberechtigung mit ihr absprach. Sie stellte ihn hoch über alle Menschen, weil sie ihn liebte, weil sie ihn mit den Vorzügen ausstattete, die sie in ihm erkannt zu haben glaubte. War's nicht vielmehr die Verkörperung geliebter und verehrter Dichtergestalten, die sie in ihm liebte? Sie schien noch so unerfahren, trotz ihres ernsten Sinnes. Wo sollte sie auch Erfahrungen gesammelt haben? Hier in dem eintönigen, stumpfsinnigen Leben gewiß nicht.

Wenn er doch früher heimgekommen wäre!

Noch vor wenigen Monaten wäre er vielleicht zur rechten Zeit gekommen, um sich das nach Liebe sich sehnende Herz dieses Mädchens zu erringen. Wie leicht mußte es jener Mann gehabt haben, sich darin festzusetzen! Nun war es zu spät für ihn, zu spät.

Wieder klangen ihm diese beiden Wörtchen in den Ohren.

»Also du bist hier durch deine Verlobung in Ungnade gefallen, Käthe?«

»Ja, ganz und gar«, sagte sie leise.

»Das Ungewöhnliche verurteilen sie, weil sie nicht imstande sind, es mit ihrem Spatzenhirn zu fassen. Arme Käthe, man wird dich arg gequält haben!«

Sie sah ihn lächelnd an.

»Ich bin leicht darüber hinweggekommen, weil ich hier niemand habe, den ich liebe. Nur von Menschen, die einem lieb und wert sind, tun Kränkungen weh. Hier ist ja niemand imstande, mich zu verstehen. Was es für mich heißt, einem Menschen alles zu sein, ihm mein volles Herz schenken zu dürfen, das kann hier niemand ermessen. Was gilt es mir, welchem Stand mein Verlobter angehört? Er liebt mich – ich liebe ihn, das ist genug. Und wenn ich nach kurzen Wochen hier fortgehe, so lasse ich niemand zurück als die alte Line, die zuweilen in Liebe an mich denken wird.«

»Die alte Line? Du erinnerst mich an die gute Seele. Sie gehört zu der seltenen Art der treuen Dienstboten, die jetzt im Aussterben begriffen sind. Auf Rosen ist sie bei meiner Mutter wohl nicht gebettet gewesen. Aber sie hält aus bis zum Ende. Na, die muß ich nachher extra begrüßen mit besonderer Herzlichkeit. Sie war immer gut mit dir, nicht wahr?«

»Ja, sie allein hat mir Liebe entgegengebracht. Sie ist auch die einzige, die mir einen Glückwunsch zu meiner Verlobung gespendet hat.«

Er faßte ihre Hand.

»Und daran schließt sich meiner, Käthe. Möge sich dir alles Glück erfüllen, was du dir erträumt hast! Und – wenn du je einen schrankenlos ergebenen Freund brauchst, ich stehe zu dir. Das vergiß nicht!«

Sie drückte seine Hand, und ein warmes Gefühl quoll in ihr empor.

»Lieber, lieber Helmut«, sagte Käthe innig, »ich danke dir von Herzen und werde nie vergessen, was du mir sagtest.« Dabei sah sie ihn an wie eine liebevolle Schwester ihren wiedergefundenen Bruder. Es wurde ihm eng ums Herz. Er sprang auf und ging im Zimmer umher. Da fiel sein Blick auf die Doppelphotographie von Albert und Johanna. Er nahm sie auf und sah sie prüfend an.

»Dies Gesicht sollte ich doch kennen. Dies dünne, glattgescheitelte Haar, dieser matte Blick –?«

»Es ist Albert mit seiner Frau.«

»Ah, richtig. Albert, Vetter Albert. Ehemals ein Musterknabe, der mir immer als leuchtendes Beispiel vorgehalten wurde. Herrgott noch einmal, hab ich dies blasse, in Bescheidenheit vergehende Gesicht damals gehaßt! Also so sieht das Vorbild aus, nach dem ich geformt werden sollte. Brrr – da gefalle ich mir doch besser, wie ich jetzt bin.«

Er lachte laut und herzlich auf.

»Mir auch«, bestätigte Käthe lächelnd.

»Albert ist zum Nachfolger meines Vaters im Geschäft ausersehen, wie man mir berichtet hat. Und verheiratet ist er also auch? Wer ist denn seine Gattin? Dem Bild nach ist sie still, dick, dumm und selbstzufrieden.«

Käthe lachte leise.

»Du hast sie treffend charakterisiert. Dafür ist sie aber die Tochter des reichen Bürgermeisters.«

»So so, also Albertchen ist ein strebsamer Mensch geblieben. Na, da hat ja mein Vater in ihm einen würdigen Nachfolger erhalten. Ich glaube, ihm komme ich am ungelegensten. Er hätte es kaum bedauert, wenn ich da draußen irgendwo verdorben und gestorben wäre. Oder meinst du, daß ich ihm unrecht tue? Hast du eine bessere Meinung von ihm?«

»Nein«, sagte Käthe hart, und die Erinnerung an Alberts Verhalten stieg in ihr auf. »Er ist ein Heuchler, der hinter einem frommen und würdigen Benehmen böse Gedanken versteckt.«

Er sah sie prüfend an.

»Tat er dir etwas zuleide?« rief er voll leidenschaftlicher Heftigkeit.

Sie erschrak vor seinem Ton.

»Ich habe ihn gebührend zurechtgewiesen, laß es gut sein!«

Er stellte die Photographie heftig wieder auf ihren Platz.

»Duckmäuser sind mir immer die erbärmlichsten Menschen gewesen«, sagte er finster.

Dann nahm er aber ruhig seinen Platz wieder ein.

»Laß uns noch etwas plaudern. Wir müssen die Zeit gut ausnützen, um gute Freunde zu werden. Erzähle mir noch von dir, von deinem Leben hier im Haus!«

»Da gibt es nicht viel zu berichten«, sagte sie, fing aber an zu erzählen. Es tat ihr wohl, einmal rückhaltlos alles vom Herzen herunterzureden. Ihr Denken und Empfinden breitete sie vor ihm aus, ihre ganze Seele öffnete sie vor seinen Blicken. Rückhaltloser selbst als mit ihrem Verlobten besprach sie alles, was ihr inneres und äußeres Leben betraf.

Und vor seinen Augen entfaltete sich da ein Bild voll reiner Anmut, voll Liebesreichtum und sehnendem Verlangen nach einem großen, edlen Lebenszweck: Ein seltenes Geschöpf saß vor ihm. Groß angelegt, so daß sie selbst in dieser Umgebung nicht verkümmern konnte, hatte sie sich in aller Stille hier entfaltet. Wenn dies junge, unerfahrene Mädchen in die richtigen Hände kam, welch edles, schönes Geschöpf konnte daraus werden!

Fast zwei Stunden hatten sie sich unterhalten und waren nun wieder miteinander vertraut, als hätten sie sich nie getrennt.

Line hatte inzwischen draußen kopfschüttelnd ihre Arbeit beendet. Der Fremde blieb doch gar zu lange. Sie lauschte einigemal, ob er nicht wieder herauskam. Aber sie hörte nur, daß die beiden Menschen sich lebhaft unterhielten.

Als sie eben einen Kupferkessel fortstellen wollte, drang lautes, herzliches Lachen aus dem Wohnzimmer heraus. Line setzte erschrocken den Kessel hin und sank auf einen Stuhl. Das Lachen war ihr in die Beine gefahren.

»Ei du mein lieber Gott – was war denn das? Der lacht doch just wie unser junger Herr!«

Langsam dämmerte in ihr die Ahnung, wer dieser sonderbare Besuch sei. Als wohlerzogener Dienstbote wagte sie sich jedoch nicht hinein ins Zimmer, bevor sie nicht gerufen wurde. So machte sie sich wieder über ihre Arbeit, ganz dösig im Kopf und in einigermaßen gruseliger Erwartung der Dinge, die da kommen sollten.

Ab und zu blieb sie stehen und sagte leise zu sich selbst:

»Na, wenn das nur geht.«

Sie kannte ihre Herrschaft gut genug, um auf allerhand gefaßt zu sein. Das Arbeiten ging ihr langsamer von der Hand als sonst. Aber schließlich war sie doch fertig mit ihrer Küche. Sie ging in ihre Kammer, machte sich schmuck und band auch eine schöne weiße Schürze vor.

Gerade, als sie dann wieder in die Küche trat, öffnete Helmut die Tür des Wohnzimmers und trat heraus zu ihr. Käthe folgte ihm.

Prüfend flog das Auge der alten Magd an ihm empor, der ihr lächelnd ins Gesicht sah.

»Ja, es ist unser junger Herr – das walte Gott. Er segne Ihren Einzug, Herr Helmut«, sagte sie mit zitternder Stimme.

»Line, alte gute Line, Sie haben mich ja wiedererkannt?«

»Nicht gleich, junger Herr, meine Augen sind ein bißchen schwach. Aber am Lachen hab ich's gehört. Da wußt ich's gleich.«

»Siehst du, Helmut, dein Lachen hat es auch Line verraten.«

Helmut schüttelte Line nun kräftig die Hand.

»Freuen Sie sich denn, daß ich wiedergekommen bin, Line?«

»I du mein – na, wie soll ich mich da nicht freuen, wo ich schon dachte, Sie wären gar nicht mehr am Leben. Aber die Herrschaft! Wenn das nur gutgeht!«

»Viel Hoffnung haben Sie wohl nicht, daß es gutgeht, Line?«

»Ach, lieber Gott, wer weiß? Man hat ja nicht einmal Ihren Namen mehr nennen dürfen. Harte Leute sind es schon, Ihre Eltern, junger Herr. Sie haben sie auch sehr gekränkt durch Ihr Auskneifen – wollte sagen Fortlaufen.«

Er lachte.

»Bleiben wir beim Auskneifen, Line. Das ist erschöpfend und richtig bezeichnet. Gab wohl argen Spektakel, was?«

Line schüttelte bekümmert den Kopf. »Nein, ganz still ist es zugegangen. Nur den Waschkrug hat Frau Rodeck zerbrochen, den mit den blauen Blumen, als der Herr wieder nach Hause kam von seiner Reise.«

Helmut wurde ernst.

»So, den Waschkrug hat sie zerbrochen? Also ganz gleichgültig war es ihr nicht, daß ich nicht wiederkam?«

Er hatte es leise zu sich selbst gesagt. Nun trat er an den Küchenkalender heran, der über dem Tisch an der Wand hing.

»Heute haben wir den dritten September – laßt sehen –, Hammelbraten mit grünen Bohnen hat es heute mittag gegeben. Stimmt es?«

Käthe mußte laut lachen. Er sah sich überrascht um.

»Du kannst wahrhaftig lachen, Käthe. Wie hübsch das klingt.«

»Es war zu komisch, daß du dank Tante Amaliens Kalender nach zwölf Jahren gleich wieder weißt, was wir gegessen haben.«

Helmut war ans Fenster getreten und schaute durch einen Spalt zwischen den dichten Scheibengardinen auf das Hinterhaus.

Am Fenster des Kontors sah er seinen Vater stehen. Ein tiefer Seufzer entfloh seinen Lippen.

»Mein Vater – auch er hat sich kaum verändert«, sagte er halblaut. Und sein Blick hing fest an dem harten, verkniffenen Gesicht des Vaters, bis dieser sich vom Fenster wandte.

Dann sah er nach der Uhr. Es fehlten nur wenige Minuten an sieben. Er ging mit Käthe ins Wohnzimmer zurück. Hinter der Gardine verborgen sah er seiner Mutter entgegen, die pünktlich eine Minute vor sieben Uhr die Fischgasse heraufkam. »Käthe« sagte er heiser, »Heimatluft macht schwachmütig. Ich könnte heulen wie ein dummer Bub. Alles wacht wieder auf, was ich längst vergessen glaubte, was ich gelitten und was mich freute.«

Er blieb am Fenster stehen und wandte sein Gesicht der Tür zu, voll Erwartung.

8

Frau Amalie war im Hausflur mit ihrem Mann zusammengetroffen. Sie traten zugleich ein, als ihnen Line öffnete. Die alte Magd wagte kein Wort über Helmuts Auftauchen zu sagen. Stumm nahm sie ihrer Herrin Hut, Schirm und Mantel ab.

Dann, während das Ehepaar das Wohnzimmer betrat, betete sie leise vor sich hin.

Karl und Amalie Rodeck blickten verwundert auf den Fremden, dessen Gesicht sie, da es vom Fenster abgewandt war, nicht erkennen konnten. Die letzten Sonnenstrahlen schienen an ihm vorbei ins Zimmer.

Eben wollte der alte Herr den Mund zu einer Frage öffnen, da trat Helmut an die beiden heran.

»Guten Tag, Vater; Grüß Gott, Mutter!« sagte er, von Bewegung überwältigt.

Frau Amalie sank mit einem Schreckensruf wie entgeistert auf einen Stuhl und sah starr in des Sohnes Gesicht. Der alte Herr aber richtete sich mit einem Ruck empor und maß Helmuts fadenscheiniges Gewand mit scharfen, musternden Augen. Kein Zug seines Gesichtes änderte sich, nur die schmalen Lippen kniffen sich noch fester aufeinander. Steife, eisige Abwehr zeigte sein Gesicht.

Wenn sein Sohn demütig, um Gnade flehend zurückgekehrt wäre, vielleicht hätte er den leisen Zuckungen seines Herzens Folge geleistet und ihn trotz allem willkommen geheißen. Aber vor ihm stand noch derselbe kühne und trotzige Geselle, der ihm vor zwölf Jahren den Gehorsam verweigert hatte. Mit stolz erhobenem Haupt stand er da und schaute den Eltern offen und gerade ins Gesicht. Und dabei sah er schäbig und ärmlich aus. Erreicht hatte er sein hochfliegendes Ziel nicht. Als armer Schlucker, als Schiffbrüchiger wohl, kehrte er heim, um wahrscheinlich seinen Eltern nun auf der Tasche zu liegen zum Gespött der lieben Nachbarn und Bekannten. Und bei alledem trug er auch den Kopf noch hocherhoben wie ein Sieger.

Diese Gedanken verhärteten Karl Rodecks Herz noch mehr. Eine scharfe Falte zog sich über seine Stirn, und seine Augen blickten finster in des Sohnes Gesicht.

»Du wagst es, hierher zurückzukehren?«

Helmut wurde einen Schein blasser. Er sah auf die Mutter. Auch die hatte die Schwächeanwandlung bereits überwunden. Ein Blick auf sein Äußeres überzeugte auch sie, daß er arm und mittellos zurückkehrte. Man konnte also nicht mit ihm prunken vor den Leuten, sondern mußte sich seiner schämen, nach wie vor. Diese Erkenntnis löschte jede wärmere Regung bei ihr aus. Die Angst vor dem Gerede der Leute überwog jedes andere Gefühl. Helmut sah, daß auch bei der Mutter seine Sache schlecht stand. Ein bittres Lächeln spielte um seinen Mund. Alles Weiche und Warme war fortgewischt aus seinem Gesicht. Er sah auf die beiden alten Leute, als seien sie ihm fremd.

»Ich bin zurückgekommen, um Frieden mit euch zu machen«, sagte er ruhig.

Sein Vater lachte schneidend auf.

»Bist ja bis jetzt ohne diesen Frieden ausgekommen. Es wird auch so weitergehen.«

»Nein, Vater. Seit ich wieder in Deutschland bin, hat es mir keine Ruhe gelassen. Es trieb mich heim zu euch. Ich hoffte, die Zeit habe euch milder gestimmt.«

»Du wolltest ja erst ins Vaterhaus zurückkehren, wenn du ein großer Mann geworden wärest. Als ob das so leicht wäre! Draußen in der Welt können sie auch keine Tagediebe gebrauchen.«

»Nein, aber ernste, fleißige Arbeiter desto mehr.«

»Und du rechnest dich zu diesen, du, der sich davor fürchtete, im Kontor seines Vaters seine Pflicht zu erfüllen?«

»Gefürchtet habe ich mich deshalb vor diesem Leben im Kontor, weil ich fühlte, daß meine besten Kräfte brachgelegt würden, weil ich mehr sein wollte als eine Rechenmaschine. Aber das haben wir schon einmal durchgesprochen, es führt zu nichts, das wieder aufzufrischen. Wir verstehen uns doch nicht.«

»Weshalb kommst du dann zurück?«

»Ich sagte es euch schon; ich hoffte, ihr könntet mir verzeihen, daß ich gegen euren Willen meinen Weg suchte.«

»Also gestehst du wenigstens ein, daß du uns in schamloser Weise den Gehorsam verweigert hast?«

»Nicht schamlos, Vater. Was ich getan habe, mußte ich tun. Das Stärkste im Menschen ist der Selbsterhaltungstrieb. Und ich war es mir selbst schuldig, mich von deiner Willkür freizumachen.«

Die beiden Männer maßen sich mit den Augen wie zwei Gegner.

»Ein Vater hat das Recht, den Lebensweg seines Sohnes zu bestimmen. Ich habe mich meinem Vater auch gefügt und bin gut dabei gefahren. Du hast durch deine Tat Schmach und Schande über uns gebracht. Das vergiß nicht!«

Helmut wandte sich an seine Mutter. »Und du Mutter – findest du kein gutes Wort für deinen einzigen Sohn?«

Die Hände der alten Frau zuckten an ihrem Kleid unruhig hin und her. Sein warmer, bittender Ton flehte um Einlaß in ihr Herz. Aber ein Blick in ihres Mannes kaltes, strenges Gesicht hob diese Wirkung auf.

»Du hast auch nicht danach gefragt, was ich gelitten habe, als du dich von uns losgerissen hast«, sagte sie leise.

»Tat es dir denn wirklich weh, daß ich nicht wiederkam?«

Du hast mir viel Ärgernis bereitet, als du noch ein Kind warst, durch deine Wildheiten und Unarten. Ich habe dich oft strafen müssen. Aber du warst doch mein Kind. Wie sollte mich da dein Undank nicht schmerzen? Und all die Schmach, die du über uns gebracht hast!«

»Ich tat doch nie etwas Unehrenhaftes, Mutter.«

»Nicht? Ist es vielleicht ehrenhaft, wenn du deinen Eltern davonläufst, um draußen dein eigenes Leben führen zu können?«

»Ich bin euch nicht davongelaufen. Inständig habe ich euch gebeten, mich studieren zu lassen. Ihr habt es mir verweigert. Nicht die Lust an Abenteuern, sondern der heiße Wunsch nach lebenfüllender Tätigkeit trieb mich hinaus.«

»Du hättest im Geschäft deines Vaters Arbeit in Menge gefunden. Der Beruf eines Kaufmanns ist ein schöner und ehrenwerter.«

»Für den, der ihn liebt, gewiß. Aber nicht für mich.«

»Weil es dich nach einem wilden, ungebundenen Leben gelüstete.«

»Ein Duckmäuser war ich nie, auch kein Musterknabe. Ich gebe es zu, ich habe euch viel zu schaffen gemacht, aber nur, weil ihr mich nicht verstandet. Ihr wolltet einen Sklaven aus mir machen, der euch blindlings gehorchte. Aber ich war ein freier Mensch, wollte es wenigstens werden. So weit darf die Macht der Eltern nicht gehen, daß sie das Beste in ihren Kindern unterdrücken, weil es ihnen unbequem ist. Und weil ihr mir meine Freiheit nicht gabt, nahm ich sie mir.«

»Dann begreife ich nicht, weshalb du nun nach zwölf Jahren zurückgekehrt bist«, sagte der alte Herr eisig. »Wir haben dich nicht gerufen, denn dein Auftauchen wird alles von neuem wieder aufwirbeln. Man wird von neuem mit Fingern auf uns zeigen. Kaum haben wir verwunden, was« – ein Blick flog zu der stumm dasitzenden Käthe hinüber – »uns ein anderes undankbares Geschöpf angetan hat, sollen wir nun wieder zum Gespött der Leute werden.«

Helmut seufzte tief auf. Er legte einen Augenblick die Hand über die Augen. Dann richtete er sich auf.

»Dann ist es wohl am besten, ich befreie euch von meiner lästigen Gegenwart, ehe ich von jemand gesehen und erkannt werde. Aber ehe ich gehe, reicht mir wenigstens die Hand und sagt, daß ihr versuchen wollt, mir zu verzeihen.«

Er streckte mit bittender Gebärde die Hand aus. Aber es legte sich keine hinein. Die seiner Mutter zuckte wohl ein wenig, aber sie hob sich nicht. Da ließ er seine Hand wieder herabfallen.

Langsam faßte er nach seinem Hut, der auf einem Stuhle lag. Dann trat er zu Käthe und reichte ihr die Hand.

»Leb wohl, liebe Käthe! Du siehst, man hat mir kein Kalb geschlachtet. Der verlorene Sohn muß seine Straße weiterziehen. Wir hören noch voneinander, nicht wahr?«

»Ja, Helmut«, sagte sie fest und warm. »Ich habe kein

Recht, dich hier zu halten, so gern ich's täte. Ich bin ja auch nur widerwillig hier geduldet. Viel Glück auf deinem Weg.«

»Ich danke dir.«

Sie drückten sich die Hand und sahen sich an. Des Mannes Blick umflorte sich, als er das Bild des schönen, schlanken Mädchens noch einmal in sich aufnahm. Da wandte er sich ab und schritt zur Tür.

Als er an den Eltern vorüberging, sah er sie groß und ernst an.

»Lebt wohl.«

Er wollte gehen. Da kam Leben in seines Vaters starres Gesicht.

»Ich will ein übriges tun und dir eine monatliche Unterstützung zukommen lassen, solange du sie nötig hast. Ich will nicht, daß du draußen herumvagabundierst.«

Helmut sah über die Schulter zurück in sein Gesicht.

»Ich brauche dein Geld nicht. Selbst wenn ich es nötig hätte, nähme ich keine auf diese Weise angebotene Unterstützung an. Aber ich habe es gottlob nicht nötig.«

»Soll das heißen, daß du dir Vermögen erworben hast? Du siehst wahrlich nicht danach aus. Oder hast du eine Stellung in Aussicht, die dich ernährt?«

Helmut wandte sich nun voll zu ihm um. Nachlässig seinen Hut hin und her bewegend, sagte er ruhig:

»Beides, Vater. Ich habe mich mit einer halben Million an einer Verlagsanstalt, Aktiengesellschaft, beteiligt. Zugleich bin ich zum Chefredakteur ernannt. Wenn ihr in Zukunft etwas von Dr. Helmut Rodeck hört – das bin ich. Vielleicht begegnet euch der Name öfter in den Zeitungen. Nun braucht ihr euch meiner wohl nicht mehr zu schämen.« Da fiel sein Blick nochmals auf seine Mutter. Der liefen die hellen Tränen über das Gesicht, und die Lippen zitterten. Und auch seinen Vater hatte die kalte Ruhe verlassen.

»Ist das wahr – hälst du uns nicht zum Narren?« stotterte er aufgeregt.

»Nein, es ist alles, wie ich sagte.«

»Aber warum hast du das nicht gleich gesagt, Helmut? Eine halbe Million sagst du, und Doktor bist du und Chefredakteur? Mein Gott, mein Gott, warum hast du das nicht gleich gesagt?«

»Ja, warum hast du uns das nicht gleich gesagt?«

Helmut seufzte tief auf. Mit einem unbeschreiblichen Blick auf seine Eltern, die fassungslos und zitternd vor ihm standen, wandte er sich ihnen zu.

Sie taten ihm jetzt leid in ihrer Kleinlichkeit. Er lernte sie plötzlich verstehen. Kein Mensch kann über sich selbst hinaus, er sah es ein und verzieh. Als er ihren kleinen Gesichtskreis überdachte, da kam ihn unwiderstehlich die Lust zum Lachen an über seine eigene Torheit. Wie hatte er nur denken können, daß ihn seine Eltern in seinem schäbigen Anzug willkommen heißen würden! Dazu waren sie viel zu unfrei. Sie waren Sklaven ihrer Umgebung. Nein, er konnte die beiden alten Leute nicht mehr ernstnehmen.

Herzlich lachend warf er seinen Hut wieder auf den Stuhl, umfaßte seine Mutter und küßte sie, noch immer lachend, auf den Mund. Dann umfaßte er auch den Vater, der noch immer nicht wußte, was er für ein Gesicht machen sollte.

»Nun darf ich also bleiben, Vater, Mutter? Ja? Nun könnt ihr ja mit Pauken und Trompeten ausrufen lassen, daß euer verlorener Sohn als reicher Mann zurückgekehrt ist!«

»Willst du deinen Spott mit uns treiben?« rief Karl Rodeck gekränkt.

»Nein, Vater. Nun laß den Fehdehandschuh ruhen. Friede auf Erden – und ich habe Hunger. Gebt mir was zu essen. Mutter, hast du eingekochte Johannisbeermarmelade? Davon mußt du mir geben. Und einen Eierkuchen dazu, wie nur du ihn zu bereiten verstehst. Johannisbeermarmelade und Eierkuchen, danach habe ich manchmal heiße Sehnsucht gehabt. Selbst da noch, als ich selbst schon wieder an den Fleischtöpfen Ägyptens saß.«

»Aber dann erzählst du uns, wie das alles kam!« rief Frau Amalie aufgeregt.

»Ja, Mutter, alles sollst du hören.«

Die alte Dame eilte hinaus, um dem Sohn das Essen zu bereiten. Karl Rodeck lief ein paarmal im Zimmer auf und ab. Er strich sich wieder und wieder nervös über die Haare. Dann sagte er hastig:

»Ich muß mich ein paar Minuten zurückziehen. Es ist zu viel über mich gekommen, ich muß mich fassen.« Damit ging er hinaus.

Helmut trat neben Käthe.

»Nun schlachtet man mir doch ein Kalb, Käthe.«

Sie sah ernst und mitleidig in sein blasses Gesicht.

»Armer Helmut.«

Er schüttelte lächelnd den Kopf.

»Es ist schon überwunden, Käthe. So viel muß ich doch da draußen gelernt haben, daß ich nichts Unmögliches verlange. So zwingt uns das Leben zu Kompromissen. ›Tout comprendre c'est tout pardonner‹. Ich war ein Tor, mehr von diesen alten Leuten zu verlangen, als sie geben können. Man muß sich bescheiden. Wenn ich draußen kein Glück gehabt hätte, so wäre ich der verlorene Sohn geblieben trotz allen ehrlichen Strebens. Nur dem Glück hat man seine Erfolge zu verdanken.«

»Und auch dir selbst, Helmut. Schmälere dein Verdienst nicht, weil es von anderen gering geachtet wird. Und was du sagst, ist gut und richtig. Auch ich werde von jetzt ab milder über deine Eltern urteilen. Niemand kann über sich selbst hinaus. Das will ich mir merken. Du bist klug und gut. Ich freue mich, daß du noch bleibst.

»Ja, wirklich?«

»Von Herzen.«

»Liebe, kleine Käthe.«

»Bin ich denn so klein?« fragte sie lächelnd.

»Es soll von diesem Wörtchen sich für mich das Recht ableiten, dich wie ein großer Bruder zu schützen und zu lieben. Gib acht, Käthe. ich schaffe dir mit meinem Nimbus als amerikanischer Nabob einen guten Abgang. Die Krähwinkler sollen dir alles abbitten, was sie dir angetan. Das zu erreichen wird meine Hauptbeschäftigung sein, solange ich hier bin.«

»Laß es lieber sein! Du schaffst dir damit nur neuen Ärger.«

»Schadet nichts. Ich muß doch etwas zu tun haben, sonst halte ich's nicht zwei Tage hier aus. Und ich bin dir Dank schuldig für die Art, wie du mich aufgenommen. Du freutest dich mit so ehrlichen, blanken Augen über meine Heimkehr! Dir galt der Mensch – nicht, was er erreicht hat.«

»Wahrhaftig, so ist es«, sagte sie warm.

»Viel leichter ist es mir durch deine Gegenwart geworden, über die Enttäuschung fortzukommen. Ich habe gefühlt, wie deine Augen sorgend an mir hingen während der ganzen Szene.«

Nun trat, rot vor Eifer, seine Mutter wieder ein. Line folgte ebenso rot und strahlend mit dem Eßgeschirr. Sie warf einen freudigen Blick auf Helmut.

Schnell deckte Käthe den Tisch, während Line die Speisen auftrug. Dann kam auch Karl Rodeck wieder herunter. Er hatte seine steife Würde wiedergefunden und behandelte Helmut mit einer Art gnädiger Herablassung. Aber er ließ Wein aus dem Keller heraufholen.

Und Frau Amalie sah zu, wie es ihrem Sohne schmeckte. Zum erstenmal war der verkniffene Zug um ihre Lippen gemildert.

Und dann mußte Helmut erzählen. Als er von seinem Unfall mit der Straßenbahn berichtete, legte seine Mutter wie im Schreck ihre Hand auf seinen Arm.

Er drückte seine Lippen auf ihre Hand. »Hätte es dir weh getan, wenn du gewußt hättest, was mir widerfahren ist, Mutter?«

Sie machte ein vorwurfsvolles Gesicht.

»Das ist doch selbstverständlich«, sagte sie gekränkt.

Er lachte und streichelte ihr die faltige Hand.

»Dann ist es gut, daß du es nicht wußtest. Es ist ja auch alles wieder heil.«

Und er erzählte weiter.

Diesmal wurde es später als zehn, ehe Rodecks zu Bett gingen. Line hatte inzwischen, nachdem sie Helmuts einstiges Zimmer instand gesetzt hatte, einen kleinen Abstecher zum Kaufmann gemacht. Sie mußte doch die Wundermär erzählen, daß der ›junge Herr Helmut als schrecklich reicher Mann und als richtiger Doktor – aber nicht so einer, der die Leute gesund macht – aus Amerika zurückgekommen‹ war. Und daran knüpfte sie die tiefsinnige Betrachtung: »Nun wird er sich wohl eine Frau suchen.«

Als am andern Morgen die frischen Weißbrötchen in die Wohnungen gebracht wurden, erhielten die Leute als Gratiszugabe die Geschichte von Helmut Rodecks Heimkehr aufgetischt.

Schon am nächsten Tag stellte sich eine Menge Besucher bei Rodecks ein. Zumal töchtergesegnete Mütter tauchten auf, um sich bei der ›lieben‹ Frau Rodeck zu erkundigen, ob es wahr sei, daß ihr Sohn zurückkehrte.

Und Frau Amalie berichtete wieder und wieder mit Genugtuung. Wer aber Helmut Rodeck zu Gesicht bekommen wollte, der mußte zugleich Käthe mit in den Kauf nehmen. Helmut ließ seine Base nicht von seiner Seite. Und es amüsierte den jungen Mann riesig, die süß-sauren Gesichter zu beobachten, mit denen sich die Besucher an Käthe wandten. Im Lauf des Gesprächs, wenn die Mütter ihn neckisch fragten, ob er nun auch ans Heiraten denken würde, sagte er dann jedesmal ganz ernsthaft:

»Gewiß, ich beschäftige mich sehr lebhaft mit dem Gedanken. Da ich mich aber gar nicht auf das schöne Geschlecht verstehe, werde ich Käthe bitten, mir eine Frau auszusuchen.«

Hei – wie das wirkte! Käthe war mit einem Mal die zärtlich geliebte Busenfreundin aller heiratsfähigen und noch nicht versorgten jungen Damen. Sie konnte sich vor Einladungen kaum retten. Natürlich lehnte sie alle ab.

»Helmut, du hast mir da etwas Schönes aufgepackt! Es könnte zum Weinen sein, wenn es nicht so lächerlich wäre. Sie alle machen sich nun Hoffnung auf dich«, sagte sie zu ihm.

»Das heißt: Auf mein Geld und meinen Doktortitel«, erwiderte er skeptisch.

Sie sah neckend zu ihm auf.

»Nun, der Mann, der dazugehört, ist doch auch etwas wert.«

»Als Ding an sich, meinst du? Da urteilst du als meine Base nicht unparteiisch genug.«

Mit seinem Vetter Albert stand Helmut auf keinem guten Fuß. Der kriechende und vorsichtig sondierende Zahlenmensch war ihm ein Greuel, zumal er sehr wohl aus Käthes Bemerkung entnommen hatte, daß er ein niedriger Charakter war. Auch seine Gattin erfreute sich Helmuts Sympathie nicht. Sie war ihm gräßlich, ebenso ihre Eltern. Diese vier Personen waren durch Helmuts Auftauchen sehr unliebsam überrascht worden. Erst als sich herausstellte, daß er durchaus nicht auf die Lederhandlung reflektierte, kam man ihm etwas liebenswürdiger entgegen. Johanna erbot sich sogar, ihm eine Frau zu verschaffen. Er dankte jedoch sehr energisch und sagte, daß er damit bereits Käthe betraut hätte. Johanna schmollte ein wenig; da es aber gar keinen Eindruck machte, gab sie es wieder auf.

Mit einem feinen, gutmütigen Spottlächeln um den Mund sah er, wie sich das Verhalten seiner Eltern von Tag zu Tag änderte. Zwar kamen sie ihm nicht zärtlicher entgegen. Das lag nicht in ihrem Charakter. Aber sie zeigten ihm fast eine Art Respekt und waren stolz auf ihn, als wäre er durch sie geworden, was er war.

Äußerst unangenehm war den alten Leuten, daß Helmut mit Käthe eine so innige Freundschaft schloß; sie wagten jedoch nicht, dagegen zu protestieren; aber innerlich grollten sie ihr um so mehr.

Weder Rodeck noch seine Frau gönnten Käthe die zarte, ritterliche Fürsorge, die Helmut für sie an den Tag legte. Und wenn bei Tisch die beiden jungen Menschen über Sachen sprachen, die den Alten unverständlich waren, dann rückte Frau Amalie unruhig auf ihrem Stuhl und suchte das Gespräch zu unterbrechen. Tönte aber gar ein herzliches Lachduett von beider Lippen, dann sahen sich die alten Leute ganz betreten an.

Helmut stellte überhaupt das ganze Haus auf den

Kopf. Es war jetzt ein fröhlicher Lärm, ein Singen und Türenzuschlagen in dem stillen Haus – so war es noch nie gewesen.

Auch Line war ganz aus Rand und Band. Wenn Helmuts frische, kräftige Stimme frühmorgens von oben herunterrief: »Line, mein Rasierwasser!« Hei, dann lachte sie schon über das ganze Gesicht und trippelte eilig hinauf, um das Gewünschte zu bringen. Und Helmut empfing sie sicher mit einem Scherzwort. Da war sie dann für den ganzen Tag vergnügt.

Es war erstaunlich, welche Fülle von Einladungen in diesen Tagen an die Familie Rodeck ergingen.

Seinen Eltern zuliebe fügte sich Helmut darein, sich auf diese Weise anfeiern zu lassen. Natürlich wurde Käthe jetzt stets mitgebeten. Für die beiden jungen Leute wurden diese Veranstaltungen zur Komödie, die sie einesteils amüsierte, andernteils erbitterte. Helmut wurde es unter diesen Umständen bald zu eng im Vaterhaus und in der kleinen Stadt, und Käthe merkte, daß er fieberte, wieder hinauszukommen.

Als sie eines Nachmittags allein im Wohnzimmer waren und Helmut unruhig auf und ab ging, sagte sie lächelnd:

»Du kommst mir vor wie der gefangene Löwe im Käfig. Ich sah oft solche Tiere in Menagerien auf dem Jahrmarkt. Die liefen auch immer so ruhelos auf und ab, als spähten sie nach einer Möglichkeit, auszubrechen.«

Er trat an ihre Seite. Sie saß am Fenster, mit einer Näherei beschäftigt.

»Wie du mich verstehst, Käthe!«

Sie sah freundlich zu ihm auf.

»Das ist gar nicht schwer für mich. Ich glaube, wir haben sehr verwandte Empfindungen.«

Er kramte abwesend in ihrem Nähkörbchen.

»Daß ihr Frauen immer irgendeine Näherei in den Händen haben müßt. Man kann kein vernünftiges Wort mit euch reden.«

Sie lachte leise. Ein schelmischer Ausdruck, der ihrem sonst so ernsten Gesicht zum Entzücken stand, trat in ihre Augen.

»So rede unvernünftig mit mir«, sagte sie neckend.

Er wühlte noch immer gedankenlos in dem Körbchen herum. Da schob sich unter den Wollfäden ein Brief hervor. Er zuckte zurück, als habe er sich verbrannt.

»Heilige Kümmernis – ein Liebesbrief im Nähkorb! Poesie und Prosa so dicht nebeneinander«, rief er scherzend. Aber seine Augen sahen dabei mit einem eigenartig schmerzlichen Blick auf das Briefchen herab.

Käthe war errötet und neigte sich über ihre Arbeit. Sie sah unbeschreiblich lieb und anmutig aus. Er blickte sie an, und das Herz tat ihm weh.

»Diesmal stehen auch sehr prosaische Sachen in dem Brief. Von Wohnungsuchen und Möbelkäufen, von den Papieren, die zur Trauung nötig sind, und dergleichen«, sagte sie leichthin.

»Dies alles gehört aber zu Liebe und Heirat, folglich ist es poetisch.«

»Du scheinst sehr genau Bescheid zu wissen. Am Ende willst du wirklich heiraten? Soll ich dir im Ernst eine Frau aussuchen – oder hast du schon selbst gewählt?«

»Um Himmels willen – ich tauge nicht zur Ehe! Am Ende liefe ich meiner Frau auch davon wie meinen Eltern. Ich bin ein unbeständiger Geselle.«

»Nein, das bist du sicher nicht! Und wenn die Rechte kommt, dann wirst du dich gern halten lassen.«

»Meinst du?«

»Ganz gewiß.«

Er sah auf sie nieder. Sein Blick wurde unsicher und unklar. Er seufzte auf.

»Für mich kommt die Rechte nicht mehr, Käthe«, sagte er schwer.

Sie sah erschrocken in sein Gesicht.

»Helmut, du sagst das so traurig – hast du eine trübe Erfahrung gemacht?«

Er schüttelte die schwermütige Stimmung ab und versuchte zu scherzen.

»Sieh mich nur nicht so mitleidig an, kleine Käthe! Darüber komme ich auch noch fort.«

»Aber du liebst – und deine Liebe ist hoffnungslos, nicht wahr?«

»Solchem dringenden Forschen darf ich mich nicht entziehen. Nun ja, kleine Käthe, ich glaube, ich habe mein törichtes Herz recht fest an ein liebes Mädchen gehängt. Die war für mich die Rechte und ist doch die Falsche. Sie ist mir verloren – gehört einem andern an.«

Sie faßte seine Hand und sah ihn voll inniger Teilnahme an.

»Helmut – lieber Helmut!«

Es wallte ihm heiß zum Herzen. Am liebsten hätte er sie an sich gerissen und gerufen: »Du bist es, Käthe, dich liebe ich, und daß du mir verloren bist, tut mir weh!«

Er zog unvermittelt seine Hand aus der ihren und trat zurück ins Zimmer, um seine Wanderung wieder aufzunehmen. Sie sah ihm ganz erschrocken nach. Er fühlte es, obgleich er sie nicht ansah. Da zwang er sich zur Ruhe.

»Verzeih meine Rauheit, Käthe! Es war nicht bös gemeint. Manche Wunde verträgt keine Berührung. Bist du mir böse?«

Sie schüttelte verneinend den Kopf und sah ihn ernsthaft an.

»Nein, Helmut, wie könnte ich dir böse sein? Ich muß dich um Verzeihung bitten, daß ich dich mit unbedachten Worten quälte. Ach – wenn ich dir doch helfen könnte; es tut mir so weh, daß du nicht glücklich bist!«

Er machte schon wieder ein heiteres Gesicht.

»Liebe Seele, sei ruhig! Das Leben hat auch so Schönes und Gutes genug für mich. Man muß nicht alles haben wollen. Mach nicht so ein trübes Gesicht, Käthe! Du siehst viel schöner aus, wenn du lachst.«

Seine heiteren Worte beruhigten sie. Ein Mann empfand wohl in solchen Dingen nicht so tief wie eine Frau. Aber sie zerbrach sich nach Frauenart doch den Kopf ein wenig, wie wohl die Frau beschaffen sein mußte, die Helmut liebte. Sie beschäftigte sich in der nächsten Zeit sehr viel mit diesem Gedanken. Jetzt stickte sie scheinbar ruhig weiter, aber hinter ihrer Stirn arbeitete es unausgesetzt.

Eine Weile blieb es still zwischen den beiden. Dann sagte Helmut plötzlich:

»Ich muß fort, heute noch – oder spätestens morgen. Die Heimatluft bekommt mir nicht. Man kommt nur auf dumme Gedanken.«

Sie ließ die Arbeit sinken.

»So bald schon? Du wolltest doch länger bleiben?«

»Ich kann nicht«, sagte er rauh.

Nach einer Weile fuhr er ruhig fort:

»Rede mir nicht dagegen, Käthe, halte du mich nicht! Ich werde schon Not haben, Vater und Mutter zu überzeugen, daß ich fort muß. Glaub mir, es ist besser für mich! Ich muß Arbeit haben, das Stillsitzen halte ich nicht aus.«

Sie legte ihre Arbeit zusammen und trat zu ihm. Ihre

Hand auf seinen Arm legend, sah sie voll warmen Verständnisses in seine Augen.

»Ich werde dich nicht halten, Helmut, denn ich sehe, dich treibt es fort. Aber eine große Bitte habe ich an dich: Komm zu meiner Hochzeit nach Chemnitz! Sie findet am 8. Oktober statt. Keiner von meinen Angehörigen wird zugegen sein. So tu du mir die Ehre an!«

Er biß die Zähne zusammen, um seine Fassung nicht zu verlieren. Dann sagte er mit sonderbar belegter Stimme:

»Du weißt, daß ich bereit bin, dir jedes Opfer zu bringen. Wenn du es unbedingt wünschest, werde ich kommen. Aber – ich bitte dich, verlang es nicht von mir –, denke, so eine Hochzeitsfeier wühle alte Schmerzen in mir auf!«

Sein Ton und sein Gesichtsausdruck bewegten sie.

»Nein, Helmut – dann nicht, das will ich nicht. Verzeih mein Ungeschick!«

Er erzwang ein Lächeln.

»Laß gut sein, Käthe! Vielleicht besuch ich dich später einmal – dich und deinen Gatten. Und inzwischen schreibst du mir fleißig, wie es dir geht, und ich berichte dir von meinem Leben. Wir wollen uns nicht wieder verlieren, nicht wahr? Wie an ein liebes Schwesterchen, an eine verständnisvolle Freundin will ich an dich denken und mich freuen, daß es einen Menschen auf der Welt gibt, der mich liebhat, der mich ganz versteht.«

»Ja, Helmut, ich habe dich sehr lieb«, sagte sie warm, schlang ihren Arm um seinen Hals und küßte ihn herzlich auf den Mund.

Wie ein Feuerstrom schoß es durch seinen Körper, und sein Herz klopfte stark mit schweren Schlägen. Aber kein Laut, kein Blick verriet ihr, wie es um ihn stand.

Käthe mußte dann hinausgehen, um im Haushalt tätig zu sein. Helmut sah der entschwindenden Gestalt nach.

»Daß es mich so gepackt hat«, sagte er leise vor sich hin. Er sank in einen Stuhl und brütete vor sich hin.

Ob Käthe wohl glücklich wurde mit dem Mann, dem sie ihr Herz geschenkt? Ob er ihrer wert war? Künstlerehen sind selten glücklich. Und überhaupt – wie würde dieses lautere Geschöpf, das in engen, strengen Verhältnissen aufgewachsen war, sich in der neuen Atmosphäre fühlen? Würde sie sich zurechtfinden in den veränderten Verhältnissen mit ihrem feinfühligen Empfinden? Wohl sehnte sie sich nach freieren Lebensanschauungen – aber hier kam sie unvermittelt von einem Extrem ins andere.

Heiße Zärtlichkeit wallte in ihm auf. Was hätte er darum gegeben, wenn er sie in seine Arme hätte nehmen dürfen, um sie vor allem Leid zu schützen!

Und dann redete er sich zum Trost ein, daß doch vielleicht alles gutgehen könnte. Vielleicht fände sie sich doch zurecht und meisterte die Verhältnisse. Es gab solch sieghafte Naturen, die über der Situation standen. Hatte sie sich doch auch hier tapfer gewehrt gegen geistige Abstumpfung und Engherzigkeit. Hatte sie doch mutig den Kampf um ihre Liebe aufgenommen und sich nicht unterkriegen lassen.

9

Am Abend desselben Tages, als Rodecks bei Tisch saßen, sagte Helmut zu seinen Eltern:

»Ich muß euch doch früher verlassen, als ich dachte. Eine Nachricht, die ich erhielt, ruft mich schon morgen nach Berlin.«

Die alten Leuten sahen erstaunt auf. Seine Mutter war ganz bestürzt. »Aber das geht doch nicht, Helmut! Du vergißt das Picknick.«

»Welches Picknick?«

»Mein Gott, daß du das vergessen hast! Man hat doch dir zu Ehren morgen ein Picknick geplant. Alles ist schon vorbereitet. Die Wagen, die uns nach dem Leislinger Forst bringen sollen, sind für morgen früh um neun Uhr bestellt. Und im Leislinger Gasthof soll nachher ein Tänzchen stattfinden für die jungen Leute. Nein, Helmut, das darfst du mir nicht antun; morgen mußt du noch bleiben.«

»Nun gut, Mutter – ich bleibe morgen noch und verherrliche euer Picknick. Sogar das Tanzbein will ich schwingen bis zur gänzlichen Auflösung. Aber übermorgen früh muß ich fort.«

»Es ist doch keine unangenehme Nachricht, die du erhalten hast?« fragte Karl Rodeck.

Helmut wurde ein wenig verlegen, weil er diese Nachricht nur fingiert hatte.

»Nein, nein – nichts von Bedeutung. Ich habe nur noch allerlei zu erledigen.«

»Dann will ich mich beeilen, daß ich die Socken für dich noch fertig bekomme. Es sind dann sechs Paar, die du mitnehmen kannst. Bis Weihnachten erhältst du noch ein Dutzend Paar.«

»Aber, Mutter, weshalb quälst du dich nur damit herum? Man kauft doch die Strümpfe sehr billig und schön.«

»Geh mir damit! Das ist Firlefanz, der nicht hält. Die reinen Spinnweben hast du in deinem Koffer. Da bekommst du im Leben keinen warmen Fuß.«

Er lachte und streichelte ihr die Hand. Warum sollte er ihr den Spaß verderben?

»Richtig, schön warm halten sie schon, deine Strümpfe. Wenn du dich also wirklich aufopfern willst, dann stricke mir noch welche.«

»Das tue ich ganz gewiß. Und noch eins, Helmut: Die feinen Faltenhemden, die du trägst, die mußt du mir zum Waschen herschicken. In Berlin bei den Waschfrauen oder gar in den Waschanstalten wird solch feine Wäsche ruiniert.«

»Ich will daran denken, Mutter. Also, Käthe – morgen gehen oder fahren wir zum Picknick in den Leislinger Forst. Und dann werden wir einen Walzer zusammen tanzen. Darauf freue ich mich. Und auf den Forst. Als Knabe bin ich da oft gewesen, hauptsächlich in der Beerenzeit. Die Haselnüsse müssen nun auch reif sein. Es gibt Unmengen da draußen. Herrgott – da wird es wimmeln vor lauter Erinnerungen! Die ersten Schneeglöckchen und die letzten Nüsse – was alles dazwischen liegt – lauter wilde und ungestüme Jugendlust! Schade, daß so viel Menschen dabei sind, die einem die Stimmung verderben.«

»Aber, Helmut, es sind doch lauter gute Freunde und Bekannte«, sagte seine Mutter vorwurfsvoll.

»Trotzdem, Mutter – manchmal ist man viel lieber allein. Aber sei nur nicht gekränkt! Sollst deine Freude an mir haben. Ich will morgen so liebenswürdig zu allen sein, daß man mich ungern scheiden läßt. Und nun, wenn ihr es erlaubt, gehe ich mit Käthe noch einmal auf den Klemmberg hinauf. Will noch mal auf mein Heimatstädtchen herabschauen. Wenn es so im Abendfrieden vor mir liegt, dann kann ich vergessen – nein, nichts Bitteres mehr! Also adieu, in einer Stunde sind wir zurück. Du kommst doch mit, Käthe?«

Diese erhob sich sofort. »Gern, Helmut.«

Sie verließen gleich darauf das Haus. Es lag schon Dämmerung über dem Lande.

Schweigend schritten die beiden jungen Menschen den schmalen Pfad empor zum Klemmberg. Dieser erhob sich dicht hinter dem Städtchen, etwa zu Kirchturmshöhe. Alles andere Land ringsum war Ebene. Deshalb hatte man einen weiten Blick von diesem Hügel, der sich Berg nannte. Zwischen ihm und der Stadt zog sich der Fluß dahin. Eine schmale Brücke verband die beiden Ufer.

Von oben übersah man das ganze Städtchen. Helmut blieb aufatmend stehen, als er oben war, und nahm den Hut ab, um sich die kühle Luft um die Stirn wehen zu lassen.

Käthe ließ sich auf der schlichten Holzbank nieder und sah wie Helmut schweigend auf das friedliche Bild hernieder.

In den Häusern wurden nach und nach die Fenster hell. Und der Mond stieg empor und leuchtete klarer und klarer vom Himmel hernieder. Leichte Nebel stiegen vom Fluß herauf.

Er trat zu Käthe heran und blieb dicht vor ihr stehen.

»Warum sprichtst du nicht, Käthe?«

»Weil ich fühle, daß du lieber schweigen wolltest als reden.«

»Du bist sehr feinfühlig. Sieh hinab auf das friedliche Bild! Sieht das Städtchen in dieser magischen Beleuchtung nicht aus wie eine Heimstätte friedfertiger, abgeklärter Geister? Aber es ist nur ein Trugbild. Da unten hinter den blinkenden Fenstern zernörgeln sich kleinliche Menschen die heiligsten Güter, die ihnen die gütige Natur verliehen. Gott schuf den Menschen ihm zum Bilde. Sie machen ein Zerrbild daraus.«

Käthe suchte im bleichen Mondlicht mit den Augen sein Gesicht. Es schien blaß und wie im Schmerz verzogen.

Sie stand auf und nahm seine Hand.

»Komm, Helmut – laß uns hinabgehen, du bist in einer Stimmung, in der dir dieser Anblick nicht gut tut.«

Hand in Hand schritten sie hinab. Und von der schlanken, kühlen Mädchenhand strömte ein beruhigender Zauber in sei unruhiges Herz.

Am andern Morgen um neun Uhr hielt ein Kremser vor Rodecks Haus.

Bürgermeisters, Albert, Johanna und noch vier andere Personen hatten bereits darin Platz genommen – zwei junge Mädchen, Johannas Freundinnen, eine kleine rundliche Frau, die Mutter der beiden, und der Herr Provisor aus der Apotheke. Dazu kamen nun die alten Rodecks, Käthe und Helmut. Es blieben noch zwei leere Plätze im Wagen. Die wurden von einer Tanzstundenfreundin Käthes und deren Mutter eingenommen, die in der Nachbarschaft wohnten. Der Vater der jungen Dame sollte noch auf dem Bock neben dem Kutscher untergebracht werden. Das litt aber Helmut nicht. Er sprang aus dem Wagen, half dem alten Herrn sehr energisch hinein und stieg selbst auf den Bock.

Das war nun gar nicht den Wünschen der jungen Damen entsprechend. Dazu hatte man sich doch nicht mit Mühe und Not die Plätze in diesem Wagen erobert.

Die Stimmung war sehr flau. Außerdem war es kühl und die Luft feucht vom verdunstenden Nebel. Wohl versprach das Wetter schön zu werden. Aber die feuchte Luft löste die zierlich gebrannten Löckchen der jungen Damen auf, und sie wußten, das sah sehr unschön aus.

Mühselig schleppte sich die Unterhaltung hin, während Helmut droben auf dem Bock vor sich hinpfiff. Käthe erbarmte sich schließlich. Sie saß direkt hinter Helmut im Wagen, nur durch einen grauen Leinenvorhang von ihm getrennt. Sie schob den Vorhang zur Seite.

»Helmut – wir möchten trotzdem von deiner Gesellschaft profitieren. Wenn du dich umwendest, bist du mitten unter uns.«

Er bückte sich ein wenig, stützte sich auf den Sitz mit beiden Armen und sah lachend in den Wagen hinein.

»Zwar etwas unbequem, doch es geht. Grüß Gott, Herrschaften! Sehr erfreut, Sie so bald wiederzusehen.«

Und nun trieb er tausend Possen und Tollheiten. Die jungen Damen kreischten vor Vergnügen; das bürgermeisterliche Ehepaar wollte sich ausschütten vor Lachen, und selbst Karl Rodeck und seine Gattin verzogen die schmalen Lippen zu einem Lächeln.

Helmut sah von allen Gesichtern nur das von Käthe. Er sah sie zu gern lachen. Und ihre rote Lippen und die weißen Zähne schimmerten dicht vor seinem Gesicht. Die weiche, zarte Haut ihrer Wangen hatte eine rosige Färbung angenommen, und ihrem Haar entströmte ein eigenartiger Duft, der ihn immer mehr erregte.

Und er machte Witze und Schnurren, um das sehnende Verlangen nach ihr ein wenig zu betäuben.

Ein Glück, daß er morgen fortging. Länger konnte er es nicht ertragen, äußerlich ruhig neben ihr herzugehen.

Die Liebe zu Käthe hatte ihn mit Allgewalt erfaßt. Noch nie hatte er so tief und stark den Zauber holder Weiblichkeit empfunden.

Vor dem Städtchen traf man mit drei andern Wagen zusammen, die ebenso dicht besetzt waren als dieser. Nun begüßte man sich umständlich. Auch hierbei sorgte Helmut für eine fröhliche Stimmung. Nicht nur den jungen Mädchen, sondern auch den Müttern machte er auf Tod und Leben den Hof, und zwar in einer Weise, die niemand verletzen konnte.

Nach kurzem Aufenthalt ging es weiter bis tief in den Leislinger Forst hinein. An einer Quelle wurde der Lagerplatz aufgeschlagen. Geschäftiges Treiben begann.

Helmut hatte einen Korb Sekt gestiftet, als Revanche für die an ihn ergangenen Einladungen. Die Flaschen wurden in dem kühlen, klaren Quellwasser verstaut.

Es war inzwischen sonnig und warm geworden. Das Frühstück wurde mit großem Appetit eingenommen. Danach wurden allerlei Spiele arrangiert, wobei es Preise gab, hauptsächlich für die jungen Damen. Helmut hatte in dem einzigen Konfitürengeschäft des Städtchens am frühen Morgen zu diesem Zweck sämtliche Bonbonnieren gekauft, die vorrätig waren.

Die teilte er selbst aus an die Siegerinnen im Wettlaufen, Topfschlagen und ähnlichen Spielen.

Käthe stand wie eine junge Königin zwischen den herzlich unbedeutenden jungen Damen. Zuweilen tauschte sie einen lächelnden Blick mit Helmut, der sich noch einmal willig dem Zauber ihrer Persönlichkeit unterwarf. Morgen war es ja doch zu Ende.

Später schlug er vor, man müsse Haselnüsse suchen. Er wüßte noch genau all die Stellen, wo viele zu finden wären. Der Vorschlag wurde begeistert aufgenommen. Die Väter und die Mütter blieben bei den Proviantkörben und Sektflaschen und ergingen sich in Lobeserhebungen über ›den reizenden Herrn Doktor‹. Frau Amalie strahlte, und Karl Rodeck machte ein Gesicht, als wollte er sagen:

»Kunststück – er ist doch mein Sohn!«

Das junge Volk brach unter Helmuts Führung zur Nußernte auf. Auch Doktor Krüger und seine Braut waren dabei. Zwischen Helmut und ihm bestand eine sehr starke Antipathie. Krüger ärgerte sich im stillen, daß Helmut Käthe so nachdrücklich wieder in Geltung gesetzt, und Helmut grollte dem Arzt, weil er Käthe böse Stunden bereitet hatte. Die beiden Männer verkehrten trotzdem höflich miteinander.

Bald waren alle intensiv mit Auspflücken beschäftigt. Nur Helmut und Käthe waren übrig. Er zog ihren Arm durch den seinen.

»So, Käthe – für eine Stunde will ich mich nun von meinem Schwerenöterposten freimachen. Komm, wir schlagen uns tiefer in den Wald, wo uns niemand stört. Mich verlangt herzlich danach, allein zu sein.«

»Bin ich dabei nicht zu viel?«

Er sah sie an, wie sie, vom Sonnenlicht überstrahlt, in dem schlichten weißen Kleid vor ihm stand. Das Haar war ihr vom Laufen und Herumstreifen zerzaust. Das zarte, schöne Gesicht war gerötet, die blauen Augen strahlten und leuchteten, und der tiefrote Mund lächelte ihm zu. Er seufzte tief auf.

»Nein – du nicht, Käthe.«

Sie gingen nebeneinander auf dem schmalen Waldweg, ohne zu sprechen. Plötzlich blieb Käthe stehen.

»Bitte, warte einen Augenblick! Ich muß mein Haar in Ordnung bringen, es löst sich auf«, sagte sie lächelnd.

Unbefangen hing sie ihren leichten Strohhut an einen Ast und zog die Kämme aus ihrem Haar.

»Bitte, halte die einen Augenblick«, sagte sie und legte die Kämme in seine Hand. Die schweren dunklen Locken fielen auf das weiße Kleid herab. Sie strich mit einem kleinen Zierkamm das Haar zurück und steckte flink und gewandt die Locken wieder auf. Und er stand vor ihr und nahm das liebliche Bild in sich auf.

Wie sie, die Arme über den Kopf gehoben, den schlanken, edel gerundeten Körper reckte, so daß die herrlichen Linien zur vollen Geltung kamen, bot sie einen entzückenden Anblick. Das Waldesgrün und die Sonnenstrahlen bildeten Hintergrund und wirksame Beleuchtung. Helmut vergaß dieses Bild nie, und so oft er später an Käthe dachte, sah er sie immer so vor sich.

Ahnungslos, was dabei in ihm vorging, beendete sie ihre Toilette, zog einen Taschenspiegel hervor und betrachtete sich.

»So – nun bin ich wieder manierlich, entschuldige die Unterbrechung.«

Dann gingen sie weiter.

Nach einer Weile fragte Käthe:

»Also es bleibt bei deinem Entschluß, morgen abzureisen?«

»Ja, morgen früh geht's nach Berlin zurück.«

»Wie wird es dir gefallen? Du bist doch auch der dortigen Verhältnisse entwöhnt.«

»Das tut nichts. Großstädte haben alle eine gewisse Ähnlichkeit miteinander. Und Berlin ist mir von früher bekannt und vertraut. Übrigens finde ich auch dort gleich sympathischen Anschluß. Ich erzählte dir doch von meinem Gönner, bei dessen Bruder ich Hauslehrer war. Dieser Herr ist der Hauptaktionär unseres Unternehmens. In seinem Haus finde ich freundliche Aufnahme.«

»Hat er Kinder?«

»Ja, eine Tochter, die aber bereits verheiratet ist.«

»Kennst du sie?«

»Sehr gut, ich habe ihr französische und italienische Stunden gegeben, ehe ich nach Amerika ging. Dadurch wurde ich mit meinem Gönner bekannt. Sie hat dann später geheiratet.«

Käthe schwieg und grübelte.

War es vielleicht diese Frau, die Helmut liebte und auf deren Besitz er verzichten mußte? Ob sie wohl sehr schön war? Ob er noch sehr darunter litt? Sie hängte sich zutraulich in seinen Arm, ohne zu reden. Wenn es so war, wie sie annahm, dann durfte sie nicht mehr mit ihm über sie sprechen, es würde ihm weh tun.

»Nun, Käthe – warum so still?«

Sie sah freundlich zu ihm auf.

»Wenn ich mit dir allein bin, fällt es mir gar nicht auf, daß wir schweigen.«

Er nickte. »Es ist auch kaum Schweigen zu nennen, wenn zwei Menschen, die sich kennen und verstehen, nichts miteinander reden. Zwischen verwandten Seelen ist Schweigen oft beredt genug. Ich wußte jetzt ganz genau, was du dachtest.«

Sie blickte errötend und fragend in sein Gesicht.

»Das ist ja eine ganz gefährliche Fähigkeit von dir, immer zu erraten, was ich denke. Aber bitte, laß uns von etwas anderem sprechen – ich möchte nicht noch einmal an deine alte Wunde rühren. Schau, ein Eichkätzchen! Wie flink es hinaufklettert!«

Er tat ihr lächelnd den Gefallen und unterhielt sich

mit ihr über das behende braune Tierchen. Es war ja einerlei, ob sie dachte, sein Herz gehöre der Tochter seines Gönners. Um so unbefangener blieb sie ihm gegenüber, um so leichter wurde es ihm, sie über sein Empfinden zu täuschen.

Arm in Arm wandelten Sie weiter.

Da teilten sich plötzlich die Zweige, und Albert Rodeck stand mit spöttischem Lächeln vor ihnen.

»Ah – ich sehe, ihr sucht keine Nüsse«, sagte er.

Helmut maß ihn von oben bis unten mit einem scharfen, verächtlichen Blick.

»Ebensowenig wie du.«

»Ich wollte lieber spazieren gehen, ebenso wie du. Leider hatte ich nicht eine so schöne Begleiterin auf meinem einsamen Spaziergang.«

»Du hättest deine Frau mitnehmen sollen«, erwiderte Helmut ironisch. »Wir kehren jetzt um – also viel Verngügen, du gehst doch noch weiter?«

»Nein, wenn ihr gestattet, schließe ich mich euch an. Es ist ja auch der Leute wegen besser, wenn ihr nicht so allein zurückkommt. Eine Braut muß auch den Schein wahren«, sagte Albert boshaft.

»Und du wahre deine Zunge, mein Lieber«, rief Helmut. »Es gibt hier genug böse Klatschmäuler, brauchst diese löbliche Zunft nicht noch vergrößern. Du verstehst es freilich vorzüglich, den ›Schein‹ zu wahren – auf das Sein legst du wohl weniger Gewicht.«

Albert warf einen giftigen Blick auf Käthe. Sie hatte wohl geklatscht.

Das junge Mädchen sah ihn jedoch furchtlos an.

»Ich verstehe nicht, was du damit sagen wolltest«, sagte er verbissen.

»Um so besser für dich. Wenn du aber wünschest, daß ich deutlicher werde, so stehe ich nachher unter vier Augen zu Diensten. Und noch eins. Wenn es dir einfallen sollte, Käthe mit albernem Gerede wieder bei den Leuten in Mißkredit zu bringen – dann mach dich auf allerhand gefaßt.«

Albert erschrak.

»Aber, Helmut, wie sonderbar sprichst du zu mir!« sagte er mit süßlicher Freundlichkeit. »Käthes Ruf ist mir ebenso heilig wie dir, sie ist meine Verwandte so gut wie die deine. Und daß ich ihr sehr wohlgesinnt bin, weiß sie auch. Nicht, Käthe?«

Die sah ihm ruhig und ernst in das gerötete Gesicht.

»Lassen wir das Thema. Komm, Helmut, laß uns schneller gehen! Ich glaube, die Nußernte ist zu Ende.«

Sie schritt schnell voran. Die beiden Männer folgten. Sie waren seit dieser Stunde unversöhnliche Feinde.

Man hatte wirklich gute Nußernte gehalten, und alle schritten fröhlich zum Essen, das unter Scherzen und Lachen und reichlichem Zuspruch des von Helmut gestifteten Sektes eingenommen wurde.

Danach stellte sich ein allgemeines Ruhebedürfnis ein, dem man nachkam, bis man sich um sechs Uhr in den Gasthof begab, wo das junge Volk zu tanzen begann.

Auch Helmut tanzte unverdrossen mit allen jungen Mädchen der Reihe nach. Erst ganz zuletzt holte er sich Käthe zu einem Walzer. Sie hatte wenig getanzt und lächelnd zugeschaut, wie er sich aufgeopfert hatte.

»Armer Helmut, du hättest bei diesem letzten Tanz lieber ausruhen sollen.«

Er legte den Arm um sie und führte sie leicht und sicher davon.

»Ich habe mir das Beste bis zuletzt aufgehoben. Käthe. Darauf verzichte ich nicht – du tanzest wundervoll –«

»Weil du gut führst. Man wird gar nicht müde dabei.«

Und ihm war es, als sei es ihm unmöglich, sie aus seinen Armen zu lassen. Als der Tanz zu Ende war, trat er jedoch äußerlich ruhig zurück und gab sie frei.

Kurze Zeit darauf wurde die Heimfahrt angetreten. Diesmal saß Helmut während der ganzen Fahrt auf dem Bock, ohne ein Wort zu reden. Hinter ihm im Wagen wurde gesungen, erst im Chor. Dann hob sich nur eine Stimme hervor, die andern verstummten ganz. Es war Käthe, die mit ihrer klaren, schönen Altstimme ein altes Lied sang. Es klang so schön und herzbewegend, daß alle still zuhörten. Der einsame Mann draußen auf dem Kutschbock hörte mit dem Herzen zu.

Erst als sich Helmut von der Gesellschaft verabschiedete, erzählte er, daß er morgen schon abreise. Das gab ein Fragen und Bedauern! Er konnte nur loskommen mit der Versicherung, bald wiederzukommen. In den süßesten Tönen rief man ihm »Auf Wiedersehen!« zu.

Helmut war abgereist, und es war nun wieder still in dem grauen, nüchternen Haus. Kein Lachen mehr, kein Singen und Türenschlagen. Nur der scharfe Ledergeruch war geblieben.

Käthe empfand die Veränderung sehr, und mehr als je sehnte sie sich danach, das Haus zu verlassen. Langsam rüstete sie zum Aufbruch. Sie teilte Onkel und Tante mit, daß sie am sechsten Oktober abzureisen wünschte. Kein Wort des Bedauerns wurde laut. Der Onkel sagte ihr, daß er ihr Vermögen einem Chemnitzer Bankier überwiesen habe, bis auf einige tausend Mark, die sie wohl zu ihrer Ausstattung benötige. Er übergab ihr das Geld und eine Abrechnung. Sie mußte die Quittung unterschreiben. Alles ging kühl und streng geschäftsmäßig vor sich.

Nur die alte Line, welche ihr bei ihren Reisevorbereitungen half, klagte und jammerte.

Als Käthe aber zuletzt, Abschied nehmend, vor den alten Leuten stand, die ihr die Eltern hätten ersetzen sollen, ward ihr doch weich ums Herz. Mit bebender Stimme dankte sie ihnen für alles, was sie an ihr getan, und bat um Verzeihung, wenn sie ihnen Trübes hatte zufügen müssen. Aber man antwortete ihr nur mit kühlen Ermahnungen und gleichgültigen Abschiedsworten. Da verschloß sich ihr Herz.

Line begleitete sie zur Bahn.

Als der Zug abfuhr, winkte sie noch einmal zurück.

Der Bahnsteig war menschenleer. Nur die alte Magd hob sich scharf wie eine Silhouette davon ab.

Käthe sank in die Polster zurück und weinte herzbrechend.

Nur eine alte Magd hatte ihr das Geleit gegeben, die einzige, die in Liebe ihrer gedenken würde. Endlich faßte sie sich.

»Vorwärtsschauen – nicht zurück.« Das war nun ihr Wahlspruch.

Georg Wigand und Frau Anna Berthold empfingen Käthe in Chemnitz auf dem Bahnhof. Als sie den geliebten Mann vor sich sah, war alles andere vergessen über der Seligkeit seines Anblicks. Strahlend vor Glück schritt sie zwischen ihm und Frau Berthold ihrer vorläufigen Behausung zu.

Georg konnte nur einige Stunden mit Käthe zusammenbleiben, er mußte ins Theater. Aber Frau Berthold war für den Abend frei und nahm Käthe mit in ihre Wohnung; da sah es doch wohnlicher aus und aufgeräumter als in ihrer Mietswohnung in Käthes Heimatstädtchen!

Der Tisch war gedeckt und Kaffeegeschirr nebst einem Teller voll kleiner Kuchen aufgestellt. Kaffee gab es bei Frau Anna zu allen Tageszeiten, und wenn sie jemand was Gutes antun wollte, dann mußte er Kaffee mit ihr trinken.

Und Käthe trank ohne Widerstreben, obwohl sie gar nicht gewöhnt war, um diese Zeit Kaffee zu sich zu nehmen. Die alte Dame erzählte inzwischen allerlei, was Käthe nach ihrer Ansicht interessieren konnte. Sie gab ihr Ratschläge, wo sie für ihre Ausstattung gut einkaufen konnte, und erklärte sich bereit, sie zu begleiten, wenn es notwendig sei.

So verstrich der Abend schnell genug. Nach zehn Uhr kam Georg mit Hieronymus Berthold aus dem Theater. Die vier Personen gingen dann in ein Restaurant, um zu Abend zu essen. Käthe war erstaunt, daß man es so spät tat.

»Du wirst dir eine ganz neue Lebensweise angewöhnen müssen, Käthe. Wir speisen immer erst nach der Vorstellung und gehen spät zu Bett. Wird dir das schwerfallen?«

Sie schüttelte lächelnd den Kopf.

Auf dem Weg zum Restaurant ging das junge Paar vor dem alten her. Georg flüsterte Käthe Liebesworte zu.

»Gottlob, daß dies Warten ein Ende nimmt! Liebste, ich will froh sein, wenn ich mit dir im eigenen Nest sitze! Wie ich mich darauf freue, liebes süßes Mädel! Hast du dich auch nach mir gesehnt?«

Sie drückte seinen Arm und sah strahlend vor Glück zu ihm auf. »Du weißt nicht, was du mir bist, sonst fragtest du nicht so.«

Im Restaurant wurden sie von Kertner und Hartenberg erwartet. Die beiden Herren sollten Trauzeugen sein; deshalb hatte Georg sie zum Kommen aufgefordert, um sie seiner Braut vorzustellen. Käthe begrüßte sie freundlich, und Georg freute sich, daß sie unbefangen und mit klugen, verständigen Worten sich an der Unterhaltung beteiligte. Er hatte gefürchtet, sie würde sich mit kleinstädtischer Befangenheit ausschweigen. Über Hartenbergs komisch überschwengliche Weise lachte sie herzlich, und Kertner machte einen sehr günstigen Eindruck auf sie. Seine zurückhaltende Art und seine kluge Unterhaltung gefiel ihr besonders. Sein im Grunde häßliches Gesicht zog sie an wie das eines Freundes, und der Blick seiner lebhaften schwarzen Augen sprach ihr von warmer Sympathie. Zuweilen nahm er etwas Rätselhaftes an, das sie nicht verstand. Fast sah es wie Mitleid aus.

Die Unterhaltung war leicht und fließend. Sie berührte alle Gebiete. Das war ein Genuß für das junge Mädchen. Sie wurde schnell warm in dem kleinen Kreis.

Hartenberg, der inzwischen bereits eine neue unglückliche Liebe im Herzen trug, riß diese sehr energisch heraus. Er schwärmte von neuem für Käthe und ließ seine vergnügten Augen nicht von ihrem Gesicht.

Als man sich an diesem Abend trennte, hatte Käthe in Hartenberg einen neuen Anbeter, in Kertner einen ergebenen Freund gewonnen. Da er sie nun kannte, tat sie ihm doppelt leid, weil er genau wußte, daß sie auf die Dauer mit Wigand nicht glücklich werden konnte.

Auf ihrem gemeinsamen Heimweg klagte Hartenberg seinem Freund sein Leid. »O Ironie des Schicksals«, jammerte er, »was kann es Grausameres geben, als bei der Hochzeit der heimlich Angebeteten mit einem andern den Trauzeugen spielen zu müssen!«

»Du – tu mir den Gefallen und bete sie noch heimlicher an, damit ich nichts mehr davon höre«, antwortete

Kertner und fügte ernst hinzu: »Ein liebes Ding ist sie schon. Jungchen, so etwas gibt es nicht oft. Meinetwegen verehre sie – aber mit Geschmack. Für deine läppische Anhimmelei ist sie zu gut. Frauen, wie sie eine ist, sind ein ganzes, volles Mannesleben wert. Eure verzettelten Gefühle sind zu wertlos. Behaltet sie für euch.«

10

Käthes Hochzeit war nur von denselben sechs Personen gefeiert worden; Wigand wollte seine Frau erst später mit seinen übrigen Kollegen bekannt machen; er hatte allen eine große Festlichkeit versprochen.

So lebte das junge Ehepaar in der ersten Zeit sehr zurückgezogen. Wie ein Traum voll Glück und Wonne vergingen Käthe die Tage. Sie fragte sich oft ängstlich, ob solch ein Glück von Dauer sein könne. Die jungen Gatten waren immer beisammen, bis auf die Abende, an denen Georg zu spielen hatte. Und da saß Käthe im Theater, stolz und glücklich über alle Maßen, und ihr Herz jubelte ihm zu. Nach der Vorstellung sagte sie ihm dann, daß sie ihn bewundere, wie herrlich er gespielt habe. Dabei bauten sie fleißig an ihrem Nest; sie hatten eine sehr hübsche Wohnung gemietet und richteten sie gediegen und geschmackvoll nach Georgs Angaben ein.

Käthe mußte sich auf Georgs Wunsch einige elegante Kostüme arbeiten lassen. Ihr Haar ordnete sie nun nach seiner Angabe, und dadurch kam ihre Schönheit erst zur vollen Geltung. Sie erregte Aufsehen, wo er sich mit ihr sehen ließ, und das schmeichelte ihm. Er war so verliebt in Käthe, daß es ihm gar keinen großen Eindruck machte, als sich herausstellte, daß ihr Vermögen bei weitem nicht so groß war, wie er gedacht hatte.

Aber er war zu leichtsinnig, sich darum Sorge zu machen. Vorläufig wollte er sich den Genuß seines jungen Glückes, seiner schönen Frau und seines netten Heims nicht trüben lassen.

Und Käthe war viel zu unerfahren in Geldsachen. Sie gab wie er mit vollen Händen aus. Was galt ihr alles Geld! Für sie gab es nur ein Ding von Wichtigkeit, nur einen Lebensinhalt. Das war ihr abgöttisch geliebter Mann.

Georg freute sich sehr, seinen Kollegen endlich sein neues Heim zeigen zu können, und die Festlichkeit, die er veranstalten wollte, sollte glänzend werden in jeder Beziehung. Dabei durfte nicht geknausert werden. Nachher konnte man sparen. Dies eine Mal wollte er noch das Geld mit vollen Händen ausstreuen.

Käthe mußte ein schönes weißes Seidenkleid anziehen, das er eigens für diesen Abend bestimmt hatte. Die Speisen waren in einem der ersten Hotels bestellt, ebenso der Wein. Auch für die Bedienung wurde vom Hotel aus gesorgt. Die Tafel war mit frischen Blumen dekoriert.

Käthe war ebenso erwartungsvoll wie Georg. Mit freudigem Stolz überblickte sie, auf seinen Arm gelehnt, die geschmückte Tafel und ging noch einmal prüfend durch die Zimmer. Es war doch schön und behaglich in ihrem Heim.

Ein bißchen Lampenfieber hatte sie aber natürlich, sie kannte die meisten ihrer Gäste noch nicht. Einige hatten wohl ihre Karten abgegeben, aber die meisten hatten sich überhaupt den offiziellen Antrittsbesuch geschenkt.

Georg hatte ihr das erklärt.

»Ist man sich da nicht ein wenig fremd, Georg, wenn man sich so gar nicht kennt?«

Er zog sie lachend in seine Arme.

»Sei unbesorgt, Käthe, sie werden sich alle bei uns wie zu Hause fühlen. Von Steifheit und Fremdsein wirst du wenig merken.«

Aus Rücksicht für die der Kollegen, welche den Abend zu tun hatten, waren die Einladungen erst für zehn Uhr ergangen. Georg war nicht beschäftigt, konnte also bei Käthe bleiben. Gleich nach neun Uhr kam schon das Ehepaar Berthold an.

»Ich will mich vorher ein Weilchen ungestört an eurem schönen Heim erfreuen, ehe die andern kommen. Nachher bleibt einem doch keine Zeit dazu«, sagte Frau Anna gemütlich. Sie hatte sich sehr festlich gekleidet, und auch Hieronymus steckte im Gesellschaftsanzug. Als Frau Berthold sich überall umgesehen hatte, sagte sie zu Georg und Käthe: »Ich an eurer Stelle hätte den Klimbim im Restaurant veranstaltet.«

»Warum?«

»Erstens wäre dann eure Wohnung schön in Ordnung geblieben. Und wenn Gläser oder Geschirr zerbrochen werden, dann läßt sich das leichter ersetzen als eure hübschen Sächelchen.«

»So leicht wird ja nichts zerbrochen, und die Wohnung ist morgen schnell wieder in Ordnung gebracht«, sagte Käthe lachend.

»Kindchen, Sie haben eben keine Ahnung, wie es bei uns manchmal zugeht. Na, vielleicht bleiben sie heute mit der Kirche im Dorf. Es kommt ganz auf die Stimmung an.«

»Ich freue mich, wenn es recht lustig ist. Herr Kertner und Herr Hartenberg sind stets voll guter Einfälle.«

»Na, die beiden wissen schon, was sich gehört. Wenn ich nur der anderen auch so sicher wäre!«

»Ach geh, Anuschka, krächze nicht Unheil wie ein Rabe. Käthe weiß, daß sie einen Schauspieler geheiratet hat und wird sich schon in unseren Ton hineinfinden. Nicht wahr, Liebling?«

Käthe nickte ihm strahlend zu. Für sie galt nur, was er sagte und wollte.

Frau Anna ließ sich in einem Sessel nieder.

»Na, denn man tau!« sagte sie stoisch und faltete die Hände über dem Magen.

Hieronymus setzte sich in ihre Nähe und freute sich an dem Anblick der schönen jungen Frau.

Kertner und Hartenberg kamen pünktlich, auf die Minute. Auch sie waren in Gesellschaftstoilette. Sie sahen überrascht auf Käthe.

»Was doch Frisur und Kleid bei einer Frau ausmachen«, dachte Kertner. Und Hartenberg traten vor Bewunderung die Augen fast aus dem Kopf.

Georg sah ihnen an, daß sie von Käthe entzückt waren.

»Keine von den Kolleginnen kann sich mit dir an Schönheit messen«, hatte er Käthe gesagt, als sie ihn fragte, ob sie nicht von ihnen in den Schatten gestellt werden würde.

Und er hatte recht.

So sorgsam auch all die Damen heute Toilette gemacht hatten, so raffiniert sie ihre Reize ins hellste Licht zurücken wußten – gegen Käthes ungekünstelte Schönheit verblaßten sie alle wie die Sterne vor der Sonne.

Zuerst war die junge Frau sehr freudig überrascht über die ungezwungene Art, mit der man sich bei ihr einführte. Herren und Damen begrüßten sie so vertraulich, als wären sie jahrelang mit ihr bekannt.

Etwas sonderbar berührte sie der Umstand, daß die Damen sich mit den Herren duzten, natürlich auch mit ihrem Mann. Und Fräulein Dannewitz, die Naive, küßte ohne Umstände erst Georg und dann Käthe, als sie kam.

»Sakra, a fesche Frau hast dir ausg'sucht, Schorschel! Bildsauber schaut's aus. Ujeh, Kinder, und nobel ist's bei euch – fein, fein. Und es duftet so nach allerhand guten Sachen – Appetit hab ich mitgebracht.«

Und als Käthe ein wenig verlegen schien, lachte sie gutmütig.

»Ich bin halt a verdrehte Wurzen, wer mir g'fallt, wird abbusselt.«

Damit wandte sie sich den andern zu. Hieronymus bekam einen Nasenstüber von ihr, Kertner zog sie eine lange Nase, und Hartenberg bekam auch einen Kuß.

»Weil der Tapi halt immer unglücklich verliabt is – sonst kommt er sei Lebtag zu keinem g'scheiten Busserl«, rief sie lachend.

Und so ging es reihum. Als alle anwesend waren, ging man zu Tisch.

Die ungezwungene fröhliche Art, die im Anfang herrschte und durchaus in den Grenzen des guten Tones blieb, gefiel Käthe sehr, nachdem sie die erste Verlegenheit überwunden hatte. Sie freute sich, wie tapfer man den Speisen zusprach und einen herzerquickenden Appetit entwickelte.

Georg nickte ihr einigemal strahlend zu, als sie munter drauflos plauderte und lachte. Er saß ihr gegenüber neben Fräulein Hellmann. Sie trug eine etwas forcierte Lustigkeit zur Schau. Sie wollte sich nicht merken lassen, was sie bei diesem Besuch im Haus ihrer Rivalin empfand. Aber sie hatte die Enttäuschung nicht überwunden.

Je weiter der Abend vorschritt, desto freier wurde der Ton. Oft wurden Worte laut, die Käthe die Röte ins Gesicht trieben. Der Sekt löste vollends eine übermütige Stimmung aus. Immer ausgelassener wurde das Treiben.

Mama Berthold war nach der Tafel hinüber in den Salon gegangen und duselte in der Sofaecke. Hiernoymus saß stillvergnügt hinter seinem Glas. Und Georg war der Lustigsten einer. Auch bei ihm machte sich die Wirkung des Sektes bemerkbar. Und er nötigte fortwährend zum Trinken und ging mit gutem Beispiel voran.

Käthe fühlte sich todunglücklich in dieser Umgebung. Ihr war es furchtbar, daß all die Damen lächelnd Frivolitäten anhörten oder sie gar wiedergaben. Am schlimmsten aber erschien es ihr, daß ihr Mann, ihr angebeteter Mann, ohne Rücksicht auf sie frivole Witze erzählte und unbändig darüber lachte. Überhaupt – der Georg, den sie heute vor sich sah, erschien ihr fremd. Sein schönes Gesicht war verändert durch übermäßigen Weingenuß; seine Augen flimmerten unstet und hatten einen Ausdruck, den sie nicht an ihm kannte. Eine unbestimmte, unerklärliche Angst hielt sie gepackt. Sie saß blaß und still auf ihrem Platz. Im allgemeinen Vergnügen fiel es niemand auf. Herren und Damen waren nicht mehr ganz zurechnungsfähig.

Nur einer von der gesamten Gesellschaft blieb nüchtern und gelassen: Kertner. Auch er saß stiller als sonst zwischen den anderen und beobachtete Käthe verstohlen, aber scharf. Er sah, wie sie litt.

Ruhig stand er auf und trat hinter ihren Stuhl.

»Gnädige Frau, Sie sollten sich zurückziehen. Das ist nichts für Sie«, sagte er ernst.

Sie sah hilflos zu ihm auf.

»Ich darf doch meine Gäste nicht verlassen«, erwiderte sie leise.

»Doch, Sie dürfen es und sollen es. Sie sind sich das selbst schuldig. Es wird jetzt niemand mehr darauf achten, Sie können sich unbesorgt entfernen. Und wenn man doch nach Ihnen fragen sollte, werde ich Sie mit

Kopfweh entschuldigen. Sie sind auch müde, ich sehe es Ihnen an.«

Sie erhob sich mit einem tiefen Atemzug.

»Ja, ich bin sehr müde. Meinen Sie wirklich, daß ich mich entfernen darf?«

»Ganz gewiß.«

Er führte sie bis zur Tür und ließ sie hinausgehen.

Da kam Hartenberg mit dem gefüllten Sektglas auf ihn zu.

»Adi, wo ist sie hin? Mein Stern ist entschwunden!« rief er, auch etwas angeheitert.

Kertner nahm ihm ruhig das Sektglas aus der Hand und stellte es weg.

»Vertrink dir nicht dein bißchen Verstand noch«, rief er ärgerlich. »Komm zur Besinnung und hilf mir, das Haus räumen. Damit kannst du dir ein Verdienst um die arme, junge Frau erwerben.«

Hartenberg starrte ihn erst verständnislos an. Dann dämmerte es so langsam bei ihm.

»Ach so, na ja, Adi, dann – siehst du, da hab ich doch nicht dran gedacht.«

Er gab sich einen Ruck und versuchte den leichten Rausch abzuschütteln. Kertner goß ihm ein Glas Wasser ein.

»Da, trink. Und dann schütze kolossale Müdigkeit vor und treibe zum Aufbruch. Ich will hinüber in den Salon und die Berthold wecken.«

Damit ließ er Hartenberg stehen und ging in den Salon hinüber. Frau Anna schnarchte recht behaglich in der Sofaecke; er weckte sie.

»Anna, hilf mir die Kollegen heimtreiben. Sie sind heute wieder einmal arg. Die junge Frau hat gleich eine starke Probe von unserer Genialität bekommen. Sie hat sich auf meine Veranlassung zurückgezogen.«

Anna ermunterte sich schnell.

»Ist wohl wieder einmal ausgelassen, die Bande?«

»Reichlich.«

»Und wo steckt denn die kleine Frau?«

»Weiß ich nicht. Das arme Ding hat mich gejammert.«

»Na, an den Ton muß sie sich noch gewöhnen.«

»Wird bei ihr schwer halten. Jedenfalls hat sie heute abend ihren Mann das erstemal ohne ideale Aufmachung gesehen. Der Sekt hat die Politur fortgespült. Armes Hascherl! Bis die begreift, daß Georg nur ein Talmiideal ist, wird es Herzblut kosten.«

»Ach geh, ans Herzblut wird es nicht gleich gehen. Sie wird sich hineinfinden, daß er auch nur ein Mensch ist und kein Halbgott; daran geht niemand zugrunde.«

»Wenn es ein oberflächlicher Charakter ist, gewiß nicht. Aber die junge Frau sieht aus, als könnte sie die Erkenntnis vom Unwert ihres Mannes sehr zu Boden drücken. Ich habe es kommen sehen, daß diese Ehe keine glückliche wird.«

Frau Anna erhob sich gähnend.

»Vielleicht beißen sie sich doch zusammen – wenn die Hellmann keinen Keil dazwischenschiebt. Der traue ich freilich nicht über den Weg.«

Sie traten beide in das andere Zimmer.

»O weh, hier sieht es ja aus wie Sodom und Gomorra – ich hab's doch gleich gesagt. Schade um die schönen Teppiche. Und hier eine brennende Zigarette auf dem Tischtuch. Natürlich ein Loch gebrannt. Hieronymus – du auch? Na, nun aber schleunigst heim, mein Alter! Wirst morgen einen schönen Brummschädel haben. Herrschaften, wir wollen nach Hause gehen, der neue Tag bricht an. Los, los, immer vorwärts!«

Auch Kertner trieb energisch, und Hartenberg unterstützte ihn. Eine halbe Stunde später schritt Adi als letzter hinaus. Ehe er ging, sagte er leise zu Wigand:

»Trink eine Flasche Selter und steck den Kopf eine Weile zum Fenster hinaus. Deine Frau braucht dich so nicht zu sehen.«

Wigand lachte hinter ihm her. Seinen wohlmeinenden Rat zu befolgen, fiel ihm nicht ein. Er suchte seine Frau und rief mit heiserer Stimme ihren Namen. Sie antwortete nicht. Er taumelte, vor sich hin scheltend, ins Schlafzimmer hinüber. Da stand sie am Fenster und sah auf die Straße hinab.

Draußen war Schnee gefallen. Es blitzte und flimmerte wie diskretes Brillantgefunkel im Laternenlicht.

Als ihr Mann eintrat, wandte sie sich nach ihm um. Ihre weitgeöffneten Augen sahen ihm voll Entsetzen entgegen.

War das ihr angebeteter Gatte, ihr Ideal, ihr Gott? Der da mit dem zerzausten Haar, den gläsernen Augen und dem blöden Gesicht!

»Haha, da bist du ja, Käthe, warst ausgekniffen, Rakkerchen? Haha, fidele Gesellschaft, was? Famos war's, ganz famos. Waren alle baff, einfach baff. Ja – hahaha, die kleine Hellmann ist wieder kirre, ganz kirre und verliebt. Scheußlich böse war sie mir deinetwegen – weil ich geheiratet habe. Natürlich, darauf hatte sie sich gespitzt. Zu ulkig, die Frauenzimmerchen, alle sind sie verliebt in mich, alle. Haha! Komm, Käthe, gib mir 'nen Kuß! Bist doch die hübscheste von allen, können alle nicht ran an dich. Aber ein Schelm bist du doch, du kleiner Racker! Hast mir verteufelt Sand in die Augen gestreut von – von wegen dem großen Reichtum. War 'ne Finte, hm? Sag's ehrlich, du wolltest mich kapern? Na, schad't nichts, hübsch bist du doch, und ein Weilchen wird der Mammon schon reichen. Man muß doch etwas davon haben. Verdammt – ich – ich glaube, ach was, komm, gib mir einen Kuß, meine weiße Taube.«

Käthe sah starr in sein gedunsenes Gesicht. Sie begriff jetzt nur halb, was er sagte, sah nur voll Entsetzen in seine entstellten Züge.

Er wollte sie in die Arme ziehen. Instinktiv stieß sie ihn zurück.

»Geh, laß mich!« schrie sie auf.

Er suchte sich Haltung zu geben.

»Was denn – wieso, was soll denn das? Kommst hierher und gibst mir einen Kuß, du Racker!«

»Nein«, rief sie wie außer sich, »in diesem Zustand darfst du mich nicht anrühren.«

Er lachte sinnlos vor sich hin.

»Zustand, haha – Zustand ist gut. Du glaubst wohl, ich bin betrunken? Gibt's ja gar nicht – ich – siehst du, ich vertrage mehr als die andern. Ich bin ganz nüchtern, ganz nüchtern, jawohl. Sei gescheit! Du sollst mir einen Kuß geben, hörst du!«

»Nein«, sagte sie hart und laut.

Das brachte ihn in Wut.

»Was, du willst nicht? Wer ist der Herr im Hause? Denkst du, weil du die paar tausend Mark mitgebracht hast, kannst du dich aufspielen? Gibt's nicht!«

Er kam von neuem auf sie zu, sie aber bückte sich und schlüpfte unter seinen ausgebreiteten Armen hindurch zur Tür hinaus. An allen Gliedern zitternd ging sie in den Salon und schloß sich ein.

Wie gebrochen sank sie in einen Sessel.

Ihr Mann schimpfte und wetterte draußen herum und rüttelte an der Tür. Dann hörte sie wieder sein schreckliches, blödes Lachen. Mit schweren, schleppenden Schritten ging er über den Korridor, schlug krachend ein paar Türen zu und kehrte dann wieder ins

Schlafzimmer zurück. Als die Tür hinter ihm zugefallen war, hörte sie nichts mehr. Wahrscheinlich war er zu Bett gegangen.

Käthe hatte starr, mit angehaltenem Atem lauschend dagesessen. Als es draußen ruhig wurde, schlug sie aufstöhnend die Hände vor das blasse Gesicht.

Ihr Ideal lag im Staub, und unter seinen Trümmern begrub sie ihr schönes, stolzes Glück.

Stundenlang saß sie so, von Angst und Zweifeln gebannt. Und in diesen einsamen Stunden kämpfte sie den schwersten Kampf ihres Lebens; er vernichtete viel Holdes und Schönes und ließ nur Trümmer zurück, aus denen sie sich mühevoll ihr ferneres Leben zusammensetzen mußte. Als es hell wurde, erhob sie sich mit schweren, erstarrten Gliedern und ging leise hinüber ins Speisezimmer.

Ein schwerer, dicker Duft von Wein, Speisen und Zigarren schlug ihr entgegen. Einige Stühle lagen am Boden. Das Tischtuch war naß von vergossenem Wein und mit Zigarrenasche beschmutzt. Welke Blumen lagen auf dem Tisch und am Boden zerstreut. Ein Fetzen weißer Spitze hing an einer Stuhllehne, und neben dem Diwan auf dem Teppich lag ein mit grünen blitzenden Steinen besetzter Zierkamm. Käthe hatte ihn in Fräulein Hellmanns Haar gesehen.

Sie hob den Kamm mit spitzen Fingern auf und legte ihn auf ein Tischchen. Dann löschte sie das Licht und öffnete das Fenster. Ihr Heim kam ihr entweiht vor. Sie freute sich nicht mehr daran. Aber das alles war ja nichts gegen das lähmende Entsetzen, da sie befallen hatte bei der Szene mit ihrem Mann.

Wohl suchte sie ihn vor sich selbst zu entschuldigen. Er war betrunken gewesen – jeder Mann hatte wohl einmal einen Rausch. Sie war zu streng und zu engherzig erzogen worden; das hing ihr nun an, trotz allen Widerstandes dagegen. Und Georg wußte sicher nicht, was für schlimmes Zeug er geschwatzt hatte.

Aber dann sprach so vieles wieder gegen ihn.

»Im Wein ist Wahrheit. Er hat sich im Rausch gezeigt, wie er wirklich ist. Wie er dir bis jetzt erschien, so sahst du ihn nur mit deinem Herzen. Du hast ihn mit Eigenschaften ausgestattet, die er nicht besitzt. Zu hoch stelltest du ihn, zu groß dachtest du von ihm. Du machtest ihn voll idealer Schwärmerei zu einem Gott. Und er ist nur ein Mensch, vielleicht nicht einmal ein guter und edler Mensch!«

Mechanisch trat sie vor den Spiegel und sah in ihr blasses, müdes Gesicht. Ganz fremd kam sie sich vor in der dekolletierten Toilette und der neuen Frisur. Sie starrte sich an.

»Wer bist du denn? Wo gehörst du hin?« sagte sie laut zu sich selbst.

Ihr Gesicht schien so schmal und gespensterhaft in der fahlen Morgenbeleuchtung. Die kalte Luft kam von draußen herein.

Dann begann sie, in den Zimmern Ordnung zu schaffen. Und während der Arbeit wurde ihr etwas leichter zumute. Sie suchte sich selbst zu beruhigen.

»Bist eine Närrin, Käthe! Spinnst dich in lauter schwarze Gedanken ein. Weil dein Mann einen Rausch hatte, brauchst du doch nicht so unglücklich zu sein! Warst du denn nicht übermenschlich glücklich, war er nicht lieb und gut zu dir? Im Rausch weiß ein Mensch nicht, was er tut und spricht. Er hat dich gewiß nicht kränken wollen. Dein Widerstand hat ihn gereizt, deshalb sprach er im Ärger schlimme Worte, die er gar nicht empfand. Sei nicht unklug! Hättest lieber ausschlafen sollen, als dich hinzusetzen und Grillen zu fangen. Nun bist du müde und ernüchtert und siehst alles mit trüben Augen. Sei doch vernünftig, geh frisch an die Arbeit, schaff die Spuren weg von gestern abend! Wenn dein Heim gesäubert ist von allem, dann wird dir leichter sein. Wirst diese schlimme Nacht vergessen. Solche Feste dürfen sich nicht wiederholen. Man muß ja nicht großen Verkehr pflegen. Das wird Georg einsehen, ganz gewiß. Und nachher, wenn er aufsteht, wirst du vernünftig sein und kein böses Gesicht machen. Er wird sich sicher schämen. Du wirst dir nicht anmerken lassen, was in dir vorgegangen ist.«

So redete sie sich zu, während sie emsig aufräumte. Als ihre Aufwärterin kam – ein Dienstmädchen hatte sie nicht genommen –, ging es mit vereinten Kräften ans Werk.

Um zehn Uhr waren die Zimmer in Ordnung, gelüftet und durchwärmt. Der Frühstückstisch war sauber und appetitlich gedeckt und alle Spuren von gestern verwischt. Nur in der Küche gab es noch genug zu tun. Dort säuberte die Aufwärterin das Geschirr. Käthe wußte, daß ihr Mann um elf Uhr Probe hatte. Sie mußte ihn wecken, es war höchste Zeit.

Georg war mit schwerem Kopf aufgefahren, als ihn Käthe rief. Ehe er ganz munter war, hatte sie das Zimmer schon wieder verlassen.

Er richtete sich auf und sah sich um. Da fiel ihm auf, daß Käthes Bett unberührt war. Es wurde ihm sehr unbehaglich zumute, als er sich nicht erinnern konnte, wie er eigentlich ins Bett gekommen war.

Er stand auf und fuhr mit dem Kopf in die Waschschüssel. Das erfrischte ihn und machte ihn denkfähig.

Nun wußte er, daß er einen gehörigen Rausch gehabt hatte. Verdammt, was war nur geschehen? Weshalb war Käthe nicht zu Bett gegangen, und warum war sie gleich wieder hinausgegangen, als sie ihn geweckt hatte? Scheußliche Situation! Sie würde natürlich schmollen. Da konnte er sich auf die erste Gardinenpredigt gefaßt machen.

Er hatte einen regelrechten physischen und moralischen Katzenjammer. Als er nach einer Viertelstunde angekleidet ins Speisezimmer trat, saß Käthe bereits am Frühstückstisch. Sie sah blaß aus, und ihre Augen waren nicht so klar und strahlend wie sonst. Er ging schnell auf sie zu.

»Käthe, hab ich mich gestern nacht schlecht aufgeführt? Verzeih mir! War es sehr schlimm? Ich weiß wahrhaftig nicht mehr genau, was ich gesagt und getan habe. Ich hätte mich nicht so gehenlassen sollen.«

Sie merkte, wie verlegen er war, und zwang sich zu einem freundlichen Lächeln.

»Laß uns nicht mehr davon sprechen, Georg«, sagte sie ruhig.

Er küßte sie erfreut auf den Mund und setzte sich dann ihr gegenüber.

»Du bist ein famoser Kerl, Käthe. Ich hatte mich schon auf eine endlose Gardinenpredigt gefaßt gemacht.«

Ruhig strich sie ihm die Brötchen und schenkte ihm Kaffee ein. Ihr Schweigen war ihm ungemütlich.

»War ich sehr unartig, Käthe?«

Sie sah ihn bittend an.

»Wir wollen doch nicht mehr davon reden.«

»Du darfst aber nicht böse sein.«

»Nein.«

»Das ist lieb von dir. Ich gehe jetzt zur Probe, dann hole ich dich zu einem Spaziergang ab. Der wird uns beiden guttun. Ist es dir recht?«

»Ja.«

»Ein bißchen einsilbig und verstimmt bist du aber doch, gar nicht so lieb und herzig wie sonst. Aber eigentlich kann ich es dir nicht verdenken. Ich habe verdient, daß du nicht zärtlich wie sonst zu mir bist. Schmolle nicht zu lange, Liebchen! Und jetzt adieu, ich muß fort.«

Er küßte sie, und sie ließ es geschehen, ohne den Kuß zu erwidern. Sie konnte es nicht über sich gewinnen.

Er ging schnell hinaus. Sie würde schon wieder vernünftig werden, dachte er sorglos. Käthe sah ihm starr nach. »Es wird nie wieder werden, wie es zuvor war, denn ich habe den Glauben an ihn verloren«, dachte sie trostlos. Etwas Schönes und Herrliches war ihr gestorben.

Als Georg wieder nach Hause kam, brachte er ihr einen herrlichen Strauß mit.

»Da, Liebste, die Blumen sollen für mich bitten und meine Unart wieder gutmachen.«

Käthe dankte ihm mit freundlichem Lächeln und gab sich Mühe, wie sonst zu ihm zu sein. Zum erstenmal schlich sich etwas Unwahres in ihr Sein. Und sie litt innerlich unter dieser Lüge, während sie sich zwang, ihn über ihr wahres Empfinden zu täuschen.

Georg war kein Seelenkenner. Er war zufrieden, daß sie wieder die alte schien. Daß sie eine andere geworden war, und er für sie ein anderer, das ahnte er nicht.

11

Einige Wochen waren seit jenem Abend vergangen. Käthe ging mit ihrem Mann zum Theater. Ehe sie sich trennten, sagte er: »Nach der Vorstellung soll eine gemütliche Zusammenkunft im Restaurant stattfinden. Mit Damen natürlich. Wir wollen einmal wieder vergnügt sein zusammen. Du kannst mich hier erwarten, wir gehen dann miteinander hin. Ist dir das recht so?«

Käthe sah unbehaglich berührt in sein Gesicht.

»Laß mich lieber nach Hause gehen, Georg«, sagte sie bittend.

Er sah sie scharf an. »Weshalb denn, warum willst du nicht mitkommen?«

»Ich fühle mich nicht wohl in diesem Kreis, ich passe nicht hinein.«

Er machte ein beleidigtes Gesicht. »Oho, bist du zu fein für uns? Dann hättest du keinen Schauspieler heiraten dürfen«, sagte er ärgerlich.

»So mußt du das nicht auffassen, Georg! Kertner, Bertholds und Hartenberg sind auch Schauspieler. Mit denen verkehre ich sehr gern. Aber die Damen und einige andere Herren – ich habe neulich bei uns Höllenqualen ausgestanden. Eine einfache Frau paßt da nicht hinein. Das mußt du doch selbst empfinden.«

»Ach geh, Zimperlichkeit und Prüderie kann ich

nicht ausstehen. Bist doch verheiratet, da brauchst du dich nicht mehr so zu zieren.«

»Das tue ich gewiß nicht. Bitte, erlaube mir, daß ich fernbleibe! Ich fühle mich unglücklich zwischen den anderen Damen.«

»Das ist ja zu albern, Käthe. Aber ich habe keine Zeit mehr. Meinetwegen magst du heute nach Hause gehen, ich werde dich mit Unwohlsein entschuldigen.

Aber nur dies eine Mal. Du gehörst durch deine Heirat in meine Kreise und mußt dich als vernünftige Frau ihnen anpassen. Es steckt noch eine gute Dosis Krähwinkelei in dir. Das wirst du hoffentlich mit der Zeit ablegen.«

Verstimmt verabschiedeten sie sich, und Käthe begab sich in den Zuschauerraum.

Georg spielte trotz seines inneren Ärgers vorzüglich. Käthe vergaß wieder alles über seinem Spiel. Im dritten Akt hatte er mit der Hellmann eine große Liebesszene. Sie wurde von beiden mit großer Hingabe und Leidenschaft gespielt. Käthe seufzte tief auf, als der Vorhang fiel.

Sie hätte viel besser zu ihm gepaßt, dachte sie, und ein bitterer Schmerz durchzuckte ihre Seele. Es war aber nicht Eifersucht, die sie empfand, sondern nur eine tiefe Traurigkeit, daß ihre und ihres Mannes Ansichten und Wünsche so verschieden waren. Nach der Vorstellung ging sie schnell nach Hause. Auf dem Platz vor dem Theater traf sie mit Kertner zusammen. Er begrüßte sie ehrerbietig.

»Sie sind allein? Darf ich Ihnen meine Begleitung anbieten?«

»Ich danke Ihnen, Herr Kertner. Ich habe ja nicht weit.«

»Sie gehen nach Hause?«

»Ja, ich – ich habe Kopfweh.«

»Dann kommen Sie heute abend nicht zu unserem sogenannten gemütlichen Zusammensein?«

»Nein, es ist – ich bin nicht ganz wohl.«

Er sah sie mit einem sonderbaren Blick von der Seite an.

»Mir können Sie ganz ruhig sagen: Ich mag nicht kommen. Die Lüge ist Ihnen doch nicht geläufig.«

Sie reichte ihm schnell und impulsiv die Hand.

»Ich fühle, Sie sind mein Freund, Herr Kertner. Ja, es ist, wie Sie sagen. Ich fürchte mich vor diesem Zusammensein. Übrigens habe ich Ihnen noch nicht gedankt dafür, daß Sie mich neulich erlösten. Das soll hiermit von Herzen geschehen.«

»Keine Ursache. Wenn ich sehe, daß eine Fliege im Wasser zappelt, dann setze ich sie fein säuberlich auf festen Boden. Und Sie waren so eine arme Fliege, deshalb brachte ich Sie in Sicherheit.«

Sie waren inzwischen an Käthes Wohnung angelangt.

»Gute Nacht, Herr Kertner, und herzlichsten Dank!«

Er küßte ihr die Hand und verabschiedete sich.

»Darf ich mich morgen nach Ihrem Befinden erkundigen?«

»Ich sehe Sie immer gern.«

»Dann werde ich mir erlauben, Sie zu besuchen.«

Käthe stieg langsam die Treppe empor.

Warum verstand Kertner sofort, daß sie nicht in jenen Kreis gehört? Konnte Georg nicht gleiches Verständnis für sie haben?

Darüber mußte sie noch lange grübeln.

Georg blieb die halbe Nacht aus. Als er heimkam, merkte sie an seinen unsicheren Schritten und leise geführten Selbstgesprächen, daß er stark getrunken hatte.

Sie schloß ängstlich die Augen und stellte sich schlafend. Das Herz klopfte ihr zum Zerspringen.

Er stieß im Dunkeln an einen Stuhl und schimpfte drauf los. Dann fiel er schwerfälltig auf sein Bett, und bald darauf verkündigte leises Schnarchen, daß er schlief.

Käthe lag regungslos und blickte mit großen, starren Augen ins Dunkel. Schlafen konnte sie nicht mehr.

Kertner kam am andern Tag. Käthe empfing ihn freundlich und bedauerte, daß ihr Mann schon zur Probe fortgegangen sei.

Kertner wußte, daß Wigand keine Probe hatte, und das machte ihn stutzig. Doch ließ er es sich nicht merken.

»Ah so, daran hab ich nicht gedacht.«

Er setzte sich Käthe gegenüber und sah, daß ihre Augen gerötet waren wie von vergossenen Tränen.

Während sie über allerlei gleichgültige Sachen sprachen, rang Käthe mit einem Entschluß. Und sich plötzlich in einem Satz unterbrechend, sagte sie:

»Wir sprachen gestern abend darüber, daß ich nicht mitgehen wollte zu Ihrem geselligen Beisammensein. Sie waren dabei so verständnisvoll. Ich möchte eine Bitte aussprechen.«

Er sah sie aufmerksam an.

»Bitte, tun Sie es«, sagte er einfach.

»Sie sind Georgs Freund und, wie ich empfinde, auch der meine. Mein Mann ist böse, daß ich mich von dem Verkehr mit seinen Kolleginnen und einem Teil seiner Kollegen zurückziehen will. Er nennt mich prüde und hochmütig und kann mich nicht begreifen. Sie haben mich gleich verstanden. Würden Sie mir den großen Gefallen tun zu versuchen, Georg Ihre Überzeugung beizubringen? Für Sie wird er in diesem Falle zugänglich sein.«

Er sah eine Weile nachdenklich in ihr Gesicht, dann flog ein Lächeln über seine Züge: »Was ich tun kann, Georg zu beeinflussen, das soll geschehen.«

»Und Sie werden gewiß erreichen, was er mir verweigert, denn Sie sind klug und gut.«

»Und Sie sind eine große Idealistin, gnädige Frau«, sagte er lächelnd. »Sie überschätzen alle Menschen und möchten sie mit Eigenschaften ausstatten, die sie nicht besitzen. Ich zum Beispiel bin gar nicht gut, sondern sehr boshaft.«

Sie sah freundlich in sein Gesicht. »Ich habe trotzdem Vertrauen zu Ihnen und halte Sie für einen edlen Menschen.«

»Ihr Vertrauen ehrt mich, ich will es zu verdienen suchen. Aber Sie sollten vorsichtiger sein. Sie sind zu schnell bereit, Ihr Vertrauen zu verschenken.«

»Ist das ein Fehler?«

»Ja, ich halte es unbedingt dafür.«

»Es ist so schön, wenn man vertrauen kann«, sagte sie sehnsüchtig.

»Ja, schön ist manches, was uns doch Schaden bringt.«

Sie schwiegen eine Weile. Dann sagte Käthe lächelnd: »Es ist sonderbar, daß ich mit Ihnen immer so ernste Dinge bespreche. Wenn ich Sie dann auf der Bühne sehe und über Ihre drollige Komik lachen muß, dann meine ich immer, es sei ein anderer, der da oben steht.«

Er spielte mit einer Garnsträhne, die er aus Käthes Arbeitskorb nahm.

»Das ist auch ein anderer, glauben Sie mir. Der Hanswurst, der den Leuten Witzchen vormacht und ihre Lachlust reizt, der hat mit dem, der hier vor Ihnen sitzt, nichts gemein. Ich bin im Grunde ein ernster, schwermütiger Gesell, lasse es mir nur nicht gern anmerken.

Man würde sonst schließlich auch das noch komisch finden.«

»Das klingt, als wären Sie nicht zufrieden mit Ihrem Beruf.«

»Mit meinem Beruf sicher, aber nicht damit, wie ich ihn ausfüllen muß. Ich hatte auch einmal Kopf und Herz voller Ideale. Mit glühender Begeisterung ging ich, den Wünschen meiner Eltern entgegen, zur Bühne. Natürlich wollte ich Helden spielen. Dabei wurde ich ausgelacht. Ich konnte spielen, was ich wollte, ich hatte Lacherfolge. Schon wenn ich auf die Bühne trat, lachten die Leute. Ich habe manchmal grimmige Tränen darüber vergossen. Aber ich wollte es zwingen. Ich glaubte schließlich, weil ich zu klein sei, fände man mich lächerlich. Ich ließ mir dicke Sohlen und hohe Absätze machen und reckte mich, so groß ich konnte. In den ernstesten Szenen wurde ich ausgelacht. Mein Direktor wollte mir den Laufpaß geben. Da wurde unser Komiker krank. Ich übernahm seine Rolle mit einer Art Galgenhumor. ›Diesmal werden sie nicht lachen‹, dachte ich. Aber es kam anders. Ich hatte einen großen und unbestrittenen Erfolg. Seit der Zeit bin ich Komiker geblieben.«

»Und Ihr Spiel macht Tausenden Freude. Ist das nicht auch schön, wenn Sie sorgenvolle Menschen aufheitern können? Ob Sie zu Tränen rühren oder die Menschen lachen machen – beides hebt sie aus dem Alltag heraus. Ich weiß nicht, was schöner ist.«

Kertner sah ihr mit einem warmen Blick in die Augen. So sah er selten jemand an.

»Sie sind ein gutes, liebes Geschöpf. Ich danke Ihnen, Ihre Worte haben mir wohlgetan.«

»Gut und lieb? Jetzt sind Sie der Idealist«, sagte sie scherzend.

»Nein, ich habe von uns beiden die größere Erfahrung. Ich bin ein zu großer Menschenkenner und täusche mich selten. Die Ideale habe ich mir gründlich abgewöhnt. Beim Theater gibt es keine.«

Er stand auf.

»Georg scheint noch nicht so bald zu kommen. Ich will mich nicht länger verschwatzen.«

Als Kertner um die nächste Straßenecke bog, sah er Wigand auf sich zukommen. Er kam aber von der dem Theater entgegengesetzten Seite.

»Servus, Georg; ich war eben in deiner Wohnung, hörte jedoch, du hättest Probe«, sagte er mit ironischer Betonung der letzten Worte.

Wigand war entschieden verlegen.

»Hast du meine Frau gesprochen?«

»Ja, aber du kannst dich beruhigen, ich habe nicht verraten, daß du keine Probe hast.«

Wigand warf den Kopf zurück.

»Gewiß hatte ich welche – ich habe mit der Hellmann eine schwierige Szene in dem neuen Sudermann probiert.«

»So, so, mit Lenchen. Na, hoffentlich hast du dich dabei amüsiert!«

»Machst du schon wieder Glossen?«

»Keineswegs. Wieso?«

»Weil du mich mit der Hellmann aufziehen willst. Ich sehe nur die Kollegin in ihr, sonst nichts.«

Kertner wurde ernst.

»Es wäre auch himmelschreiend, wenn es anders wäre. Nein, ein schlechter Kerl bist du nicht. Habe mich übrigens riesig gefreut, daß du so taktvoll und feinfühlig warst, gestern abend deine Frau nicht mitzubringen. Es ist sehr vernünftig von dir, daß du sie fernhältst von unseren geselligen Abenden. In der Regel wird es doch zu bunt.«

»Aber erlaube mal –«

»Ja, ja, ich weiß schon, was du sagen willst; du fürchtest, wir könnten es dir verargen oder es deiner Frau als Hochmut auslegen. Das mußt du nicht glauben. Die vernünftigen unter den Kollegen finden es riesig anständig von dir, daß du deine Frau zu hüten verstehst, und die andern zählen nicht.«

Wigand war aufs Trockne gesetzt. Er merkte nicht, wie ihn Kertner klug beeinflußt hatte. So, gleichsam aus sich selbst geboren, leuchtete ihm die Sache ein. Und außerdem konnte er Käthe gegenüber den Großmütigen spielen. Er war heute morgen sehr heftig zu ihr geworden wegen dieser Sache. Nun konnte er einlenken.

Als er sich von Kertner getrennt hatte, ging er schnell nach Hause. Käthe hatte bereits das Mittagessen fertig. Bei Tisch erzählte sie ihm, daß Kertner dagewesen sei.

»Ich weiß, ich habe noch unterwegs mit ihm gesprochen. Übrigens, Käthe, ich war heute morgen sehr heftig zu dir. Nimm es nicht krumm, ich hatte Kopfweh! Es war ein bißchen spät und wüst gestern abend. Ich habe es mir überlegt, es ist doch besser, wenn du dich von diesen Abenden zurückhälst. Ich empfand es selbst, war nur durch deinen Widerspruch gereizt.«

Käthe ahnte, daß sie diese veränderte Denkungsweise Kertner zu danken hatte, sie hütete sich jedoch, das merken zu lassen.

»Ich danke dir für dein Entgegenkommen, Georg«, sagte sie ruhig und freundlich; aber in den alten herzlichen Ton zu ihm konnte sie sich nicht zurückfinden. Zu viel hatte sie innerlich zu überwinden. Es war unverkennbar eine Entfremdung zwischen die beiden Gatten getreten.

12

Wochen und Monate vergingen. Käthe erlebte viele böse Stunden. Nicht nur, daß das Verhältnis zwischen ihr und ihrem Mann täglich kühler und fremder wurde. Es kamen auch andere Sorgen an sie heran, Sorgen, die sie nie kennengelernt hatte. Die beiden jungen Leute hatten wieder und wieder Geld abgehoben, und die Zinsen wurden immer geringer. Einmal brauchte Georg neue Garderobe für moderne Stücke, dann hatte er dies und jenes Anliegen und bat Käthe, Geld abzuheben. Erst tat sie es ohne Bedenken. Als sie aber merkte, daß der Ausfall der Zinsen sich im Haushalt sehr bemerkbar machte, wurde sie ängstlich. Sie erkannte, daß ihr vermeintlicher Reichtum zusammenschmolz, wie der Schnee vor der Sonne.

Nun wollte sie sparen. Auch wenn Georg immer wieder Geld verlangte, bat sie ihn, sparsamer zu sein. Da wurde er ungemütlich und schimpfte über ihre elende Knauserei. So tat sie ihm dann lieber den Willen und holte das Geld.

Der Sommer kam heran und mit ihm die Zeit, in der das Stadttheater von Chemnitz die Tore schloß. Die Schauspieler planten, wieder in einer benachbarten kleinen Stadt Gastspiele zu geben.

Georg Wigand hatte jedoch keine Lust dazu. Er wollte einmal ganz ausspannen. So viel mußte ihm doch seine

Heirat eingebracht haben, daß er sich diesen Luxus leisten konnte.

Schon nannte er diese Heirat bei sich eine übereilte. Der kurze Rausch der Verliebtheit war bei ihm verflogen. Käthes ernstes Wesen langweilte ihn. Ihre Sehnsucht zu lernen, sich zu vertiefen, verstand er nicht. Er überließ es Kertner, tiefsinnige und schöngeistige Unterhaltungen mit ihr zu führen und saß meist gähnend dabei.

Kertner war Käthe ein rechter und wahrer Freund geworden. Im steten Verkehr mit ihm lernte sie das Leben mit klaren Augen ansehen. Er hatte eine feine und wirksame Art, ihr die Wirklichkeit zu zeigen, ohne sie zu erschrecken. Und für das, was er ihr an idealem Überschwang nehmen mußte, gab er ihr neue Werte. Er zeigte ihr des Lebens Schönheit und Tiefe in der Wirklichkeit. Sie war ihm unendlich dankbar und freute sich immer auf sein Kommen.

Hartenberg schwärmte sie nach wie vor in seiner drollig verschämten Art an, und sie konnte herzlich mit ihm lachen. Auch Bertholds blieben ihr im Verkehr treu. Frau Anna kam jede Woche einen Nachmittag zum Kaffee zu Käthe, und diese erwiderte ihren Besuch. Die alte, resolute und erfahrene Dame trug auch dazu bei, daß Käthe ihre Freuden und Schmerzen mehr auf realen Boden pflanzte. So fand sich die junge Frau mit ihrem Leben ab. Es brachte ihr doch des Guten und Schönen viel, und sie verlangte nie nach den alten Verhältnissen in des Onkels Haus zurück.

Die Quelle des höchsten Genusses war für Käthe der stete Briefwechsel mit Helmut. Er nahm teil an ihrem seelischen und geistigen Reifwerden. Er sandte ihr Bücher und Zeitungen, die ihr von Nutzen sein konnten, und förderte sie in jeder Weise. So wurde ihr Leben trotz aller Enttäuschung, die sie an ihrem Mann erlebte, reicher und tiefer.

Dadurch entfernte sie sich jedoch unmerklich innerlich mehr und mehr von ihrem Mann. Er war ein guter Schauspieler, stand aber sonst auf gespanntem Fuß mit allem Wissen. Seine Zeit war ausgefüllt mit allerlei Nichtigkeiten. Nur seinen Beruf nahm er ernst, aber mehr aus Eitelkeit als aus Bedürfnis. Mit Helene Hellmann war er sehr viel zusammen. Sie zog ihn mehr und mehr an durch ihr Eingehen auf seine Schwächen und Fehler. Je weiter er sich von Käthe entfernte, desto mehr schloß er sich der Hellmann an.

Noch war es von seiner Seite nichts als die Sucht, sich die Langeweile zu vertreiben, was ihn drängte, ihre Gesellschaft so oft zu suchen. Aber Helene Hellmann umspann ihn mehr und mehr mit raffinierten Koketterien.

Käthe ahnte nichts davon.

So kamen die Ferien heran. Georg wurde plötzlich wieder sehr liebenswürdig zu Käthe. Er stellte ihr vor, wie schön es wäre, wenn sie gemeinsam die Ferien in einem hübschen Seebad zubringen könnten.

»Du wirst entzückt sein, Käthe, wenn du die See kennenlernst. Und mir würde eine Erholung so gut tun. Meine Nerven sind in schauderhafter Verfassung. Ich möchte mich einmal gründlich erholen. Meinst du nicht, daß wir uns das leisten können?«

Käthe sah sehr sorgenvoll aus. »Es würde sehr teuer werden, Georg. Nicht nur, daß dein Verdienst in der Zeit ausfällt – wir müßten doppelte Wohnungsmiete zahlen, und das Leben an der See soll sehr teuer sein.«

»Ach geh, laß uns mal ein bißchen leichtsinnig sein! Man hat ja so nichts vom Leben als Sorgen und Plagen.«

»Es tut mir sehr leid, daß ich es nicht ändern kann, Georg. Ich war so töricht zu glauben, mein Vermögen sei riesengroß. Ich hatte keine Ahnung, wie teuer das Leben ist.«

»Ja, ja, es hätte nicht geschadet, wenn es mehr gewesen wäre. Ich muß jetzt krummer liegen denn als Junggeselle, und dabei reicht die Decke nirgends. Es ist schon alles eins, ob wir noch ein paar tausend Mark abheben oder nicht. Wir wollen wenigstens die Ferien einmal gründlich genießen. Nur einmal die paar Monate wieder sorglos leben, nachher knausern wir wieder.«

Als Käthe noch nicht zustimmen wollte, wurde er verdrießlich und schalt über das elende Leben und daß ihm keine Freude gegönnt sei.

Käthe konnte es nicht mehr mitanhören und willigte ein.

Da wurde er gleich wieder liebenswürdig und vergnügt, nannte sie einen ›famosen Kerl‹ und machte Reisepläne mit ihr. Nach Zoppot wollten sie gehen, das stand schon vorher bei ihm fest. Er war vor Jahren einmal einige Tage dort gewesen, und da hatte es ihm sehr gut gefallen.

Käthe nahm schweren Herzens Abschied von den Kollegen, die sich wieder zu einem Gastspiel zusammengetan hatten mit Ausnahme Fräulein Hellmanns. Diese wollte Verwandte besuchen, wie sie sagte.

Käthe ging nicht mit leichtem Sinn an die See. Die Zukunft stand drohend vor ihr. Was sollte werden, wenn ihr Vermögen mehr und mehr zusammenschmolz? Oft regte sich in ihr der Wunsch, selbst mitzuverdienen; sie wußte nur nicht, wie. Was hatte sie gelernt? Handarbeiten wurden kläglich bezahlt. Und sonst? Durch einen Brief Helmuts kam ihr plötzlich ein Gedanke. Sie hatte ihm ihre pekuniären Sorgen und Kümmernisse anvertraut. Er bot ihr an, Übersetzungen für seinen Verlag zu übernehmen und stellte ihr gutes Honorar in Aussicht. Sie habe ja perfekt Französisch gelernt, das könne sie jetzt verwerten.

Der Brief kam am Morgen ihrer Abreise an, und Käthe wurde dadurch viel leichter ums Herz. Sie beschloß jedoch, mit Georg nicht davon zu sprechen, um keine vorzeitigen Hoffnungen in ihm zu wecken. Er würde sich doch nur dadurch verleiten lassen, mehr Geld auszugeben.

Sie hatte Helmut mitgeteilt, daß sie über Berlin reisen würden, und ihn gebeten, einige Stunden mit ihnen zu verleben. Sie ahnte nicht, was sie von Helmut verlangte, wußte nicht, daß er sie liebte und sich fürchtete vor einem Wiedersehen mit ihr. Aber als er abschrieb, fühlte sie selbst eine Art Erleichterung. Sie scheute das forschende Auge des Freundes, wollte ihm gern den Zusammenbruch ihres Glückes verbergen. Daß er ihn längst gemerkt hatte, ahnte sie nicht.

Als sie mit ihrem Mann in Berlin auf dem Anhalter Bahnhof ankam, wußte sie nicht, daß Helmut Rodeck hinter einem Pfeiler verborgen stand und forschend die Ankommenden musterte.

Er sah sie an Wigands Seite die breite Steintreppe herabkommen, und sein Herzschlag stockte. Wie verändert sie aussah in dem eleganten, schicken Reisekostüm und dem kleidsamen englischen Hut, von dem ein Schleier herabfiel! Etwas bleicher als früher sah sie aus, aber die roten Lippen leuchteten noch verführerisch aus dem Gesicht, und die Augen sahen mit einem anderen Blick ins Leben. Schöner war sie geworden, etwas voller, reifer.

Er ließ seinen Blick nicht von ihr, bis sie, in eine Droschke steigend, verschwand. Dann ging er heim.

Käthe war zuerst erschrocken über die hohen Preise,

die in Zoppot für Wohnung und Pension verlangt wurden, aber als sie den Schreck verwunden hatte und erst einige Tage hinter ihr lagen, konnte sie sich dem Reiz des Badelebens nicht verschließen. Die See mit ihrem ewigen Wechsel übte einen mächtigen Zauber auf sie aus. Stundenlang konnte sie am Strand liegen und dem Kommen und Gehen der Wellen zusehen. Mit großen verträumten Augen sah sie dann in die endlose Weite.

Auch das Baden machte ihr Vergnügen. Es war ihr ein Hochgenuß, ihre jungen, kräftigen Glieder im Kampf mit den Wellen zu regen.

Ihr Mann amüsierte sich auf seine Weise. In tadellos schickem, weißen Strandanzug flanierte er auf der Promenade und am Strand und machte seine schönsten Augen. Da gab es manches Frauenherz, das höher schlug bei seinem Anblick. Aber auch Käthe erregte Aufsehen. Und wenn das schöne junge Paar auf der Promenade erschien, folgte ihnen mancher bewundernde Blick.

Mehr als zwei Wochen waren so vergangen, als Käthe eines Morgens in ihrem Strandkorb saß und, wie so oft, dem Spiel der Wellen zusah. Zu ihren Füßen, auf den sonnigen Sand gestreckt, lag Georg und ließ den warmen Sand durch die Finger gleiten, scheinbar ganz in sein Spiel versunken. In seinen halbgeschlossenen Augen zuckte es jedoch manchmal auf, wenn sich irgendein Geräusch in der Nähe vernehmen ließ.

Der Strand war, wie immer um diese Zeit, sehr belebt. Die Badegäste saßen und lagen in Gruppen oder vereinzelt in der warmen Morgensonne. Vom Meer herüber wehte eine frische Brise. Die Wellen klatschten breit und flach auf dem feuchten Sand und spülten ihn glatt. Segelboote kreuzten hin und her.

Da kam plötzlich eine schlanke, helle Erscheinung

um Käthes Strandkorb herum. Sie blieb stehen. Ein Laut der Überraschung.

»Ist es möglich? Sehe ich recht? Sie hier, Frau Wigand?«

Käthe wandte überrascht ihr Gesicht, und dann zog die Röte des unliebsamen Erstaunens über ihre Züge. Vor ihr stand Helene Hellmann im feschesten, weißen Strandanzug. Mit freudiger Miene und ausgestreckter Hand kam sie näher.

»Grüß Gott – nein, so ein Zufall! Das hätte ich mir nicht träumen lassen.«

Käthe legte mit einem schweren, drückenden Gefühl ihre Hand in die der Schauspielerin.

»Die Überraschung ist jedenfalls gegenseitig, Fräulein Hellmann. Ich glaubte gehört zu haben, daß Sie Ihre Verwandten besuchen.«

»Stimmt auffalllend. Meine Verwandten wohnen in Danzig. Ich habe mir von ihnen vier Wochen Urlaub geben lassen, um hier zu baden. Meine Nerven brauchen eine Auffrischung. Nein, wie mich das freut, hier Bekannte zu finden! Und Ihr Gemahl, ist der auch hier?«

»Er liegt zu deinen Füßen. Bitte, tritt mich nicht tot«, rief Georg mit forcierter Lustigkeit und richtete sich auf. »Ich war vor Überraschung sprachlos, als ich meine holde Kollegin plötzlich auftauchen sah. Also grüß Gott, Lenerl, wie geht's?«

Sie schüttelten sich kameradschaftlich die Hände und plauderten sehr lebhaft miteinander. Beide konnten nicht genug Worte finden über das unerwartete Zusammentreffen.

So sehr Käthe sich dagegen wehrte – das Mißtrauen regte sich in ihr. War dieses plötzliche Auftauchen der Hellmann wirklich nicht mehr als ein Zufall?

Es war natürlich, daß Helene Hellmann sich Wigands

anschloß. Sie und Georg hatten sich viel zu erzählen. Käthe war still in sich gekehrt. Als sie später mit ihrem Mann nach Hause ging, sagte er vorwurfsvoll:

»Ich bitte dich, nicht kleinlich zu sein, sondern deine Antipathie zu bezwingen! Die Hellmann ist ein sehr nettes Mädel und außerdem meine Kollegin, mit der ich gewissermaßen Hand in Hand arbeiten muß. Übrigens kennt sie deine Prüderie und wird dich nicht verletzen. Du hast also nichts zu fürchten.«

Sie sah ihm mit einem dringenden Blick in die Augen.

»Wirklich nicht, Georg? Habe ich von ihr wirklich nichts zu fürchten?«

Ihre Frage klang bedeutungsvoll. Er wich ihrem Blicke aus. »Ganz gewiß nicht«, sagte er leichthin.

Helene Hellmann wurde die ständige Begleiterin des jungen Paares. Einige Herren hatten sich mit Georg angebiedert und ließen sich seiner Frau und Fräulein Hellmann vorstellen. Es waren fade, geistlose junge Männer, die sich einbildeten, einen kleinen Flirt in Szene setzen zu können. Bei Käthe hatten sie damit kein Glück, sie ließ sie mit Grazie abfallen. Und Helene war viel zu sehr mit Georg beschäftigt und reagierte auch nur matt. Trotzdem waren sie oft genug mit den Damen und Georg zusammen, und gewöhnlich bemühten sie sich viel mehr um Käthe, weil sie entschieden die Schönere war.

So ergab es sich ganz von selbst, daß sich Georg mit der Hellmann oft isolierte.

Dies alles war Käthe unerträglich. Ihre Stimmung war sehr gedrückt. Zahllose trübe Gedanken vergällten ihr den Aufenthalt an der See. Ein unheimliches Gefühl hielt sie im Bann.

Georg schien nichts davon zu merken. Jedenfalls

kümmerte er sich nicht darum. Er für seinen Teil amüsierte sich prächtig und lebte lustig in den Tag hinein.

Käthes Hoffnung, daß Helene Hellmann nach vier Wochen nach Danzig zurückkehren würde, erwies sich als trügerisch. Sie erklärte, es gefalle ihr so gut in Zoppot, daß sie bis zum Schluß der Ferien bleiben wolle. Käthe wäre am liebsten nach Hause zurückgekehrt, doch davon wollte Georg nichts wissen. Er wurde sehr ungehalten, schalt sie eine launenhafte Person und lief davon. So schwieg sie lieber.

Das für den Seeaufenthalt bestimmte Geld reichte bei weitem nicht. Käthes einziger Trost war die Aussicht auf den Erwerb, den ihr Helmut in Aussicht gestellt hatte. Sie schrieb ihm deshalb von Zoppot aus, und Helmut berichtete ihr ausführlich und ebnete ihr den Weg. Sobald sie nach Chemnitz zurückgekehrt sein würde, wollte sie mit der ersten Arbeit beginnen.

Erst in den letzten Tagen des September kehrten sie heim.

»Hast du schon gehört? Die Hellmann ist während der ganzen Ferien mit Wigands in Zoppot gewesen«, sagte Anna Berthold zu ihrem Hieronymus. »Ich erfuhr es heute auf der Probe. Was sagst du dazu?«

Er zuckte die Achseln.

»Ja, was kann man dabei tun?«

»Mit den Fäusten möchte man dazwischenfahren«, rief Frau Anna temperamentvoll. »Ihr Männer seid ein schreckliches Volk.«

Hieronymus lachte gemütlich.

»Meines Wissens ist die Hellmann kein Mann.«

»Nein, aber ein Satan ist sie. Die läßt nicht locker, bis sie sich zwischen die beiden geschoben hat. Und das arme, dumme Hascherl, die Käthe, läßt sich das wie ein

Lamm gefallen. Na, ich wollte schon reinen Tisch machen, aber gründlich.«

»Daran zweifelt kein Mensch, Alte. Mach nur nicht so ein wütendes Gesicht – ich kann es doch nicht ändern.«

»Nein, aber ich sehe mir das nicht lange mehr mit an. Bei nächstbester Gelegenheit werde ich der jungen Frau mal ein Licht aufstecken.«

»Verbrenne dir lieber die Finger nicht!«

»So, die Hände soll ich in den Schoß legen und zusehen, wie sie das arme dumme Ding nasführen? Nee, nee, mein Dicker, da kennst du mich schlecht.«

»Reg dich nicht auf, Mutter – ich hab ja nichts dagegen. Tu, was du willst.«

Anna Berthold spülte ihren Ärger mit einer Tasse Kaffee hinunter. Kurze Zeit darauf kam Kertner.

»Tag, Anna, Tag, Hieronymus. Nun, habt ihr Ehekrach? Seht so verdrießlich aus, ihr beiden!«

»Ich gifte mich zuschanden über die Hellmann und Wigand.«

Kertner machte ein sehr ernstes Gesicht.

»Warst du schon bei Frau Käthe, Anna?«

»Nein, ich hatte noch keine Zeit. Aber morgen gehe ich zu ihr.«

»Dann tue mir den Gefallen und sprich nicht mit ihr über diese Sache.«

»Warum denn nicht?«

»Weil es trotz allem Schein noch nicht erwiesen ist, daß Wigand mit der Hellmann anders als kollegial verkehrt.«

»Herrgott, du bist doch sonst kein Wickelkind!«

»Aber ich möchte verhüten, daß die junge Frau beunruhigt wird. Vielleicht ist es nicht nötig. Ich werde mir Wigand mal vornehmen. Jedenfalls warte, bis du einen triftigen Grund zum Reden hast.«

»Na, wenn du denkst – meine Ansicht ist, daß man sie warnen muß.«

Kertner sagte ruhig: »Wenn man Nachtwandler anruft, stürzen sie herab. Vielleicht gelingt es uns, ihr die Ruhe zu erhalten.«

Frau Anna klopfte ihm auf die Schulter. »Du bist doch ein bannig gescheiter Kerl, und das Herz hast du auch auf dem rechten Fleck, obwohl du dich als boshafter Kerl aufspielst. Komm, trink eine Tasse Kaffee mit! Er ist zwar nicht so stark, wie du ihn liebst, aber dafür erhält er die Schönheit.«

»Für seine Schönheit muß man etwas tun. Also schenk ein! Ich mache die Augen zu, damit ich nichts schmecke.«

»Kalauer sind hier verboten«, sagte Hieronymus trocken und zündete sich eine Zigarre an.

Schon am Tag darauf hatte Kertner Gelegenheit, mit Wigand allein zu sprechen. Sie waren zu gleicher Zeit auf der Probe fertig und verließen zusammen das Theater.

»Wenn es dir recht ist, begleite ich dich zu deiner Frau. Ich möchte ihr guten Tag sagen.«

»Gewiß. Komm nur mit! Käthe wird sich freuen, dich wiederzusehen. Du bist ihr der liebste von allen Kollegen. Sonderbarerweise! Bist doch im Grunde der unliebenswürdigste. Meine Frau hat eben einen eigentümlichen Geschmack.«

»Ich bin sehr stolz darauf, daß sie mich gern mag.«

»Gibst dir allerdings auch Mühe, ihr gegenüber deine boshafte Zunge im Zaum zu halten.«

»Macht mir gar keine Mühe. Deiner Frau wehzutun, dazu müßte man schon ein ganz schlechter Kerl sein.«

»Na, na, heb sie nur nicht in den Himmel, sie hat auch ihre Schattenseiten. Wenn du ihr Mann wärest und ewig ihre Unliebsamkeiten ertragen müßtest, du würdest dich bedanken. Sie hat während der ganzen Ferien die denkbar schlechteste Laune gehabt.«

Kertner zog einige Male an seiner Zigarre, nahm sie aus dem Mund und betrachtete sie aufmerksam. »Hm. Vielleicht hat sie Ursache dazu gehabt.«

»Nicht im geringsten. Wir hatten gutes Wetter, famose Verpflegung und amüsante Gesellschaft.«

»Ich glaube, ihr habt in dieser Beziehung sehr verschiedenen Geschmack. Meinst du wirklich, daß die Hellmann eine passende Gesellschafterin für deine Frau war? Du hättest dich nicht mit ihr verabreden sollen. Deine Frau müßte ja sehr naiv sein, wenn sie an einen Zufall glauben sollte.«

Wigand wurde verlegen.

»Es war aber reiner Zufall«, sagte er mürrisch.

Kertner sah ihn mit halbgeschlossenen Lidern an.

»Wenn du mich anlügen willst, mußt du es schlauer anfangen. Ich weiß, daß du dich mit der Hellmann verabredet hast.«

»Erlaube mal –«

Daß du dich noch weiter hineinreden willst? Nein – es wäre zwecklos. Ich habe nämlich zufällig aus deinem eigenen Mund gehört, wie du der Hellmann zuriefst: ›Also auf Wiedersehen in Zoppot.«

Wigand bekam einen roten Kopf. »Wo und wann willst du das gehört haben?«

»Zwar tut es nichts zur Sache, doch will ich es dir verraten. In dem Haus, wo die Hellmann wohnt, befindet sich der Laden unseres Friseurs. Als du dich vor den Ferien an der Haustür von der Hellmann verabschiedetest, trat ich hinter dir aus diesem Laden und hörte deine Worte. Da hab ich mir meinen Vers gemacht, denn ich bin nicht beschränkt.«

Wigand biß sich wütend auf die Lippen, ohne zu antworten. Kertner warf den Rest seiner Zigarre fort.

»Ja, ja, mein Sohn, das war Pech. Man muß vorsichtiger sein in dieser Beziehung.«

»Ich kann dir versichern, daß die ganze Sache äußerst harmlos ist. Ich verkehre rein freundschaftlich mit der Hellmann; sie ist mir unentbehrlich als Künstlerin und als Freundin. Mein Wort, ich habe durchaus keine Absichten, ihr irgendwie näherzutreten.«

»Aber sie hat diese Absicht ganz entschieden. Ihre Gefühle für dich sind durchaus nicht harmlos freundschaftlicher Natur. Na – und du bist doch auch nur auf der Bühne ein Held. Laß dir also raten und ziehe dich langsam, aber sicher von ihr zurück! Es kommt sonst zu einer Katastrophe, so sicher, wie zweimal zwei vier ist.«

»Unsinn! Warum mischst du dich eigentlich immer in meine Angelegenheiten? Ich weiß selbst, was ich zu tun habe und lasse mich nicht bevormunden. So weit geht die Freundschaft nicht.«

»Warum ich es tue? Nur weil mir deine Frau leid tut.«

»Ach was, es geschieht ihr nichts; sie soll nur vernünftig sein.«

Kertner hieb mit dem Stock durch die Luft.

»Schluß – ich sehe, meine wohlgemeinte Warnung war zwecklos. Laß uns von etwas anderem reden.«

Sie sprachen nichts mehr, bis sie vor Käthe standen. Sie begrüßte Kertner mit warmer Herzlichkeit, und es wurde verabredet, daß die gemütlichen Abende bei Wigands gleich morgen wieder beginnen sollten.

Wigand stimmte zu, höflich, aber kühl. Er hatte sich über Kertners Einmischung in seine Angelegenheiten geärgert, und seine Laune war sehr schlecht.

Als Kertner gegangen war, setzte er sich stumm seiner Frau gegenüber an den Tisch. Er stocherte mißmutig im Teller herum und schob ihn schließlich beiseite.

»Willst du nicht essen?« fragte sie verwundert.

»Nein, ich danke. Man merkt es unseren Mahlzeiten an, daß du sparen willst. Die Badereise soll wohl herausgeschlagen werden?«

Er fragte es höhnisch.

Sie faltete ruhig ihre Serviette zusammen und sah ihm ernst in das mürrische Gesicht mit den herabgezogenen Mundwinkeln. Es war gar nicht schön und bezaubernd in diesem Augenblick.

»Das würde mir schwerlich gelingen. Du weißt, daß wir doppelt soviel verbraucht haben, als wir vorher berechneten.«

»Ja, ja, ich weiß. Fang nur nicht wieder dies leidige Thema an!«

»Du sprachst zuerst darüber.«

»Und du mußt immer das letzte Wort haben. Es ist ein Elend, diese ewige Knauserei. Man weiß nicht, wie man sich einschränken soll, und dabei muß man den Kollegen gegenüber immer noch den Anschein erwecken, als sei man ein Krösus.«

»Warum mußt du das?«

Er lachte höhnisch.

»Denkst du, ich will mich auslachen lassen? Sie glauben alle an deinen großen Reichtum, wie ich es auch getan habe. Es wäre ihnen ein Gaudium, wenn sie wüßten, wie ich mich verrechnet habe.«

Käthe war sehr blaß geworden und sah ihn mit weitgeöffneten, starren Augen an. Was er damals im trunkenen Zustand verraten, das gab er jetzt mit nüchternen Worten zu.

»Du hast also damit gerechnet?«

»Von der Liebe wird man nicht satt, und was ich verdiente, das ging reichlich für mich auf. Eine arme Frau hätte ich nicht heiraten können, das ist doch klar. Und du hast das doch auch gewußt, sonst hättest du mir doch nicht immer von deinem großen Reichtum vorgeflunkert.«

Sie zog die Stirn im Schmerz zusammen.

»Flunkern wollte ich gewiß nicht«, sagte sie tonlos.

»Ja doch, es ist ja nun auch einerlei. Man muß eben weiter krumm liegen. Die künstlerische Schwungkraft geht einem natürlich dabei verloren. Wenn ich die Hellmann nicht zur Partnerin hätte – ich wäre bald ein Stümper.«

»Ich bin dir eine Fessel, nicht wahr?«

»Ach, laß mich mit solch tragischen Ausdrücken zufrieden! Wenn du nur wenigstens vernünftig sein wolltest und der Hellmann liebenswürdiger entgegenkämst. Sie könnte dann mit Kertner, Hartenberg und Bertholds öfter bei uns sein. Ich hätte doch dann einige Anregung.«

Käthe seufzte tief auf.

»Es ist sehr bitter für mich, daß ich dir so gar nichts sein kann.«

»Herrgott, wer behauptet denn so etwas? Das legst du dir ganz falsch aus. Aber mit dir ist ja nicht vernünftig zu reden. Du bist zur Künstlerfrau eben nicht geschaffen.«

Käthe stand auf und setzte die Teller zusammen.

»Du tust mir sehr unrecht, Georg. Ich fühle, wir sind uns fremd geworden. Du hast dich in mir getäuscht – und ich mich in dir. Wir müssen uns damit abfinden und versuchen, wie wir uns wieder entgegenkommen. Du sollst nicht umsonst an meine Vernunft appelliert haben. Wenn es dir nützlich ist, laß Fräulein Hellmann an unseren Abenden teilnehmen. Es wird mir nicht leicht werden, denn ich weiß – ich fühle es, sie ist mir feindlich gesinnt und – sie liebt dich.«

Er war durch ihre Worte sehr beschämt. Daß sie größer war im Denken und Fühlen als er, erkannte er. Es machte ihn aber nur noch ärgerlicher.

»Unsinn, phantasiere doch nicht! Zwischen Kollege und Kollegin gibt es ein anderes Band als die Liebe. Eifersüchteleien sind mir gräßlich.«

Sie strich mit der Hand über die Stirn.

»Ich bin nicht eifersüchtig«, sagte sie ruhig und bestimmt.

Eine Weile schwiegen beide, dann sagte Wigand wie beiläufig: »Du könntest mir noch fünfhundert Mark beschaffen. Ich habe allerlei nötig: Schminke, neue Wäsche und so weiter.

Käthe machte erschrockene Augen.

»So viel brauchst du dazu?«

»Sonst würde ich's nicht sagen. Von meinem Gehalt kann ich solche Anschaffungen nicht mehr machen; du weißt, daß es nicht mal für den Haushalt reicht.«

»Es ist gut, ich werde nachher zum Bankier gehen. Bis zum Abend hast du das Geld.«

Danach wurde er liebenswürdiger, erzählte einige drollige Erlebnisse von der Probe und berichtete, daß er in dem neu einstudierten ›Mona Vanna‹ als Prinzivali eine sehr zusagende Rolle habe.

»Sollst sehen, Käthe, es wird eine sehr gute Aufführung. Die Hellmann ist exzellent als Mona Vanna. Ich freue mich darauf. Übermorgen ist die erste Aufführung. Ich habe dir schon ein Billett besorgt.«

Sie ging auf seinen Ton ein. Aber das Herz war ihr sehr schwer.

13

Mit Feuereifer war Käthe an ihre neue Arbeit gegangen. Einmal über den etwas schwierigen Anfang hinaus, machte es ihr sehr viel Freude, sich auf diese Weise zu betätigen. Es ging ihr schnell von der Hand. Ihre gründliche Kenntnis der französischen Sprache machte ihr die Arbeit leicht.

Schon nach fünf Wochen konnte sie Helmut eine fertige Übersetzung liefern, und hocherfreut war sie, als sie hörte, daß sie damit einige hundert Mark verdient hatte. Daß Helmut das Honorar extra hoch bemaß, um ihr auf diese Weise hilfreich beizustehen, ahnte sie nicht. Sie bat ihn, das Geld gleich zu einem Bankier zu schicken. Sie wollte Georg vorläufig nichts von ihrer einträglichen Arbeit berichten. Bei seinem Hang zum Geldausgeben konnte das mehr schaden als nützen.

Froh, ihren pekuniären Sorgen entronnen zu sein, schaffte sie weiter. Und die Arbeit brachte ihr noch größeren Gewinn als den pekuniären: Sie machte sie innerlich frei und gab ihr ein köstliches Gefühl der Sicherheit. Auch schützte ihre Tätigkeit sie vor nutzlosem Grübeln, und dazu hätte sie jetzt sehr viel Veranlassung gehabt.

Georg war fast nur noch an den Abenden daheim, an denen mit den anderen auch die Hellmann bei Wigands war. Sonst ging er stets, auch nach dem Theater, noch aus. Er kam selten ganz nüchtern heim. In Käthe stieg manchmal ein würgender Ekel auf, wenn sie ihren Mann in solchem Zustand nach Hause kommen sah. Er schlief dann, wenn er nicht Probe hatte, bis spät in den Tag hinein und war tagsüber verdrießlich und unfreundlich.

Mit der Hellmann verkehrte sie in höflich kühlem Ton. An den gemeinsamen Abenden suchte sie sich so viel wie möglich mit den anderen zu befassen. Kertner kam ihr dabei in feinfühlendster Weise entgegen und half ihr über manche peinliche Situation hinweg. Er sowohl wie die anderen waren wenig erbaut von der Beteiligung der Hellmann. Hätten sie es nicht Käthe zuliebe getan, wären sie lieber fortgeblieben.

Eines Abends fiel allen auf, daß die Hellmann einen sehr schönen Brillantring trug. Hartenberg macht zuerst darauf aufmerksam.

»Du hast einen prachtvollen Ring, Lenerl. Zeig her! Famos! Wer hat dir denn den verehrt?«

»Nicht neugierig sein, Paulchen. Gelt, schön ist er?«

Sie ließ ihn wohlgefällig im Schein des Lichtes blitzen.

»Mußt reiche Verehrer haben, die dir solche Präsente machen, denn von deinem Verdienst kannst du dir so etwas nicht leisten«, sagte Anna Berthold mit einem forschenden Blick auf die Schauspielerin.

Die lachte etwas forciert und funkelte mit ihren Augen wie eine Katze.

»Vielleicht, wer weiß? Aber seid still, Frau Käthe macht böse Augen, sie kann es nicht leiden, wenn man von Verehrern spricht.«

Kertner brachte gewandt ein anderes Thema auf und half Käthe über eine Antwort hinweg.

Eines Nachmittags kam Anna Berthold zu Käthe zum

Kaffee. Sie besuchten sich noch immer regelmäßig. Bisher hatte die alte Dame Käthe gegenüber noch nichts über die Hellmann gesagt, aber heute wollte sie der jungen Frau ein Licht aufstecken; das hatte sie sich fest vorgenommen. Nachdem sie sich mit einigen Tassen Kaffee zu ihrem Vorhaben gestärkt hatte, sagte sie:

»Weshalb ist denn die Hellmann jetzt immer mit anwesend, wenn wir bei Ihnen sind? Ist sie Ihnen so sehr sympathisch, liebes Kind?«

Käthe sah eine Weile vor sich hin, ehe sie antwortete:

»Mein Mann wünschte es sehr.«

»Und Sie? Ist es auch Ihr Wunsch?«

»Eigentlich nicht, aber ich darf meiner Antipathie nicht Folge leisten. Meinem Mann ist Fräulein Hellmanns Gesellschaft unentbehrlich zur künstlerischen Anregung.«

»So, so, unter diesem Vorwand hat er sie bei Ihnen eingeschmuggelt!«

»Liebe Frau Berthold –«

»Ach was, Kind, mir läuft die Galle über. Ich kann nicht länger mehr zusehen, wie Sie sich das Fell über die Ohren ziehen lassen. Wehren sollen Sie sich, lassen Sie sich doch nicht so beiseite schieben! Die Hellmann geht ja darauf aus, Sie überflüssig zu machen.«

»Wenn es so wäre, wie Sie sagen – was soll ich dagegen tun?«

»Verbitten Sie sich doch energisch, daß Ihr Mann außer im Theater mit ihr verkehrt!«

»Das kann ich nicht. Und wenn ich es täte, nützte es nichts.«

»Herrgott nochmal, Sie sind wirklich ein Schäfchen! Da muß ich schon deutlicher werden, um Ihre Kampflust zu wecken. Die Hellmann ist in Ihren Mann verliebt bis über die Ohren.«

»Ich weiß es«, sagte Käthe leise.

Die alte Frau rückte energisch empor.

»So, Sie wissen es? Und doch schreiten Sie nicht ein?«

»Sie kann doch nichts dafür, daß sie meinen Mann liebt.«

Frau Anna schnappte nach Luft.

»Na, nun hört doch alles auf. Kann sie vielleicht auch nichts dafür, daß sie sich die größte Mühe gibt, Ihren Mann in ihre Netze zu ziehen?«

»Er wird wissen, was er sich und mir schuldig ist«, sagte Käthe, so ruhig sie konnte. Das Gespräch war ihr sehr peinlich.

»Ach was, darauf rechnen Sie nicht! Gehen Sie mir doch mit den Männern, sie sind alle wankelmütige Geschöpfe. Und die Hellmann ist ein Satan. Wenn Sie nicht energisch Front machen, erreicht sie ihr Ziel.«

»Das glaube ich nicht.«

Frau Anna schlug ärgerlich mit der kleinen runden Faust auf den Tisch.

»Dann muß ich schon deutlicher werden, sonst ist Ihnen nicht zu helfen. Wenn man den Männern so allen Willen läßt, kommen sie bloß auf dumme Gedanken. Kurz und gut, damit Sie es nur wissen – Ihr Mann hat der Hellmann den Brillantring geschenkt, mit dem sie sich neulich so brüstete. Er kostet fünfhundert Mark. Nun werden Sie wohl merken, daß etwas nicht in Ordnung ist. Jedenfalls würde ich an Ihrer Stelle etwas weniger freigiebig sein in pekuniärer Beziehung. Es gehört sich nicht, daß Ihr Mann so mit Ihrem Gelde um sich wirft.«

Käthe war einen Schein blasser geworden, schien aber sonst ruhig wie zuvor. Sie sah die alte Dame mit ihren schönen, ehrlichen Augen bittend an.

»Liebe Mama Berthold, bitte, sprechen Sie nicht mehr davon! Ich weiß, Sie meinen es gut und möchten mich vor Leid bewahren. Aber ich kann mich nicht so wehren, wie Sie es von mir verlangen. Ein Glück, das ich mir auf solche Weise erkämpfen müßte, ist keins für mich.«

»Da soll man ruhig zusehen, bis es zu spät ist?« grollte diese.

Käthe sah der alten Frau mit leidvollen Augen ins Gesicht.

»Wenn es so ist, wie Sie glauben, dann ist es schon zu spät.«

»Das ist ja Unsinn, Kindchen! Verzagt wollte ich Sie nicht machen, sondern Sie zu mutiger Gegenwehr aufstacheln. Sie sollen mal kräftig auftrumpfen gegen Ihren Mann. Können ruhig sagen, daß ich Sie aufgewiegelt habe, ich wühle nicht im Dunkeln. Müßte doch sonderbar zugehen, wenn Sie nicht über die Hellmann siegten. Sie sind am kleinen Finger schöner und besser als die ganze Hellmann. Wenn Sie ernstlich wollen, ist sie Ihnen bald ungefährlich.«

Käthe hätte sagen können, daß es sich nicht mit ihrer Würde vereinbare, gegen den Einfluß der Hellmann auf ihren Gatten zu Felde zu ziehen. Welchen Wert konnte eine Treue und Liebe für sie haben, um deren Besitz sie mit einer andern kämpfen mußte? War ihr Georg untreu, so liebte er sie nicht. Das war ihre Überzeugung. Aber sie sprach sich darüber nicht aus. Um das für sie äußerst peinliche Thema schnellstens zu beenden, sagte sie:

»Ich will meinem Mann sagen, was Sie mir über den Ring berichtet haben.«

»Tun Sie das; es ist schon gut, wenn er weiß, daß Sie davon unterrichtet sind. Und noch eins, Kindchen: Es ist nicht nur Ihr Recht, sondern auch Ihre Pflicht, einzuschreiten. Vergessen Sie das nicht!«

Als die alte Dame gegangen war, blieb Käthe lange Zeit regungslos stehen. Ihre Pflicht? War es wirklich ihre Pflicht?

»Ja, es ist deine Pflicht«, sagte sie sich, »sonst ist es nicht nur deines Mannes Schuld, wenn ihr euch mehr und mehr auseinanderlebt. Du darfst ihn nicht aufgeben, weil er dir, wie er ist, nicht soviel wert ist, als wie du ihn dir dachtest. Du mußt ihn zu stützen suchen, wenn er schwach ist; sonst bist du so schuldig wie er.«

Und mit dieser Erkenntnis erwachte auch der feste Wille in ihr, zu retten, was noch zu retten war.

Als Wigand nach Hause kam, kurz nachdem Frau Berthold die junge Frau verlassen hatte, mußte er seine Sachen für den Abend zurecht machen. Käthe half ihm dabei. Sie war still und in sich gekehrt. Er sah sie einige Male von der Seite an.

»Bist ja so still? Hast du schon wieder schlechte Laune?«

»Nein, ich beschäftige mich nur in Gedanken damit, was mir Frau Berthold heute nachmittag erzählt hat.«

»Also du hattest Kaffeebesuch. Was hat sie dir so Wichtiges erzählt?«

Sie richtete sich auf und sah ihm voll ins Gesicht.

»Daß du Fräulein Hellmann einen Brillantring für fünfhundert Mark geschenkt hast.«

Im Bewußtsein seines Unrechts stand er da wie ein ertappter Sünder. Käthe war dieser Anblick peinlich. Aber er faßte sich schnell. Um seine Verlegenheit zu verbergen, wurde er grob.

»Das alte Klatschmaul konnte etwas Besseres tun, als dir das zu hinterbringen.«

»Sie meinte es gut. Ich möchte dich bitten, zu bedenken, daß man darüber spricht, und daß wir nicht reich genug sind, solche Ausgaben zu machen.«

»Du hast gar keine Veranlassung, moralisch entrüstet zu sein. Ich werde doch wohl einer Kollegin, die mich durch ihre Künstlerschaft fördert und zur Begeisterung entflammt, als Ausdruck meiner Dankbarkeit ein Präsent machen dürfen! Wenn ich das nicht einmal haben kann, dann danke ich für die Pastete.«

»Mit dieser ›Pastete‹ meinst du wohl deine Verheiratung mit mir? Ich weiß, daß ich dich durch meine törichten Ansichten von Reichtum in dem Glauben bestärkt habe, daß mein Vermögen viel größer sei. Wie die Verhältnisse nun einmal liegen, darfst du dir solch luxuriöse Geschenke nicht gestatten. Außerdem mußt du Fräulein Hellmann gegenüber vorsichtig sein. Du bist ihr nicht gleichgültig, sie könnte sich irgendwelchen Hoffnungen hingeben. Das mußt du unbedingt vermeiden.«

»Du – ich will dir etwas sagen. Vor allen Dingen laß den geschraubten Ton –, den kann ich nicht vertragen. Auch keine Eifersüchteleien. Ich habe einfach kein Talent zum Schulbuben, der sich willig und ergeben abkanzeln läßt.«

»Das liegt mir fern. Ich wollte nur ruhig die Sache mit dir besprechen.«

Schön, das ist geschehen, die Sache ist erledigt. Oder verlangst du vielleicht, daß ich mir den Ring zurückgeben lassen soll?«

»Nein, selbstverständlich nicht. Aber ich möchte dich bitten, Fräulein Hellmann nicht mehr zu uns einzuladen.«

»Warum nicht?«

»Weil sie heimlich von dir Geschenke annimmt. Das

ist nicht ehrenhaft von ihr, wenn sie angeblich freundschaftlich bei mir verkehrt.«

»Das ist deine engherzige Ansicht. Aber es ist gut, ich will ihr lieber offen sagen, wie die Sache liegt. Jetzt laß mich zufrieden! Ich habe heute abend den Romeo zu spielen. Herrgott – da soll man nun in guter Stimmung sein!«

Käthe schwieg.

Zum Schluß des Theaters, als Wigand aus der Garderobe kam, sah er Käthe an der sogenannten Künstlerpforte stehen. Er war augenscheinlich nicht sehr angenehm überrascht.

»Du hier? Was ist denn los?«

»Nichts, ich wollte nur fragen, ob du noch ausgehst?«

»Ja, ich habe mich mit einigen Kollegen verabredet.«

»Dann erlaubst du wohl, daß ich dich begleite?«

Er sah sie erstaunt an.

»Auf einmal? Bist du eifersüchtig?«

»Nein, ich habe erkannt, daß ich nicht recht tat, dich immer allein gehen zu lassen. Deshalb werde ich dich jetzt öfter begleiten.«

Er lachte.

»Damit ich auf dem Pfad der Tugend nicht strauchle! Ja, du hättest einen ehr- und tugendsamen Spießbürger heiraten sollen. Da wärst du am Platze gewesen. Du hast dir nur eingebildet, daß du dich zu freieren Lebensanschauungen aufschwingen könntest. Na ja, die Krähwinkelei, die sie dir eingepaukt haben, steckt dir nun mal im Blut!«

»Vielleicht hast du recht«, sagte sie tonlos, »fast weiß ich selbst nicht mehr, wohin ich gehöre mit meinem Denken und Empfinden.«

»Nach Krähwinkel, verlaß dich drauf«, sagte er bitter.

Sie waren inzwischen an dem Restaurant angelangt,

in dem die Schauspieler verkehrten. Kertner und Hartenberg, die Bertholds und Huber mit seiner Frau waren schon da. Sie waren alle etwas erstaunt, Käthe zu sehen, sagten jedoch nichts. Nur Frau Berthold sagte leise zu ihr:

»Recht so, Kindchen, lassen Sie ihn nicht immer allein herumlaufen.«

Wigand setze sich mißmutig an seinen Platz und ließ sich etwas zu essen bringen. Er sprach sehr wenig.

Frau Anna funkelte ihn kriegsbereit an. Er hatte ihr hinter den Kulissen einige wütende Blicke zugeworfen und etwas von ›bösen Klatschmäulern‹ gesagt.

Da hatte sie sich resolut vor ihn hingestellt.

»Wenn du mich damit meinst, mein Jungchen, dann tue dir ja keinen Zwang an. Und damit du es weißt – ich habe die Absicht, dir und der holden Lene auch in Zukunft ein bißchen unbehaglich zu werden. Deine Frau hat dich bei mir kennengelernt; ich fühle mich verpflichtet, ihr beizustehen, wie ich kann. Du bist so eine Frau gar nicht wert.«

Er hatte sie stehen lassen und war fortgegangen.

Aber auch die Hellmann hatte ihr Teil von der Alten bekommen, als sie spitze Bemerkungen über ›neidische Kolleginnen‹ fallen ließ.

»Weißt du, Hellmann«, sagte sie ruhig, »den Ring gönne ich dir. Er sieht an deinen weißen Händchen auch viel hübscher aus als an meinen dicken Fingern. Aber er ziert dich trotzdem nicht. Man sieht ihm an, daß er vom Geld der Frau bezahlt ist, der du ihren Mann abspenstig machen willst.«

Wie eine Furie war die Hellmann auf sie losgefahren. Die alte Frau hatte nur die Hände erhoben.

»Bleib mir vom Leibe – sonst rede ich deutsch mit dir«, hatte sie ruhig gesagt.

Unter solchen Umständen war es ziemlich still in der kleinen Runde, und man trennte sich sehr zeitig.

Wigand ging mit verbissenem Grimm neben Käthe nach Hause. Er war wütend auf seine Frau, auf die Berthold – auf die ganze Welt. Und er verfluchte seinen Leichtsinn, mit dem er in diese Ehe hineingetaumelt war. Käthe war ihm gar nichts mehr. Nur eine Last, eine Fessel.

14

Von ihren Pflegeeltern hatte Käthe durch Helmut zuweilen gehört, daß sie ihr altes Leben ruhig weiterführten; im letzten Brief hatte er ihr berichtet, daß seine Mutter nicht unbedenklich erkrankt sei. Diese Nachricht weckte in Käthe den Wunsch, ihr beizustehen. Sie fragte bei Onkel Karl an, ob sie kommen dürfe, sie zu pflegen; sie sei stündlich bereit dazu. Zwei Tage darauf erhielt sie die Todesanzeige ihrer Tante. Onkel Karl hatte daruntergeschrieben: »Diese Anzeige beantwortet dir deinen Brief.« Sonst nichts.

Käthe war tief erschüttert. Der Tod löscht alles Bittere aus in solchen Fällen. Sie empfand nur, daß ihr die Tote nahegestanden hatte trotz verschiedener Lebensanschauungen, und sie fragte sich mit ernstem Forschen, ob sie selbst nicht auch Schuld trüge an der Entfremdung zwischen sich und den Verwandten. Mit ihren gereifteren Ansichten vom Leben urteilte sie härter über sich und milder über die anderen. Sie hatte zu viel von ihnen verlangt, mehr als sie hatten geben können, und war doch selbst nicht imstande gewesen, sich ihnen anzupassen. Hatten sie nicht die gleiche Berechtigung zu ihrem Sein und Wesen wie sie selbst? Kein Mensch kann über sich selbst hinaus. Sie war nicht einen Schritt breit von dem abgewichen, was ihr das Rechte erschien, ebensowenig wie Onkel und Tante. Die Jugend hat aber mehr Anpassungsvermögen als das Alter. Was also ihr unmöglich erschienen war, hätte sie auch nicht von den andern verlangen dürfen. Und gab ihnen die Erfahrung, die sie in ihrer Ehe gemacht hatte, nicht zum großen Teil recht? Hatten sie nicht ihre Pflicht erfüllt, als sie sich ihrer Verlobung mit Georg feindlich gegenüberstellten? Daß sie es in kalter, liebloser Art getan, lag in ihren Charakteren. Solche Gedanken kreuzten hinter Käthes Stirn, als sie stumm auf die Todesanzeige herabsah. Daß sie Tante Amalie die letzte Ehre erweisen mußte, stand bei ihr fest, und sie teilte ihrem Mann diese Absicht mit.

Er zuckte die Achseln. »Tu, was du willst. Vielleicht kannst du Versöhnung feiern mit dem Alten. Am Ende springt noch eine Erbschaft dabei heraus. Wir könnten das gebrauchen.«

Käthe zog die Stirn zusammen. »Darauf mache dir keine Hoffnung! Mein Vetter Helmut ist der einzige Erbberechtigte. Ich fahre nur zur Beerdigung, weil ich es für meine Pflicht halte.«

»Pflicht – Pflicht! Das ist dein drittes Wort jetzt. Mir wird ganz übel, wenn ich es höre.«

Sie schwieg und trat ans Fenster. Mit leeren Augen starrte sie auf die Straße hinab. Die Menschen hasteten vorüber, arme, reiche, junge und alte. Manche gingen leicht und frei mit hocherhobenem Haupte, manche mit düsteren Mienen und zu Boden gesenktem Blick. Ob sie alle Menschenleid zu tragen hatten? Ob keiner darunter war, der davon verschont blieb?

»Wann willst du reisen?« fragte Wigand nach einer Weile.

»Morgen früh, neun Uhr dreißig. Ich bin dann kurz vor elf Uhr dort, und um ein Uhr findet die Beerdigung statt.«

»Und wann gedenkst du wiederzukommen?«

»Das kann ich nicht genau sagen. Sollte ich Onkel Karl irgendwie behilflich sein können, so bleibe ich dort. In diesem Fall entschuldigst du mich wohl ein paar Tage. Jedenfalls sende ich dir vorher Nachricht. Die Aufwärterin wird dir inzwischen den Haushalt besorgen. Wenn du es wünschst, kann sie dir auch mittags das Essen aus dem Restaurant holen.«

»Das ist nicht nötig. Ich werde so lange auswärts essen. Du mußt mir aber etwas Geld geben für alle Fälle.«

Käthe trat zu ihrem Schreibtisch und nahm eine kleine Kassette heraus. Sie schob ihrem Mann hundert Mark hin; das übrige verwahrte sie in ihrem Portemonnaie.

»Mehr hab ich nicht im Hause, es wird ja genug sein«, sagte sie.

Er steckte das Geld nachlässig zu sich. »Man muß dem lieben Gott für alles danken«, sagte er lachend. Dann ging er, eine Operettenmelodie pfeifend, hinaus.

Käthe traf ihre Vorbereitungen im Haushalt für eine etwaige längere Abwesenheit. Dann packte sie die kleine Handtasche, mit welcher sie damals das Haus ihres Onkels verlassen hatte. Ein schwarzes Kleid fand sich in ihrem Besitz. Eine kurze schwarze Tuchjacke vervollständigte ihr Trauerkostüm.

Am Abend kamen Kertner und Hartenberg auf ein Stündchen. Bertholds schickten eine Absage.

Hieronymus war erkältet und sollte nicht ausgehen. Käthe und Kertner philosophierten über Leben und Sterben, Paulchen Hartenberg sah sich zum Abschied an Käthes Schönheit satt, und Wigand gähnte die Begleitung dazu.

Am nächsten Morgen erhob sich Käthe leise, um

Georg nicht zu stören. Erst als sie fertig zum Gehen war, trat sie an sein Bett, um sich von ihm zu verabschieden.

Gähnend und verschlafen streckte er ihr die Hand hin.

»Adieu, Käthe, viel Vergnügen«, sagte er gähnend. Und dann mit einem Blick auf ihre Kleidung: »Brr, siehst aus wie eine Nonne. Na, ich hätte dich wohl eigentlich zum Bahnhof begleiten sollen, was? Hättest mich früher wecken müssen.«

»Ich fahre gleich mit der Taxe. Bleib nur liegen und schlaf dich aus! Leb wohl.«

Flüchtig berührte sie mit den Lippen seine Stirn. Dann ging sie hinaus.

Nach fast zweijähriger Ehe trennten sie sich das erstemal auf längere Zeit, und beide fühlten nichts als Erleichterung bei dem Abschied.

Als Käthe den Zug verlassen hatte, ging sie langsamen Schrittes durch die Straßen, über die Flußbrücke der Fischgasse zu. Bekannte Gesichter tauchten vor ihr auf, wandten sich ihr neugierig fragend zu und grüßten oder sahen beiseite. Aber verstohlen wandten sich dann alle nach der hohen, schlanken Frauengestalt um, die wie ein Fremdling durch die Straßen schritt.

»Das war doch Rodecks Käthe?«

So fragten sich die Leute.

»Ja, natürlich, sie wird zur Beerdigung gekommen sein. Wie sie sich verändert hat! Sonderbar, wie sie sich frisiert. Man merkt, daß sie aus der Großstadt kommt und aus Künstlerkreisen.«

Käthe kümmerte sich nicht um das, was die Leute dachten. Ruhig, mit der ihr eigenen elastischen Grazie und Anmut legte sie ihren Weg zurück.

Am Haus des Onkels zog sie die Glocke; Line öffnete und war im ersten Augenblick völlig sprachlos.

»Fräulein Käthe!« rief sie dann staunend, und ein freundliches Lächeln erhellte ihr Gesicht. Sie hatte stark gerötete Augenlider. Die treue Seele betrauerte ihre Herrin aufrichtig.

Käthe streckte ihr die Hand entgegen.

»Guten Tag, liebe, gute Line!«

»Guten Tag, guten Tag, Fräulein Käthe – wollte sagen, Frau – Frau Käthe. Ach Gott, ach Gott, unsere arme, liebe Frau Rodeck.«

Und die Tränen stürzten ihr von neuem über das faltige Gesicht. Käthe streichelte ihr die runzlige Hand. Die Trauer der alten Magd rührte sie.

»Ist mein Onkel zu Haus, Line?«

»Ja, der Herr ist drin bei unserer lieben Frau. Gehen Sie man hinein, jetzt sind Sie noch allein mit ihr. Nachher kommen die anderen alle.«

Sie öffnete der Frau die Tür zur sogenannten guten Stube; dort hatte man die Tote aufgebahrt. Leise trat die junge Frau ein.

Überwältigt von dem Anblick, beugte sich Käthe über die gefalteten weißen Hände und drückte ihre roten, warmen Lippen darauf. Eine stumme Abbitte lag in dieser Bewegung. Dann legte sie einen großen Strauß Veilchen auf die kalten Hände; sie hatte sie mitgebracht als letzten Gruß für die Tote.

Still wandte sie sich um. Drüben am Fenster saß Onkel Karl steif und gerade und sah mit kühlem Ausdruck nach ihr hinüber. Sie trat zu ihm und reichte ihm die Hand.

»Guten Tag, Onkel Karl!«

Er legte einen Augenblick seine Fingerspitzen in die ihren.

»Guten Tag.«

Eine eisige Beklemmung legte sich auf ihr Herz. Aber sie wehrte sich dagegen.

»Kann ich dir irgendwie behilflich sein? Bedarfst du meiner? Ich bin bereit zu helfen, wo ich kann.«

»Ich danke. Es ist alles besorgt und geordnet. Johanna und ihre Mutter standen mir ja zur Seite. Ich glaubte nicht, daß du kommen würdest.«

»Aber, Onkel, es ist doch selbstverständlich, daß ich Tante Amalie zu Grabe geleite.«

»Selbstverständlich wäre manches andere auch gewesen. Wir rechneten nicht auf Dankbarkeit von deiner Seite.«

Sie schwieg. Was hätte sie auch erwidern sollen?

Nach einer Weile sagte er unbewegt, wie zuvor: »Geh hinüber ins Wohnzimmer und nimm Platz, bis die andern kommen!«

Sie ging langsam nach der Tür. Ehe sie hinüberging, fragte sie leise: »Ist Helmut nicht gekommen?«

»Doch, er besorgt noch allerlei und wird bald zurück sein.«

Käthe setzte sich im Wohnzimmer auf ihren alten Fensterplatz und ließ ihre Augen im Zimmer umherschweifen. Wie seltsam sie sich berührt fühlte! So kalt und bang war ihr ums Herz, als sei sie selbst gestorben. So still war es ringsum, kein Laut drang zu ihr. Und ein herber Durft von welkenden Blumen durchzog das Haus und zeugte von Sterben und Vergehen.

Riesengroß stieg das Leid vor ihr auf, das sie in ihrem jungen Leben schon ertragen. Wie ein Traum schien es ihr, daß sie von hier fortgegangen war mit glückvollem Herzen, und daß sie nun wiedergekehrt war, innerlich einsamer und ärmer, als sie es je hier gewesen. Denn früher gab es die Hoffnung in ihr auf eine schönere, bessere Zukunft. Die hatte sie jetzt nicht mehr, damit war es vorbei.

So saß sie mit wehen, trüben Gedanken. Da klang die Glocke schrill durchs Haus. Gleich darauf wurde die Wohnzimmertür geöffnet und Helmuts hohe, kraftvolle Gestalt erschien. Als er Käthe erblickte, eilte er auf sie zu, faßte mit festem, fast schmerzhaftem Griff ihre beiden Hände. »Käthe – du!«

In den zwei Worten lag eine ganze Welt, und aus seinen grauen Augen umfloß sie eine Flut von Liebe. Von Käthes Herzen löste sich der starre Druck. Zwei dicke Tränen rannen aus ihren Augen über das Gesicht. Sie hielt sich instinktiv an seinen Händen fest. Beide dachten in diesem Augenblicke nicht an die Tote. Nur das, was sie selbst erlebt und erlitten hatten, seit sie sich hier das letztemal gesehen, füllte ihre Gedanken.

»Wie geht es dir, Helmut? Du scheinst mir schmäler geworden im Gesicht«, sagte sie endlich, als sie sich gefaßt hatte. Und sie dachte daran, was er ihr gesagt von seiner Liebe zu einer Frau, die ihm verloren war. War diese schuld an dem feinen, herben Leidenszug um seinen Mund?

Er hatte seine Bewegung niedergekämpft; seine Augen aber hingen an ihr, als müßten sie sich für langes Darben entschädigen.

»Mir geht es gut. Nur sehr viel Arbeit habe ich. Unser Unternehmen wächst von Tag zu Tag, und viel muß durch meine Hände gehen.«

»Kannst du dich nicht entlasten?«

Er fuhr mit der schlanken Hand über die Stirn. »Das ist nicht so einfach, Käthe. Ich suche schon seit langer Zeit eine Art Sekretär für mich; der muß aber so viele Vorzüge besitzen, daß ich ihn kaum finden werde. Er muß klug sein, gewandt, fleißig und besonnen. Sympathisch soll er mir auch sein, weil ich ihn den ganzen Tag um mich haben müßte. Er müßte mich leicht verstehen und begreifen, damit ich nicht viel zu reden brauche, kurzum, ein Ausnahmemensch sein. Die gibt es aber sehr selten. Da muß ich es eben allein schaffen.«

Er hatte ihr das alles erzählt, um einen umbefangenen Ton anschlagen zu können. Nun entstand eine Pause. Sie saßen stumm gegenüber und sahen sich an.

»Es ist so schnell gekommen mit deiner Mutter«, sagte sie leise.

»Ja, ich hätte sie gern noch einmal gesprochen. Wenn ich sie so still auf ihrem letzten Lager liegen sehe, meine ich, ich hätte ihr viel abzubitten.«

»So ging es auch mir, Helmut. Das Leben lehrt uns die eigenen Fehler erkennen. Dagegen verblassen die der anderen.«

»Das klingt für eine so junge Frau, wie du es bist, so resigniert. In deinen Jahren fordert man noch, ohne viel an das Glück zu denken.«

»Das kommt wohl auf die Umstände an.«

Er faßte ihre Hand.

»Käthe, du hast das Glück nicht gefunden, das du suchen gingest?«

Ein atemloses Forschen durchdrang sein Wesen. Sie sah ihn mit ernsten, leidvollen Augen an.

»Nein«, sagte sie schwer, »ich griff zu hoch, verlangte zuviel. Da blieb meine Hand leer. Aber solch ein Glück, wie ich es mir erträumte, gibt es wohl nicht. Man muß sich bescheiden lernen. Und viel Schönes und Gutes ist mein geworden. Deine Freundschaft zuerst. Dann eine Arbeit, die mir Frucht bringt in doppelter Beziehung: Klingenden Lohn und innere Befriedigung. Das ist viel, und ich danke dir das, wie manches Gute im Leben. Auch Menschen habe ich draußen gefunden, die mir wert geworden sind. Ich schrieb dir von Bertholds und dann vor allem von Kertner. Er hat mich gefördert, ihm danke ich viel von meinem inneren Heranreifen. Trotz allem, ich lebe erst, seit ich von hier fort bin.«

»Und dein Mann? Von ihm sagst du nichts. Du schreibst mir auch wenig von ihm.«

Sie stützte den Kopf in die Hand und sah starr vor sich hin. Er blickte voll heißer Unruhe in ihr süßes, trauriges Gesicht.

Dann richtete sie sich auf, als wollte sie Schweres abschütteln. »Was ich dir von ihm hätte schreiben können, wäre zu viel gewesen oder zu wenig. Er ist nicht allein schuld, daß wir uns auseinanderleben. Ich will ihn nicht anklagen. Ich habe ihn zu einem Gott machen wollen, und er ist nur ein Mensch. Was ich einst für ihn gefühlt habe, hindert mich nun, ihn zu lieben, wie er ist. Unsere Ehe ist ein Irrtum, an dem wir beide zu tragen haben. Ich habe ihn ebensowenig glücklich gemacht, wie er mich.«

»Du liebst ihn nicht mehr?« fragte er mit heiserer, zitternder Stimme.

»Ich liebte ihn nur, solang er dem Bild glich, das ich mir in törichter Mädchenschwärmerei von ihm geschaffen hatte.«

»Und warum gehst du nicht von ihm? Wer zwingt dich, diesen Irrtum aufrechtzuhalten, nachdem du ihn erkannt hast?«

Er fragte es mit mühsam erzwungener Ruhe. Sie ahnte nicht, welcher Sturm in ihm tobte.

»Warum? Weil es meine Pflicht ist, bei ihm auszuharren. Doch genug von mir. Sorg dich nicht um mich! Ich sage wie du: Das Leben bietet auch ohnedies viel Gutes und Schönes. Ich höre die anderen kommen. Laß uns zu deiner Mutter gehen!«

Sie ging voran. Er folgte ihr und dachte: »Welch eine klardenkende, starkgeistige Frau ist aus dem schwärmerisch veranlagten Mädchen geworden!« Und zu seiner heißen Liebe gesellte sich Bewunderung. Jetzt, da er sie wiedergesehen, empfand er erst ganz, was sie ihm war, und von neuem überkam ihn der Schmerz um ihren Verlust. Es war ihm unsagbar schwer geworden, sich nicht zu verraten. Wenn Käthe nicht durch seine damaligen Worte über seine verlorene Liebe irregeleitet worden wäre, hätte sie sicher Argwohn geschöpft.

Nach der Beerdigungsfeier, an der alle Bekannten teilgenommen hatten, war Käthe wieder mit Helmut in das Haus ihres Onkels zurückgekehrt.

Der alte Herr saß steif und unbeweglich im Wohnzimmer, als sie nochmals zu ihm trat, ihn mit sanften Augen anblickte und sagte:

»Onkel Karl, wenn du es wünschest, bleibe ich einige Tage hier, bis du über das Schlimmste hinweg bist«, sagte sie mit warmer Dringlichkeit.

Er sah an ihr vorbei.

»Nein, ich danke dir – es ist nicht nötig.«

Da trat Helmut heran mit den Worten:

»Du solltest Käthes Anerbieten annehmen, Vater. Ich muß in zwei Stunden wieder nach Berlin zurück, dann bist du ganz allein.«

»Line ist ja da. Und Albert und Johanna kommen am Abend. Tagsüber bin ich im Kontor. Käthe soll ruhig wieder abreisen.«

Das klang alles so kühl und ruhig.

Die beiden jungen, warmblütigen Menschen sahen sich an, und einer faßte instinktiv des andern Hand, als sollten die warmen Finger der starren Kälte wehren, die von dem alten Herrn ausging.

War er denn wirklich so kühl und gelassen, wie er sich den Anschein gab? Galt es ihm so wenig, daß seine Lebensgefährtin, die fünfunddreißig Jahre an seiner Seite gelebt hatte, von ihm gegangen war? Wer konnte ein Menschenherz ergründen, das sich mit einem starren Panzer umgeben hatte?

So beschloß Käthe, sofort wieder abzureisen. Ihr Zug ging eine Viertelstunde früher als der Helmuts. Sie gingen miteinander zum Bahnhof, nachdem sie sich von Karl Rodeck verabschiedet hatten.

Sie besprachen noch dieses und jenes in ruhig freundschaftlicher Weise. Dann sagte Helmut plötzlich, tief Atem holend:

»Es mag ein Unrecht sein, Käthe, aber ich bin froh, daß ich wieder fort kann. Wie ein Alp liegt mir die Luft des Vaterhauses auf der Brust. Es ist furchtbar, daß mein Vater selbst bei diesem Anlaß nicht zeigte, daß er ein warmschlagendes Herz besitzt.«

Käthe nickte.

»Ja – ich fühle wie du. Ihr seid einander sehr unähnlich, du und dein Vater. Es macht so traurig, wenn man sich müht, Einlaß in solch ein starres Herz zu gewinnen und nur verschlossene Türen findet.«

Langsam schritten sie dahin, jeder den eigenen Gedanken folgend und doch von der Überzeugung erfüllt: »Wir beide sind von gleicher Art, wir gehören zusammen und verstehen uns auch ohne Worte.«

Und dann kam der Abschied.

Käthe saß in ihrem Abteil, und ihr süßes, blasses Gesicht war dicht vor ihm. Die roten Lippen lockten und leuchteten, und die schönen Augen sahen ihn herzlich an.

»Leb wohl, Helmut. Wir schreiben uns doch auch in Zukunft fleißig? Und du sorgst mir für Arbeit?«

»Ja, Käthe – liebe kleine Käthe. Und vergiß nicht, wenn du einen Freund brauchst, ich stehe mit allem, was ich bin und habe, zur Verfügung.«

Sie drückte seine Hand.

»Guter Helmut – mein lieber, treuer Freund, ich danke dir!«

Aber sie küßte ihn nicht zum Abschied. Der Zug fuhr davon. Aug in Aug blieben sie, bis sich die Entfernung zwischen ihre Blicke legte.

Helmut stand noch so, als der Zug längst verschwunden war. Dann raffte er sich auf und warf den Kopf zurück in seiner alten, energischen Weise.

»Nun frisch an die Arbeit! Fort mit allem, was weich und schlaff macht! Ein rechter Mann wird auch damit fertig.«

Aber Käthes süßes Gesicht ließ sich nicht verscheuchen, es stand vor seinem inneren Auge und wich dem festen Willen nicht.

15

Es war fast neun Uhr, als Käthe nach Hause kam. Zu ihrem Erstaunen sah sie von unten, daß die Zimmer erleuchtet waren. Wohl wußte sie, daß Georg nicht zu spielen hatte an diesem Abend. Aber sie hatte nicht geglaubt, ihn daheim zu finden.

Langsam schritt sie die Treppe hinauf; es eilte ihr nicht mit der Heimkehr.

Leise öffnete sie die Wohnungstür. Vielleicht war er, wie so manches Mal, auf dem Diwan eingeschlafen. Wenn er dann geweckt wurde, war er unmutig.

Leise legte sie den Hut ab und wollte ihn auf den Garderobenständer hängen. Da sanken ihr plötzlich die Hände schlaff herab, und ihre Augen starrten zu einem breitrandigen Damenhut empor.

Käthe kannte den Hut. Er gehörte Fräulein Hellmann.

Wie geistesabwesend öffnete sie leise die Tür zum Wohnzimmer. Es war leer. Aber aus dem daranstoßenden Salon, der nur durch eine schwere Tuchportiere abgeschlossen war, tönten zärtliche Laute, ein leises girrendes Frauenlachen.

Das weckte sie aus ihrer Betäubung. Schnellen Schrittes ging sie hinüber und hob den Vorhang zur Seite, und mit entsetzten Augen nahm sie das Bild in sich auf, das sich ihr bot.

In einen Sessel geschmiegt lag Fräulein Hellmann

und sah mit zärtlichem Lächeln in Georg Wigands gerötetes Gesicht. Sie trug ein weich fließendes, weißes Kleid, das die schönen Schultern freigab. In ihrer lässig herabhängenden linken Hand hielt sie eine brennende Zigarette. Die Rechte wühlte zärtlich in Wigands dunklem Haar. Und dieser beugte sich gerade zu ihr herab und küßte sie, als ihn ein dumpfer Laut erschrocken auffahren ließ. In ihr zärtliches Kosen vertieft, hatten sie das leise Geräusch, welches Kähtes Ankunft verursachte, nicht gehört. Nun starrten beide erschrocken auf die unbewegliche, schwarzgekleidete Frauengestalt, die unter der Portiere stand.

Die Hellmann faßte sich zuerst. Sie sprang mit einem erzwungenen Lachen auf und verbeugte sich vor Käthe.

»Sie stören uns gerade in einer Probe, Frau Wigand; wir mußten notwendig noch einige Szenen zu einem neuen Stück probieren«, sagte sie leichthin. Aber ihre Stimme war doch sehr unsicher.

In Käthes Gestalt kam Leben. Sie trat ins Zimmer herein und maß Fräulein Hellmann mit großen, ernsten Augen.

»Sie dürften sich in der Szenerie vergriffen haben. In meiner Wohnung ist nicht der rechte Platz für solche Proben.«

Und langsam zur Tür schreitend und den Ausgang öffnend, sagte sie kalt:

»Adieu, Fräulein Hellmann.«

Mit ruhiger Würde trat sie zurück, um die Schauspielerin vorbei zu lassen.

Die Hellmann warf trotzig den Kopf zurück und maß ihre Gegnerin mit schillerndem Blick.

»Ah, das ist stark – Sie weisen mir die Tür!«

»Es dürfte wohl Ihr eigener Wunsch sein, sich schnell zu entfernen.«

Das Gesicht der Hellmann wurde wütend. Sie funkelte Käthe bösartig an.

»Nur nicht so hoheitsvoll, Verehrteste! Sie glauben, mich beleidigen zu können, weil Ihrem prüden Sinn jedes Verständnis für freies Künstlertum mangelt. Nun, ich kann auch dienen, meine Gnädigste. Ist es etwa ehrenhaft, einen Mann durch Vorspiegelung falscher Tatsachen an sich zu locken? Georg liebt mich und hat mich schon lange geliebt; nur Ihr angeblicher Reichtum hat ihn verblendet und ihn gefangengenommen. Ist es weiter ehrenhaft, wenn Sie einen Mann festhalten, der von Ihnen fortstrebt, der an Ihrer Seite elend verkümmern würde, wenn ich mich nicht seiner erbarmt hätte? Ihnen fehlt jedes Verständnis für ihn. Seine Ehe mit Ihnen ist ihm eine drückende Fessel und eine Kette von Sorgen. Denn der vorgespiegelte Reichtum reicht bei weitem nicht aus, Ihre Ansprüche zu befriedigen, viel weniger, ihm eine freie Entfaltung zu gestatten. Nur mir und meiner vorurteilslosen und aufopfernden Liebe hat er es zu danken, daß er nicht an Ihrer Seite versimpelt. Sie ziehen ihn herab, ich hebe ihn zu mir empor auf die lichte Höhe der Kunst. So, meine Verehrte – das ist meine Antwort auf Ihre Beleidigung. Adieu, Georg, wir sehen uns morgen wieder.« Damit ging sie schnell hinaus. Gleich darauf schlug die Entreetür krachend ins Schloß.

Käthe stand totenbleich, mit zuckenden Lippen auf ihrem Platz und sah der Entschwundenen nach. Diese Beschimpfungen machten sie wehrlos. Und ihr Mann hatte dabeigestanden, ohne sie vor solch unerhörter Beleidigung zu schützen.

Langsam wandte sie ihm ihr blasses Gesicht zu. Er hatte die ganze Zeit mühsam nach Fassung gerungen. Die Beschämung, die er fühlte, machte ihn doppelt ungerecht gegen seine Frau. Als sie ihn nun mit einem unbeschreiblich bitteren Ausdruck ansah, fuhr er wütend auf sie los.

»Warum hast du nicht depeschiert, wie du angabst? Weshalb schleichst und spionierst du hier herum?«

Sie hob ruhig die schwelende Zigarette auf, welche der Schauspielerin entfallen war und nun die Teppichfäden zum Glimmen brachte. Sie trat die Funken aus und öffnete dann das Fenster, um das süßliche Parfüm der Hellmann zu vertreiben.

»Willst du nicht reden?« fragte er gereizt und faßte sie rauh beim Arm.

Sie machte sich mit einem Ruck frei.

»Hier nicht. Komm hinüber!« sagte sie fest und laut.

Sie ging voraus ins Speisezimmer. Da war der Tisch noch nicht abgeräumt. Man sah noch die Spuren eines opulenten Soupers. Einige leere Sektflaschen, eine halbgeleerte Fruchtschale und Speisenreste. Georg hatte die Aufwärterin entlassen, bevor die Hellmann kam; deshalb war der Tisch noch nicht abgedeckt.

Georg war ihr nachgekommen. Er hatte sich einigermaßen beruhigt und gefaßt.

»Warum hast du mir deine Rückkehr nicht angezeigt? Dann wäre uns die Szene erspart geblieben. Wir hätten unsere Probe ebensogut wo anders abhalten können.

Sie sah ihn mit einem seltsamen Blick an.

»Bitte, laß die Winkelzüge; ganz so naiv, wie du glaubst, bin ich nicht mehr. Es ist besser, wir reden offen und ehrlich miteinander. Mit Lügen läßt sich nichts aus der Welt schaffen. Ich frage dich ernsthaft und dringend – bitte, sei wahr: Hat die Hellmann einen Schein des Rechtes, so zu mir zu sprechen? Ist es wahr, daß ich dir eine Last, eine Fessel bin?«

Ihre ernsten Worte verfehlten ihre Wirkung nicht.

»Wir passen nicht zueinander, das hast du wohl auch schon herausgefunden«, sagte er unsicher.

»Ja.«

»Dein Wesen lähmt mir jeden künsterlischen Schwung, du verargst mir jede Freiheit und wendest dich verächtlich von mir, wenn ich mal über die Stränge schlage. Du verstehst mich eben nicht. Es war unklug von mir, dich deinen Verhältnissen zu entreißen. Wir sind zu verschieden.«

Käthe preßte die Handflächen an die Schläfen. Da, wo sie eben herkam, in dem grauen öden Haus mit dem Ledergeruch, der mit dem welker Blumen gemischt war, dort hatte man ihr wieder deutlich zum Bewußtsein gebracht: Du gehörst nicht zu uns, bist nicht Art von unserer Art. Und ihr Mann sagte nun auch, sie passe nicht in seine Welt. Wo gehörte sie hin? Fand sich nirgends ein Plätzchen für sie, wo sie Wurzel schlagen konnte? Sollte sie nirgends heimisch werden? Sie seufzte tief auf.

»Du hättest eher den Mut finden sollen, mir das zu sagen. Lästig will ich dir nicht sein. Nur die Pflicht hielt mich bei dir fest, denn auch ich habe längst empfunden, daß uns beide nur ein Irrtum zusammenführte. Ich gebe dich frei – noch heute abend verlasse ich dein Haus.«

Er trat zu ihr heran. Sie tat ihm nun doch leid. »Nicht so, Käthe – ich werde gehen, der Haushalt gehört dir! Und laß uns in Frieden scheiden, grolle mir nicht!«

»Nein, das tue ich nicht. Du kannst nicht dafür, daß du anders geartet bist als ich. Bleib du nur! Ich könnte doch nicht hier bleiben – hier, in den Räumen, die mir entweiht scheinen. Meine Wäsche und meine Kleider sind schnell gepackt – alles andere lasse ich dir zurück.«

»Du kannst doch aber heute abend nicht mehr fort! Das Packen deiner Sachen nimmt Stunden in Anspruch. Wo willst du denn hin in der Nacht?«

Sie überlegte einen Augenblick.

»Ich werde als letzten Dienst von dir erbitten, daß du mich in ein Hotel begleitest, sobald ich fertig bin mit Packen. Wenn du inzwischen ausgehen willst, tue es. In drei Stunden bin ich fertig. Jetzt ist es neun Uhr.«

Sie ging hinaus, um ungesäumt ans Werk zu gehen. Er lief im Zimmer auf und ab; ihm war nicht wohl zumute bei alledem. Und seiner Freiheit vermochte er sich auch nicht zu freuen. Er fühlte doch, daß er eine sehr klägliche Rolle gespielt hatte.

Zuweilen lauschte er hinaus. Er hörte Käthe hin und her gehen. Sie trug ihre Sachen zusammen. Dann ließ er sich in einen Sessel gleiten und stützte mißmutig den Kopf in die Hände. So saß er noch, als sie nach Stunden wieder eintrat.

»Ich bin fertig. Wir können gehen«, sagte sie ruhig. »Du schickst mir meinen Koffer nach, bitte, sobald du von mir meine Adresse erfährst.«

»Und all das andere – deine Möbel, dein Gerät, alles soll hier bleiben?«

»Ja. Vielleicht kommt es dir zustatten – wenn eine andere meine Stelle einnimmt.«

»Und was wird aus dir? Kehrst du wieder zu deinem Onkel zurück? Es wird das beste für dich sein.«

Sie lächelte bitter. »Das beste? Meinst du? Noch weiß ich selbst nicht, was ich tue. Aber dahin kehre ich bestimmt nicht zurück. Mache dir keine Sorge um mich! Ich finde schon meinen Weg. Der Rest meines Vermögens schützt mich vorläufig vor Not – und ich will arbeiten. Nur darin liegt jetzt meine Hoffnung und mein Ziel.«

Danach ging sie. Käthe nahm nur das Handköfferchen mit, das sie wieder zurückgebracht hatte. Er nahm es ihr ab. Sie ließ es geschehen.

Stumm schritten sie nebeneinander durch die stille Sommernacht. Käthe fröstelte in der Kühle. Im Hotel angekommen, wandte sie sich ihrem Mann zu und reichte ihm die Hand. Er fühlte sie eisig einen Augenblick in der seinen ruhen.

»Leb wohl«, sagte sie leise.

Er drückte ihre Hand.

»Leb wohl, Käthe – und wenn du kannst, vergib!«

»Ich trage ebensoviel Schuld wie du. Laß dich nicht niederdrücken durch den Gedanken an mich! Wenn ich einst hören werde, daß du die höchsten Stufen der Kunst erreicht hast, dann soll es mich freuen. Und grüße Kertner von mir! Ich hoffe, einmal von ihm zu hören; er war mir ein ehrlicher Freund. Auch Hartenberg und Bertholds bestelle einen letzten Gruß. Ich muß es mir versagen, ihnen Lebewohl zu sagen. Sobald ich weiß, wo ich bleibe, hörst du von mir.«

Sie nickte ihm noch einmal zu und stieg die teppichbelegte Treppe zu ihrem Zimmer empor. Er sah der schlanken Gestalt nach, wie festgebannt auf seinen Platz.

Oben wandte sie sich noch einmal um und winkte ihm zu, dann war sie verschwunden. Er ging hinaus, an den gaffenden Hoteldienern vorbei. In dem nächsten Restaurant setzte er sich hinter eine Flasche Wein, und mit unsicheren Schritten schwankte er im Morgengrauen nach Hause.

Um diese Zeit saß Käthe noch wach am Fenster ihres Hotelzimmers. Es war ihr unmöglich, zur Ruhe zu gehen; sie hatte innerlich zu viel zu verwinden. Liebte sie auch Georg nicht mehr, so hatte sie doch Jahre mit ihm zusammengelebt. Und einmal war sie glücklich mit ihm gewesen – eine kurze Zeit nur, aber in dieser kurzen Zeit hatte sie gemeint, in den offenen Himmel hineinzuschauen.

Nun war alles zu Ende. Wieder fing ein neues Leben für sie an. Wie würde es sich gestalten? Was sollte sie tun? Wer riet ihr ehrlich, wie sie weiterleben konnte?

Helmut!

Auf einmal stand es klar vor ihr: Zu ihm wollte sie gehen; er würde sie verstehen und ihr helfen.

Und dann erhob sie sich fröstelnd, um zu Bett zu gehen. Als sie die brennenden Augen schloß, dachte sie noch einmal an die Szene mit der Hellmann zurück.

»Nein – ich hätte danach nicht an seiner Seite weiterleben können«, dachte sie erschauernd. »Es ist besser so.«

Nach einigen Stunden Ruhe ließ sich Käthe eine Taxe holen. Der Schnellzug nach Berlin ging in einer Stunde ab. Vorher mußte sie noch zu ihrem Bankier, um ihre Geldangelegenheiten zu ordnen und sich mit Geld zu versehen. Fast die Hälfte ihres Vermögens war verausgabt worden. Aber das machte ihr jetzt keine Sorge mehr; sie hoffte, durch Helmut lohnende Arbeit zu finden, um ihren Unterhalt zu verdienen. Großmütig und großdenkend, wie sie war, legte sie noch fünf Hundertmarkscheine in ein Kuvert und steckte eine kurze Notiz dazu.

»Du wirst jetzt allerlei unvorhergesehene Ausgaben haben; nimm dies dazu! Ich will nicht der Anlaß sein, daß du Schulden machst.«

Das schrieb sie ihrem Mann und gab Auftrag, ihm das Kuvert zuzustellen. Dann fuhr sie zum Bahnhof.

In Berlin angekommen, ging sie über den Potsdamer

Platz in die Leipziger Straße. Ein buntes, bewegtes Bild bot sich ihren Augen. Wie frisches Leben pulsierte es durch ihre Adern beim Anblick der drängenden, treibenden Menge. Alle diese Menschen gingen einem bestimmten Ziel entgegen, jeder bildete mit seinen Einzelinteressen einen Teil des Ganzen.

Dies Leben und Treiben fesselte sie und ließ sie fast ihren eigenen Schmerz vergessen; erst als sie am Ziel angekommen war, stand sie wieder in der Wirklichkeit.

Prüfend flog ihr Blick an dem großen Haus empor: Also hier war Helmuts Wirkungsstätte!

Durch die Torfahrt gingen fortwährend Leute aus und ein. Sie folgte ihnen und stand dann unschlüssig in dem großen asphaltierten Hofraum. Niemand beachtete sie, niemand hatte Zeit für sie. Ganz verzagt sah sie um sich. Da las sie neben einer Tür auf blankem Schild: »Portier.« Sie trat ein. Ein großer, starker Mann in einer Art Livree saß in dem kleinen Raum am Tisch und schrieb etwas in eine Liste ein. Er hob den Kopf.

»Sie wünschen?«

»Ich muß Herrn Doktor Rodeck sprechen. Wollen Sie mir, bitte, sagen, wie ich zu ihm gelangen kann?«

»Sprechstunde der Redaktion ist von zwei bis drei. Da müssen Sie morgen wiederkommen.«

»Ich komme in privater Angelegenheit. Können Sie mich nicht anmelden lassen? Ich weiß bestimmt, daß ich empfangen werde.«

Der Portier sah sie prüfend an, dann wies er ihr den Weg.

Käthe stand gleich darauf vor der mit ›Chefredakteur‹ bezeichneten Tür.

Sie ging entschlossen darauf zu, klopfte an, und als keine Aufforderung von drinnen erfolgte, trat sie ein. Sie hatte ein großes, helles Zimmer vor sich mit hohen

Bücherregalen und einem mächtigen Diplomatenschreibtisch.

Vor diesem Schreibtisch, den Rücken ihr zugekehrt, saß Helmut Rodeck. Er sah nicht gleich auf bei ihrem Eintritt, er schrieb erst einen Satz zu Ende. Dann wandte er sich langsam um, sprang aber sofort mit einem Satz empor.

»Käthe!«

Staunen, Schreck und heiße Freude lagen in diesem Ausruf.

»Ja, Helmut, ich bin es wirklich«, sagte sie leise.

Er zog sie bei den Händen mit sich weiter ins Zimmer herein und schob ihr einen bequemen Ledersessel hin. Sie ließ sich nieder und sah zu ihm auf. Er fühlte, etwas Ungewöhnliches war geschehen. Das gab ihm Kraft, sich zu beherrschen. Er zog sich einen Stuhl heran und ließ sich ihr gegenüber nieder. Dann faßte er wieder ihre Hände.

»Darf ich mich freuen, daß ich dich so bald wiedersehe – oder führt dich etwas Unerfreuliches zu mir?«

Sie holte tief Atem.

»Du sollst ohne Umschweife hören, was geschehen ist. Ich habe mich von meinem Mann getrennt und werde nie zu ihm zurückkehren.«

Er sprang auf und lief einige Male auf und ab. Der Sturm, den diese Worte in ihm entfesselten, ließ ihn nicht ruhig auf seinem Platz verharren. Wie eine tosende Welle schlug es über ihm zusammen. »Sie ist frei!« jauchzte es in seinem Innern, und die Hoffnung wuchs riesengroß in seiner Seele. Er sah zu ihr hinüber. Ihr erschreckter, ängstlicher Blick gab ihm die Fassung zurück. Er biß die Zähne zusammen, um die jubelnden Worte nicht hervorzulassen, und trat vor sie hin.

»Ich habe dich erschreckt, Käthe – kleine Käthe, sieh

mich doch nicht so angstvoll an! Die Überraschung war zu groß. Sag, wie kam das so schnell? Gestern noch dachtest du an keine Trennung.« Sie erzählte ihm alles. In dieser Stunde erhielt er einen tiefen Einblick in ihre Ehe. Sie verschwieg ihm nichts, beschönigte nichts, berichtete nur klar und ohne Umschweife.

Er hörte ihr zu mit mühsam bewahrter Fassung. Am liebsten hätte er sie in seine Arme genommen und sie getröstet und gestreichelt wie ein krankes Kind. Aber er bezwang sich, hielt nur ihre Hand in der seinen und sah ihr teilnahmsvoll in die Augen.

Als sie geendet hatte, atmete er tief auf.

»Du wirst dich von ihm scheiden lassen?«

»Er wird wohl jenes Mädchen heiraten wollen – ich werde ihm bei einer Lösung unserer Ehe entgegenkommen in jeder Weise.«

»Und was soll nun mit dir geschehen?«

»Das sollst du mir raten, deshalb kam ich zu dir. Du hattest mir deine Hilfe angeboten. In Berlin möchte ich bleiben und arbeiten – fleißig und tüchtig schaffen. Wie ich es anfangen soll, ein nutzbringendes, befriedigendes Leben zu führen, das sollst du mich lehren. Willst du es tun?«

»Du weißt – ich stehe dir mit allem zur Verfügung. Deine letzte Übersetzung ist famos, ganz vorzüglich. Aber wird dir die Tätigkeit genügen für die Dauer, wird sie dir nicht zu eintönig werden?«

»Auf andere Art mich zu betätigen, fehlen mir die Fähigkeiten.«

»Nun, das wird sich ja alles finden. Herrgott, Käthe – mir ist es wie ein Traum, daß ich dich hier vor mir sehe! Und ich freue mich, freue mich unbeschreiblich, daß du nun hier bleiben willst. Sieh, so ein Egoist bin ich, mehr an meine Freude zu denken als an deinen Kummer. Und nun warte einen Augenblick – ich muß noch ein paar Worte schreiben. Dann mach ich mich frei für heute. Ich zeige dir Berlin, wir fahren spazieren, und dann essen wir zusammen. Erst nimmst du irgendwo eine Erfrischung – ich kann dir hier nichts anbieten. Und abends führe ich dich irgendwo hin – du sollst alles Quälende vergessen. Dafür laß mich sorgen! Ja – und mit einer Wohnung für dich – warte, da hab ich die Adresse einer mir bekannten Schriftstellerin, einer feinen, liebenswürdigen Dame. Die rühmte mir die Pension, in der sie wohnt. Dort findest du wohl Aufnahme. Dorthin bringe ich dich zuerst, damit du weißt, wo du hingehörst. Also, ich bitte um Entschuldigung, einen Augenblick.«

Er setzte sich an seinen Schreibtisch und schrieb weiter. Manchmal sah er auf, als wollte er sich versichern, daß sie wirklich da sei. Als er fertig war, telephonierte er mit verschiedenen Abteilungen des Unternehmens und gab seine Weisungen.

»So, Käthe – nun bin ich frei für heute, nun komm!«

Sie schritt an seiner Seite hinaus.

Draußen rief er ein vorbeifahrendes Taxi an, half Käthe hinein und nahm an ihrer Seite Platz. Zuerst fuhren sie zu der Pension. Dort fand Käthe freundliche Aufnahme. Sie wäre am liebsten nun ruhig in ihrem Zimmer geblieben; die nervöse Abspannung machte sich doch geltend. Aber sie wollte Helmut die Freude nicht verderben und ließ sich von ihm führen, wohin er wollte. Sie wurde auch durch alles, was sie sah, so angeregt, daß sie alle Müdigkeit vergaß. Erst als sie nach dem Essen nach Hause fuhren und sie sich von ihm verabschiedete, bat sie: »Morgen laß mich ruhig zu Hause, Helmut! Ich muß erst einmal ordentlich zu mir kommen und mir klar über mich selbst werden.«

»Wie du wünschst. Aber übermorgen darf ich wiederkommen? Käthe, du weißt ja gar nicht, wie mir zumute ist, daß ich einen Menschen hierhabe, der zu mir gehört, für den ich nötig bin, und den ich ein bißchen verwöhnen darf. Gute Nacht, liebe kleine Käthe. Schlafe gut!«

Sie reichte ihm lächelnd die Hand.

»Gute Nacht, lieber Helmut! Ich danke dir tausendmal für deine Freundschaft! Wenn ich dich jetzt nicht hätte –«

Er ging durch die noch sehr belebten Straßen in ein Café. Nach Hause mochte er noch nicht mit seinem übervollen Herzen.

»Liebe kleine Käthe«, sagte er immer wieder zärtlich vor sich hin. Und ein großes Glücksgefühl hüllte ihn ein. Sie war ja frei – frei. Und sie zu lieben war kein Unrecht mehr.

Am andern Morgen schlief Käthe bis in den hellen Tag hinein. Als sie dann im Frühstückszimmer saß und ihren Kaffee trank, gesellte sich die Besitzerin der Pension zu ihr, plauderte ungezwungen von allem Möglichen und forschte Käthe ein bißchen aus. Woher, wohin, weshalb? Da fühlte sie zum erstenmal, wie beklemmend es ist, wenn man nicht in ganz klaren Verhältnissen lebt. Sie konnte doch nicht sagen: »Ich habe meinen Mann verlassen.« Aber die Trauerkleidung, die sie noch um Tante Amalie trug, half ihr, die Neugierige mit einen Hinweis darauf stumm zu machen. Im ganzen fühlte sich Käthe hier leidlich behaglich. Dann zog sie sich auf ihr Zimmer zurück und schrieb einige Briefe. An Anna Berthold sandte sie herzliche Worte des Abschieds und legte für Kertner und Hartenberg zwei Visitenkarten mit bei, auf die sie einige Worte schrieb.

Als das besorgt war, setzte sie sich an das Fenster und

sah auf die Straße hinab. Das lebhafte Hin und Her interessierte sie. Es tat ihr leid, daß sie Helmut gebeten hatte, heute nicht zu kommen. Sie fühlte sich wieder ganz frisch und wäre gern mit ihm durch die Straßen gebummelt. Seine warme, herzliche Art, sein ritterliches Wesen, die zarte Fürsorge, die sich in allem, was er für sie tat, bemerkbar machte, hatten ihr so wohl getan. Sie sehnte sich nach seiner Gegenwart und bereute, daß sie sich für heute derselben beraubt hatte.

Am anderen Tag kam Helmut gegen vier Uhr. Er hatte erst frei sein wollen von Geschäften, ehe er zu ihr ging.

»Gottlob, daß du da bist, Helmut«, sagte sie warm, »ich wäre jetzt ganz allein und verlassen ohne dich.«

»Dafür kannst du aber auch unbeschränkt über meine ganze freie Zeit verfügen.«

»Da will ich dich doch lieber nicht ganz beim Wort nehmen. Du hast doch sicher gesellige Verpflichtungen in Menge.«

Er lachte. Es war sein altes frohes Lachen, das Käthe so vertraut in den Ohren klang.

»Damit ist es nicht so schlimm, Käthe. Ich verkehre eigentlich nur im Haus meines alten Gönners Sartorius und bei seiner verheirateten Tochter, wo ich manchmal einen Abend verbringe. Dort werde ich dich einführen. Wir können zusammen hingehen.«

Käthe sah beunruhigt aus.

»Wird das gehen, Helmut? Sieh mal, gestern, als ich so gar nicht wußte, welche Auskunft ich über mich geben sollte, da wurde mir recht unbehaglich zumute. Was soll man von einer Frau denken, die ihrem Mann davongelaufen ist?«

Er nahm ihre Hand.

»Liebe Seele, darüber mußt du ruhig denken lernen. Sowohl mein alter Freund Sartorius, als auch seine

Tochter und sein Schwiegersohn sind großdenkende, vorurteilslose Menschen. Sie werden dich herzlich aufnehmen, dafür laß mich sorgen! Aber nun komme ich mit einem Plan, mit einem Anliegen zu dir. Ich werde dir gleich wieder beweisen, was für ein Egoist ich bin. Ich erzähle dir, daß ich eine Sekretärin suche und die passende Persönlichkeit nicht finden kann. Jetzt habe ich sie, hier vor mir sitzt sie. Sag, Käthe, würdest du wohl dieses Amt annehmen?«

Sie sah ihn staunend an.

»Ich?«

»Ja, du.«

»Ach – du scherzest. Wie sollte ich fähig sein, solch ein Amt zu verwalten?«

»Ja, viel Arbeit bekämst du wohl.«

»Das könnte mir nur lieb sein, Helmut. Diesem Umstand gelten meine Bedenken nicht.«

»Sondern?«

»Ich bin doch nicht die geeignete Persönlichkeit dazu. Solch ein Posten verlangt größere Fähigkeiten und größere Kenntnisse.«

»Laß sehen. Du schreibst eine famose, klare Handschrift, hast einen sehr gewandten und eigenartigen Stil, kannst stenographieren, bist perfekt im Französischen, was bei unserer Verbindung mit Frankreich erforderlich ist. Du verstehst mich ohne viele Worte, bist klug und taktvoll und – und –« er lachte, – »und bist mir sehr sympathisch. Da ich meinen Sekretär den ganzen Tag um mich haben muß, ist das für mich sehr wichtig. Wie ist es, hast du Lust, das Amt anzunehmen?«

»Lust – o ja, die hätte ich, große Lust! Das wäre ja herrlich, aber –«

»Aber du willst Bedingungen stellen.«

»Nein.«

»Doch, du willst sie stellen. Du beanspruchst ein Gehalt von zweihundert Mark pro Monat. Bei entsprechender Leistung muß es steigen. Du verlangst drei bis vier Wochen Ferien im Jahr, bist erbötig, früh um neun Uhr anzutreten und bis fünf Uhr abends in der Redaktion zu bleiben. Ist es nicht so?«

Sie lächelte.

»Guter Helmut – wie du für mich sorgst!«

»In diesem Falle hauptsächlich für mich. Also sag ja!«

»Mit Freuden, wenn du meinst, daß ich leisten kann, was du verlangst.«

»Ja, das meine ich. Aber halt – noch etwas. Helmut Rodeck ist zuweilen ein ungeduldiger, nervöser Geselle. Er wird vielleicht einmal lospoltern, wenn ihm etwas gegen den Strich geht. Da muß sein Sekretär recht vernünftig sein und darf nichts übelnehmen.«

Sie faßte lächelnd seine Hand.

»Wenn es weiter keine Schwierigkeiten gibt, die trage ich gern.«

»Schön, also sind wir einig. Und wann willst du antreten?«

»Sobald du willst.«

»Also nächsten Montag. Ein paar Tage goldener Freiheit will ich dir noch gönnen. Dann schmiede ich dich fest in ein Redaktionszimmer. Herrgott, Käthe, wird das ein fröhliches Schaffen werden! Ich freue mich, freue mich unbändig. Und du sollst erst aufleben hier, sollst erst das Leben kennenlernen. Ich führe dich überall hin, wo du lernen kannst, kleine wißbegierige Käthe. Und lachen sollst du wieder, du kannst so herzlich lachen. So – und nun komm, jetzt bummeln wir in Berlin herum. Wohin du willst. Mach dich fertig, ja?«

Sie folgte seinem drängenden Ungestüm, und eine Viertelstunde später schritten sie nebeneinander durchs Gewühl. Käthe wurde ein wenig ängstlich dabei. Die Männer, die ihnen begegneten, blickten ihr mit so unverhohlener Bewunderung ins Gesicht. Sie hielt sich dicht an seiner Seite. Da zog er lächelnd ihren Arm durch den seinen.

»Daran wirst du dich noch gewöhnen, Käthe. Man ist nicht ungestraft so schön wie du.«

Sie legte ihren Arm fest und zutraulich auf den seinen. Und Helmut schritt mit unbeschreiblichem Glücksgefühl an ihrer Seite dahin. Wie schön, daß er ihr Schutz und Schirm sein konnte!

16

Käthe hatte ihr neues Amt angetreten. Seit vierzehn Tagen verwaltete sie es schon, und zu ihrer großen Freude ging es wirklich sehr gut. Ein neues, unendlich wertvolles Leben begann für sie. Sie schaffte mit glühendem Eifer, und Helmut mußte ernstlich bremsen, daß sie sich nicht zu viel zumutete.

Für Helmut war es eine problematische Zeit. Im steten Zusammensein mit der heimlich geliebten Frau hatte er alle Kraft nötig, um sich nicht zu verraten. Er wußte, wenn Käthe eine Ahnung bekäme von dem, was in ihm vorging, würde er sie unfehlbar vertreiben. Aber seine ganze Art, sein ganzes Verhalten war ein heimliches Werben um ihre Liebe.

Er wußte, ihr Herz war frei, und diese Gewißheit erfüllte ihn mit froher Hoffnung für die Zukunft. Wenn sie erst überwunden hätte, wenn ihr Herz erst wieder fähig sein würde, einer neuen Liebe Einlaß zu gewähren, dann würde auch seine Zeit kommen. Seiner heißen, alles bezwingenden Liebe mußte es gelingen, ihr Herz zu erobern!

Vorläufig blieb Käthe ganz unbefangen. Sie war gleichmäßig lieb und freundlich zu Helmut und kam ihm mit vollem Vertrauen entgegen. Und dies Vertrauen zu rechtfertigen, war sein Bestreben.

Während der Redaktionsstunden verkehrten sie nur

sachlich und geschäftlich miteinander, wenn auch zuweilen ein warmer, vertraulicher Ton mit unterlief. Sie saß in einem großen, hellen Zimmer dicht neben dem seinen, und so oft er wollte, konnte er hinübergehen und sein Auge an dem vom frohen Eifer glühenden Gesicht Käthes weiden. Und er wollte dies sehr oft. Verstohlen betrachtete er sie wieder und wieder, und immer zog sie ihn in den Bann ihrer reizvollen Persönlichkeit.

Und Käthe lernte Helmuts energische, zielbewußte Persönlichkeit erst hier in diesem Rahmen würdigen und verstehen. Mit imponierender Sicherheit stand er an der Spitze des großen Betriebes. Es war eine Lust, seinem Schalten und Walten zuzusehen.

»Mir wird ganz bang vor deiner Bedeutung«, sagte sie eines Tages zu ihm, »ich hatte keine Ahnung von der Größe deiner Aufgabe. Du bist ein kleiner Fürst in deinem Reich. Ich werde mich dir nur noch mit ehrfurchtsvollem Respekt zu nahen wagen.«

»Um Himmels willen nicht, Käthe! Mit Respekt kannst du mir im Mondschein begegnen. Aber recht lieb und gut kannst du zu mir sein, zur Belohnung für meine sogenannte Bedeutung. Respekt wird mir schon so von allen Seiten zuteil, dafür habe ich gar keine Verwendung. Aber lieb hat mich niemand so recht von Herzen. Da kannst du dir ein bißchen Mühe geben.«

»Das wird mir gar nicht schwerfallen«, sagte sie, lächelnd auf seinen Scherz eingehend.

Nach Redaktionsschluß gingen sie fast jeden Tag miteinander aus.

Helmut hatte Käthe bei Sartorius eingeführt. Der würdige alte Herr und seine gutmütige, lebhafte Gattin nahmen die junge Frau herzlich auf. Sie lernte dort auch Frau Ihssen kennen, die Tochter des Paares.

Käthe sah interessiert auf die hübsche blonde Frau mit den munteren braunen Augen. Also das war diejenige, der Helmuts Herz entgegengeschlagen hatte und die er wohl heute noch liebte?

Sie sah von ihr zu Helmut hinüber. Ob er wohl ihre Gedanken erriet?

Und Helmut erriet sie. Er wußte, daß Käthes Argwohn diesen Weg ging. Er hatte sie beobachtet und ihre Gedanken zu lesen versucht.

Frau Ihssen hatte Helmut und Käthe eingeladen, sie fleißig zu besuchen, und sie machten gern Gebrauch davon. Dort lernte Käthe wieder eine ganz andere Gesellschaftsklasse kennen, einen anderen Ton, eine andere Art Menschen. Und sie nahm mit offenem Blick alles in sich auf.

Wenn sie dann mit Helmut nach Hause ging oder fuhr, je nach dem Wetter oder dem Bedürfnis, dann war sie immer doppelt lieb und herzlich zu ihm, als wollte sie ihn über ein heimliches Leid hinwegtrösten. Und er hatte das bald heraus und nutzte es egoistisch aus. Je stiller und ernster er dann vor sich hinsah, um so zutraulicher und liebevoller schmiegte sie sich an seinen Arm und plauderte mit weicher, zärtlicher Heiterkeit, um ihn seinen augenscheinlich finsteren Gedanken zu entreißen.

Und er schämte sich seiner Hinterlist gar nicht. Für ihn war es unsagbar beglückend, wenn sie sich so um ihn bemühte.

So waren einige Wochen vergangen. Von Chemnitz hörte Käthe gar nichts.

Da ließ sich eines Tages Adi Kertner anmelden während der Sprechstunde.

Käthe sah erfreut auf.

»Du erlaubst doch, Helmut, daß ich ihn hier empfange?«

»Natürlich. Soll ich dich mit ihm allein lassen?«

»Nein, ich habe ja keine Geheimnisse.«

Kertner trat ein, elegant, mit peinlicher Akkuratesse gekleidet. So konnte nur Adi Kertner aussehen.

Käthe ging ihm entgegen und reichte ihm die Hand.

»Wie ich mich freue, Sie wiederzusehen!«

Er küßte ihr die Hand.

Käthe stellte die Herren vor.

»Ich suchte Sie in Ihrer Wohnung auf, gnädige Frau, und hörte dort, daß ich Sie hier finden würde.«

Sie lud ihn ein, Platz zu nehmen. »Ja, ich habe hier meinen Wirkungskreis.«

»Und wie es scheint, einen befriedigenden. Ich freue mich sehr, Sie anders zu finden, als ich fürchtete. Ich brauche Ihnen nicht zu versichern, daß wir alle, die wir die Ehre hatten, Ihnen nahezustehen, mit inniger Teilnahme Ihrer gedachten.«

»Ja, ich wußte es, daß ich Freunde hatte. Und das Bewußtsein hat mir über vieles hinweggeholfen. Und mein Vetter, mein treuester Freund, hielt die beste Medizin für mich bereit: eine ernste Tätigkeit. Aber nun zu Ihnen. Ich weiß nicht – irgend etwas in ihrem Gesicht ist mir fremd. Sie sehen aus – wie nur gleich? Ich kann es nicht in Worte fassen.«

Seine Augen blickten matt, unklar. »Sie werden sofort alles verstehen und begreifen, wenn ich Ihnen erzähle, was mich nach Berlin führte. Ich habe Ihnen einmal von meiner Hanna erzählt, dem Mädchen, das ich liebte, und das ihre Eltern mir, dem Schauspieler, verweigerten. Sie ist gestern in meinen Armen gestorben.«

Sie faßte erschrocken nach seiner Hand. »Lieber, armer Freund, wie kam das so schnell?«

»Ihre Gesundheit war längst nicht mehr die beste. Der Kummer zerstört viel. Eine Erkältung warf sie nieder. Als sie wußte, daß es mit ihr zu Ende ging, da verlangte sie sehnsüchtig nach mir. Und angesichts des Todes gab ihr Vater nach. Er depeschierte mir, ich solle sofort kommen. Ich nahm mir einige Tage Urlaub und reiste ab, hierher, wo meine Hanna lebte. Ein ganzer Tag war uns noch geschenkt; ich blieb bei ihr, bis es zu Ende war. Morgen reise ich zurück und – und sorge, daß die Leute etwas zu lachen haben.«

Ein grenzenloser Schmerz, eine tiefe Bitterkeit klang aus seinen Worten. Käthe sah ihm tiefbewegt ins Gesicht und drückte ihm stumm die Hand. Er raffte sich auf und schüttelte die trostlose Stimmung ab.

»Aber ich kam nicht her, Ihren Kummer noch durch meinen zu verstärken; denn ich weiß, Sie fühlen mit mir.«

»Ja, das tue ich gewiß. Und vor mir sollen Sie sich keinen Zwang auflegen. Ich weiß, wie trostlos Ihnen jetzt zumute sein muß. Aber nicht so bitter, lieber Freund! Und wie die Angelegenheit für Sie und Ihre Hanna stand – gönnen Sie ihr Ruhe und Frieden, da Sie ihr das Glück nicht schaffen konnten. Sie ist Ihnen jetzt näher als im Leben.«

»Das alles sage ich mir selbst und komme wohl auch allmählich darüber hinweg. Nur jetzt – Sie begreifen, wenn das einzige Herz, welches für einen geschlagen hat, seine Tätigkeit einstellt und man fühlt: Du bist nun ganz allein – ist es ein elendes Gefühl. Wenn man da doch seinen Kinderglauben an ein Wiedersehen nach dem Tod noch hätte!

Aber nun nichts mehr davon. Mich führt neben dem herzlichen Wunsch, Sie wiederzusehen und Ihnen Grüße von Hartenberg und Bertholds zu bringen, ein bestimmter Auftrag zu Ihnen. Wenn ich damit Bitteres und Trübes in Ihnen wecke, so lassen Sie mich's nicht entgelten. Ich habe den Auftrag übernommen, weil ich mir sagte, daß Ihnen niemand so ergeben ist wie ich.«

»Ich weiß es, lieber Herr Kertner, und errate, was Sie mir bringen. Es handelt sich wohl um – um meine Scheidung?«

»Ja, so ist es. Wigand hat mich gebeten, Sie aufzusuchen. Sie hätten sich in jeder Weise entgegenkommend und großzügig gezeigt, daß er es auch wage, Sie zu bitten, in eine Scheidung zu willigen und ihm in dieser Beziehung möglichst entgegenzukommen.«

Käthe fuhr sich mit der Hand über die Stirn.

»Sagen Sie ihm, daß ich ihm kein Hindernis in den Weg legen will.«

Kertner sah auf seine Hände herab, ein unbehaglicher Zug lag um seinen Mund.

»Mit der Einwilligung zur Scheidung ist es nicht allein getan. So einfach ist die Sache nicht; eine Ehe ist leichter geschlossen als getrennt. Wigand hat sich genau informiert. Die Scheidungsklage müßte von Ihnen ausgehen, und – Sie müßten ihn der Untreue anklagen. Er ist bereit, alle Schuld auf sich zu nehmen. Nur läßt er Sie bitten, die Hellmann zu schonen. Würde diese mit ihm angeklagt, wäre eine Verbindung zwischen ihm und ihr erschwert. Und er rechnet auf Ihre Großmut. Aber da sind noch so viele Einzelheiten zu berücksichtigen – es wäre mir peinlich, Ihnen alles das auseinandersetzen zu müssen. Wenn Sie vielleicht Herrn Doktor Rodeck Vollmacht in der Angelegenheit gäben – zwischen uns zwei Männern ließe sich das alles leichter besprechen.«

Käthe blickte mit bangen Augen in Helmuts Gesicht.

»Darf ich dich damit behelligen?« fragte sie leise.

»Du weißt, daß du über mich verfügen kannst. Herr Kertner hat recht, wir wollen dich so wenig wie möglich mit dieser Angelegenheit beunruhigen.«

»Ich danke dir herzlich.«

Helmut wandte sich an Kertner.

»Darf ich Sie zu mir herüber bitten?«

Die beiden Herren hatten nun in Helmuts Zimmer eine lange Konferenz.

Schließlich fuhren sie beide, nachdem sie sich zu diesem Zweck von Käthe verabschiedet hatten, zu einem Rechtsanwalt, um sich dessen Rat und Beistand zu sichern. Es mußte da mancher Punkt berührt werden, der Käthes Zartgefühl empfindlich verletzt hätte. Aber schließlich wurde doch ein Ausweg gefunden. Wigand konnte mancherlei zur Last gelegt werden, was seiner Frau ein Recht zur Scheidungsklage gab. Und da er alles auf sich nehmen wollte, um freizukommen, würde die Scheidung nicht unmöglich sein. Wigand hatte Kertner für alle Fälle mit den nötigen Einzelheiten vertraut gemacht, da er sich bereits bei einem Rechtsanwalt Auskunft geholt hatte.

Helmut bat Kertner, nachdem er mit ihm den Rechtsanwalt verlassen hatte, den Abend mit ihm und Käthe zu verbringen. Seine Einladung war herzlich und eindringlich, so daß Kertner gern zusagte. Sie verabredeten ein Rendezvous und trennten sich dann mit einem festen Händedruck.

Der gemeinsam verlebte Abend brachte sie einander noch näher, und Käthe war die Vermittlerin zwischen den beiden Männern. Als Kertner von ihr und Rodeck schied, um mit dem Nachtzug heimzukehren, war zwischen ihnen der Grundstein zu einer Freundschaft gelegt, die ein ganzes Leben überdauern sollte.

Die Trennung der Ehe Käthes brachte noch manche Schwierigkeit, manche böse, quälende Stunde für die junge Frau. Helmut nahm ihr ab, soviel er konnte, aber alles konnte er ihr nicht ersparen. Endlich, nach langer, qualvoller Zeit, war die Scheidung rechtskräftig geworden, und Käthe war nun für immer von Wigand getrennt.

Dieser verheiratete sich bald mit Helene Hellmann, verbummelte aber trotz ›erhebenden Einflusses‹ seiner zweiten Frau immer mehr.

Frau Berthold berichtete Käthe in ihrer drastischen Weise, daß Wigand sich immer mehr zum ›Säufer‹ ausbilde, und daß seine ›Schönheit‹ sehr darunter zu leiden beginne. Die Hellmann ›fühle‹ sich trotzdem als ›Frau Hellmann-Wigand‹ und ›protze‹ riesig mit ihrer schönen, eleganten Wohnung.

Käthe berührte das alles nur wie ein Klang aus längstvergangener Zeit. Sie lebte ein reiches Leben. Und täglich verwuchs es mehr mit Helmut. Sie konnte sich gar nicht vorstellen, daß dies einmal anders werden könne. Mit unerschütterlichem Vertrauen und herzlicher Liebe hing sie an ihm. Sie merkte es selbst nicht, wie ihr Gefühl für ihn täglich wärmer und inniger wurde. Dies Gefühl hatte nichts gemein mit der schwärmerisch aufwallenden Liebe, die sie einst für Wigand gefühlt. Es war eine stetig anwachsende Zuneigung, aus Hochachtung und schrankenlosem Vertrauen geboren.

Helmut warb noch immer heimlich um ihre Liebe. Aber er wurde ungeduldiger von Tag zu Tag.

Und sie merkte sehr wohl, daß ihn etwas drückte. Aber sie suchte auf falschem Weg danach. Frau Ihssen schien ihr der Grund zu Helmuts Verstimmungen.

Und unmerklich regte sich in ihr der Wunsch, ihn von dieser alten Neigung zu heilen. Er war doch wirklich zu gut, sein Leben lang einer unerwiderten Liebe nachzutrauern.

Ein Mann wie Helmut konnte doch ohne Sorge überall anklopfen. Als sie aber soweit war in ihren Gedanken, erschrak sie.

Wie, wenn er wirklich eines Tages eine andere heimführte, was dann? Was wurde dann aus ihr? Sie fuhr ganz verstört von ihrer Arbeit auf und sah in sein Gesicht. Er hatte sie beobachtet, ihre Blicke trafen zusammen, und zum ersten Male zog dunkle Röte unter seinem Blick in ihr Gesicht.

»Wolltest du etwas von mir, Käthe?«

Sie sah von ihm fort.

»Nein, ich – ach, es war nur ein dummer Gedanke.«

»Ich möchte wohl wissen, wie deine dummen Gedanken aussehen«, sagte er versonnen.

Sie lachte ein bißchen verlegen. »Ich malte mir eben aus, wie das werden soll, wenn du einmal heiratest.«

»Und bei diesem Gedanken sahst du ganz bestürzt aus, Käthe«, sagte er mit eigentümlich verhaltener Stimme.

Sie sah nicht auf von ihrer Arbeit. »Man ist egoistisch, Helmut. Was soll aus mir werden, wenn du erst einmal eine Frau hast?«

»Du bist aber doch auch noch sehr jung, Käthe. Dein Leben ist doch auch noch nicht abgeschlossen. Wenn du nun wieder heiratest, was wird dann aus mir?«

Sie seufzte tief auf.

»Nein – ich heirate nie wieder. Ich bliebe am liebsten immer bei dir«, sagte sie leise.

Er stand auf und trat ans Fenster. Bald würde seine Zeit kommen, er fühlte es. Nur noch ein wenig Geduld!

17

Ungefähr zwei Wochen nach dieser Szene trat Helmut eines Morgens in Käthes Arbeitszimmer und trug seinen Paletot über dem Arm.

»Käthe, mir ist ein Malheur passiert. Bitte, nähe mir doch den Knopf an meinem Überrock fest.«

Sie machte sich sofort an die Arbeit.

Er sah ihr zu.

»Es ist ein Jammer um einen Junggesellen. Ich muß doch wohl daran denken, mir eine Frau zu suchen«, sagte er scheinbar sehr ernsthaft.

Sie erschrak und stach sich mit der Nadel in den Finger. Das Herz tat ihr plötzlich so weh, und in ihre Augen stiegen Tränen. Sie nähte aber emsig weiter. Da fiel eine Träne herab; gerade auf den losen Knopf traf sie auf. Er sah es und nahm plötzlich mit festem Griff ihre Hand in die seine.

»Käthe!«

Sie erschrak noch mehr. Welch ein Ausdruck lag in seiner Stimme, so ganz anders als sonst sprach er ihren Namen aus!

»Was willst du?« sagte sie leise und konnte es nicht hindern, daß die Tränen sich mehrten.

»Käthe, sieh mich mal an!«

Sie zog ihr Taschentuch hervor und trocknete schnell die Tränen fort. »Die dummen Tränen – ich hab mich nämlich in den Finger gestochen«, versuchte sie die Situation zu retten.

Er sah auf den Finger hernieder. Ein winziges Bluttröpfchen hing daran. Er küßte es fort, ganz zart und leise.

»Der arme Finger. Tut es denn so weh?«

Da stürzten die Tränen schon wieder hervor.

»Aber, Käthe, wegen solch einer Kleinigkeit weint man doch nicht! Du, das kommt mir verdächtig vor. Sag mal ehrlich, soll ich mir eine Frau nehmen oder nicht?«

»Meinetwegen!« sagte sie trotzig.

Energisch trocknete sie sich ihre Tränen, nähte den Knopf fertig an und setzte sich still an ihren Schreibtisch.

Er ging langsam im Zimmer auf und ab, ohne den Blick von ihr zu lassen. Er sah, wie es in ihr gärte. Ihr süßes Gesicht hatte einen so eigenen, schmerzlichen Ausdruck.

Und Käthe horchte in sich hinein.

»Was ist das mit dir? Warum bist du so schmerzlich bewegt, wenn er heiraten will? Gönnst du ihm kein Glück? O ja – alles Glück der Welt! Aber nicht mit einer andern. Käthe – du wirst doch nicht? Ja, ja es ist doch so, du liebst ihn – nicht wie einen Bruder, einen Freund. Nein, ganz anders, viel heißer, viel inniger. Nun nimm dich zusammen! Nichts merken lassen! Er soll dich wohl auslachen – oder erschrecken? Aber warum ist er so sonderbar, so weich, so zärtlich, warum –«

Weiter kam sie nicht in ihren Gedanken. Helmut war plötzlich hinter sie getreten und nahm ihr die Feder aus der Hand.

»Was malst du da für eine rätselhafte Inschrift?« fragte er mit unsicherer Stimme.

Sie sah erschrocken auf das Blatt Papier, das vor ihr lag. Es war mit undeutlichen Krakelfüßen bedeckt.

»Ach Gott!« seufzte sie erschrocken.

Er hielt sie in seinen Armen fest.

»Das mußt du mir übersetzen, liebe kleine Käthe!« flüsterte er zärtlich in ihr Ohr.

Sie saß still und zitternd da, wie ein gefangenes Vögelchen. Sie wagte nicht, sich zu rühren; aber ein unsagbar seliges Gefühl beschlich sie in seinen Armen.

»Nun, Käthe, wie heißt das, was da auf dem Papier steht?«

»Ich – ich weiß es nicht – weißt du, mein Finger.«

Da lachte er leise und glücklich, und dies Lachen machte ihr das Herz warm.

»Dann will ich es dir vorlesen. Gib acht, ob es stimmt. Es heißt: Lieber Helmut, nimm dir doch keine Frau, das würde mir doch so furchtbar weh tun! Denn ich will es dir nur sagen, ich selbst habe dich lieb, so sehr lieb, daß ich am liebsten selbst deine Frau werden möchte.«

Er schwieg. Sie rührte sich nicht. Da drehte er langsam ihren Kopf herum und sah sie an. Die Blicke der beiden Menschen flossen in Weichheit und Selbstvergessenheit ineinander. Er zog sie zu sich empor.

»Süße Käthe, ich hab dich lieb, so grenzenlos lieb. Willst du meine Frau werden?«

Sie sah ihn an wie im Traum.

»Und die andere, der dein Herz gehört? Die du schon lange liebst – Frau Ihssen –, nicht wahr, sie ist es?«

»Nein, Käthe. Die andere bist du, du allein. Ich liebe dich, seit ich dich das erstemal wiedersah. Aber damals gehörte dein Herz einem anderen, und ich verbarg dir meine Liebe und führte dich auf falsche Fährte. Dein

Friede sollte nicht gestört werden. Und als du zu mir kamst, hielt ich diesen Irrtum durch mein Betragen aufrecht, um dich in deiner Unbefangenheit zu bestärken. Aber schwer ist mir das geworden, Liebling – du mußt mich sehr liebhaben, um mich für alle Qualen zu entschädigen. Sag mir schnell, daß du mein sein willst, süße Frau!«

Sie hatte ihn immerfort angesehen.

Aber wenn ich deine Frau werde – ob dann nicht wieder Enttäuschungen kommen? Laß es doch bleiben, wie es jetzt ist!«

Er zog sie fest an sich.

»Käthe, wie kannst du das für möglich halten? Du weißt nicht, was mich diese lange Zeit an Selbstbeherrschung gekostet hat! Ich will dich besitzen als meine geliebte Frau, hörst du, ich will; denn du liebst mich, und ich liebe dich. Vor Enttäuschungen fürchte ich mich nicht. Wir kennen uns zu gut und haben Zeit gehabt, uns zu prüfen. Vertraue mir, mein Liebling!«

Da umfaßte sie seinen Kopf mit beiden Händen und küßte ihn scheu und leise. Er drückte sie voll Jubel an sein Herz und küßte sie, daß ihr der Atem verging. Und sie ließ es geschehen und wunderte sich, daß sie so unsagbar glücklich war. Sie hatte geglaubt, es gäbe für ihr Herz keinen zweiten Frühling, keine zweite Liebe.

Helmut überzeugte sie gründlich vom Gegenteil. Die rechte, wahre Liebe lernte sie jetzt erst kennen. Und mit der ganzen Innigkeit ihres Herzens kam sie ihm entgegen. Käthe hatte ihre rechte Heimat gefunden.

In aller Stille wollten sie sich in kürzester Zeit vermählen. Helmut geizte mit jedem Tag.

Im Anfang, nach ihrer Verlobung, bestand Käthe darauf, ihm weiter Sekretärdienste zu leisten. Aber da wurde gar nichts aus der Arbeit. Er stand immer neben ihr, küßte sie und war so ausgelassen in seinem ungestümen Glücksgefühl, daß sie ihn nicht bändigen konnte. So taten sie eigentlich beide nichts Rechtes, und Helmuts Arbeitsmaterial häufte sich an.

Da kündigte sie ihm lachend den Dienst. Er bat und bettelte aber zum Steinerweichen, sie möge bleiben, bis sie seine Frau sei, sonst hielte er es einfach nicht aus. Nachher wolle er alles nachholen, was er versäumt habe. Da konnte sie nicht widerstehen.

Käthe wurde Helmuts glückliche Frau. Die beiden Menschen lebten in inniger Harmonie miteinander.

Helmut hatte seinem Vater seine Vermählung mit Käthe angezeigt.

Die Antwort, die darauf kam, lautete: »Ich habe es längst aufgegeben, dich und Käthe begreifen zu wollen. Mir ist es unfaßlich, daß man eine Ehe löst und eine andere eingeht. Ihr seid beide sehr leichtsinnig und seid es immer gewesen. Trotzdem wünsche ich euch, daß ihr nichts zu bereuen haben werdet!«

Käthe und Helmut lasen den Brief miteinander.

»Siehst du, leichtsinniger Helmut!« sagte Käthe.

»Du bist auch gemeint, leichtsinnige Käthe.«

Er küßte sie innig.

»Was wissen die Menschen von unserem Glück, mein Süßes? Wir sind von derselben Art und verstehen einander. Mir ist nicht bange vor der Zukunft.«

Sie hielten sich umschlungen und sahen sich voll Liebe und froher Zuversicht an.